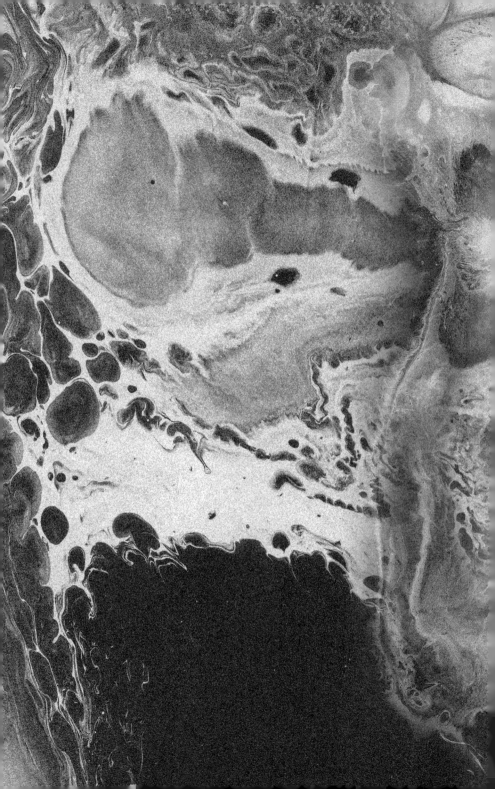

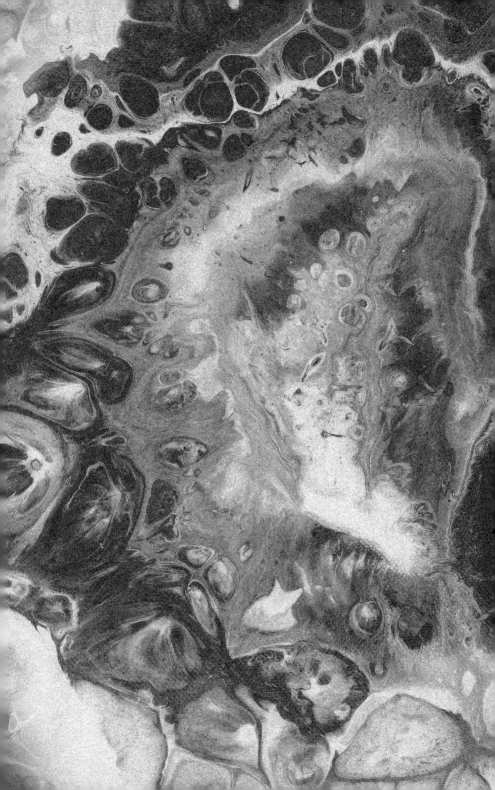

OCTAVIA E. BUTLER

DESPERTAR

XENOGÊNESE VOL. 1

TRADUÇÃO:
HECI REGINA CANDIANI

Copyright © 1987 Octavia E. Butler
Publicado em comum acordo com © Estate of Octavia E. Butler, e Ernestine Walker-Zadnick, c/o Writers House LLC.

Título original: Dawn

Direção editorial: Victor Gomes
Coordenação editorial: Giovana Bomentre
Tradução: Heci Regina Candiani
Preparação: Victor Almeida
Revisão: Isadora Prospero
Design de capa: Mecob
Imagem de capa: © Shutterstock.com
Adaptação da capa original: Marina Nogueira
Projeto gráfico: Pedro Fracchetta
Diagramação: Desenho Editorial

Esta é uma obra de ficção. Nomes, personagens, lugares, organizações e situações são produtos da imaginação do autor ou usados como ficção. Qualquer semelhança com fatos reais é mera coincidência.

Todos os direitos reservados. Proibida a reprodução, no todo ou em partes, através de quaisquer meios. Os direitos morais do autor foram contemplados.

Dados Internacionais de Catalogação na Publicação (CIP)

B985d Butler, Octavia Estelle
Despertar/ Octavia E. Butler; Tradução Heci Regina
Candiani. – São Paulo: Editora Morro Branco, 2018.
p. 352; 14x21cm.
ISBN: 978-85-92795-53-5
1. Literatura americana – Romance. 2. Ficção científica. I. Candiani, Heci Regina. II. Título.
CDD 813

Todos os direitos desta edição reservados à:
EDITORA MORRO BRANCO
Alameda Santos, 1357, 8º andar
01419-908 – São Paulo, SP – Brasil
Telefone (11) 3373-8168
www.editoramorrobranco.com.br

Impresso no Brasil
2021

Em memória de Mike Hodel que, pelo seu projeto literário READ/SF, propôs--se a compartilhar com todos o prazer e a utilidade da palavra escrita.

I. ÚTERO	10
II. FAMÍLIA	65
III. PRÉ-ESCOLA	156
IV. CAMPO DE TREINAMENTO	269
V. QUESTÕES PARA DISCUSSÃO	339

I
ÚTERO

1

Viva!

Ainda viva.

Viva... mais uma vez.

O Despertar foi duro, como sempre. A maior das decepções. Era uma luta inspirar ar suficiente para respirar e afastar a angustiante sensação de asfixia. Lilith Iyapo estava deitada, ofegante, e tremia devido ao esforço. Seu coração batia depressa demais, alto demais. Ela se encolheu em posição fetal, impotente. A circulação começou a retornar a seus braços e pernas em ondulações de dor, breves e intensas.

Quando seu corpo se apaziguou e aceitou a reanimação, ela olhou à sua volta. O quarto parecia vagamente iluminado, embora ela nunca tivesse Despertado em meio à penumbra antes. Corrigiu o próprio pensamento. O quarto não parecia estar na penumbra. Ele estava na penumbra. Em um Despertar anterior, ela havia decidido que a realidade era tudo aquilo que acontecesse, tudo aquilo que ela percebesse. Já havia lhe ocorrido (quantas vezes?) que poderia estar insana ou sob o efeito de drogas, doente ou ferida. Nada disso importava. Não podia importar enquanto estivesse presa e fosse mantida impotente, isolada e desinformada.

Sentou-se, cambaleante e zonza, então se virou para olhar o resto do quarto.

As paredes eram claras, brancas ou talvez cinza. A cama era o que sempre fora: uma plataforma sólida que cedia levemente ao toque e parecia crescer do chão. Do outro lado do quarto havia uma passagem, que devia ser a do banheiro.

Geralmente ela tinha um banheiro. Nas duas vezes que isso não aconteceu, ela foi forçada a simplesmente escolher um dos cantos de seu cubículo sem portas e sem janelas. Caminhou até a passagem, espiou em meio à penumbra constante e ficou satisfeita: era mesmo um banheiro. Aquele não tinha apenas uma pia e um vaso sanitário, mas também um chuveiro. Que luxo.

O que mais ela tinha?

Muito pouco. Havia outra plataforma, talvez uns 30 centímetros mais alta do que a cama. Podia ser usada como mesa, embora não tivesse uma cadeira. Mas havia algumas coisas em cima dela. Ela viu a comida primeiro. Devia ser o cereal granuloso ou o ensopado de sempre, de sabor irreconhecível, colocado em uma tigela comestível que se decomporia caso a esvaziasse e não a comesse.

E tinha algo ao lado da tigela. Incapaz de ver claramente o que era, ela tateou.

Tecido! Uma pilha de roupas dobradas. Pegou-as depressa e, em sua avidez, deixou-as cair; pegou-as de novo e começou a vesti-las. Um jaleco de cor clara que descia até a coxa e calças compridas largas, as duas peças feitas de um tecido novo, macio e refinado que a fez pensar em seda, embora, por algum motivo que ela não conseguia determinar, imaginou que não fosse. O jaleco aderia a si mesmo e permanecia bem preso quando ela o fechava, mas abria facilmente quando puxava as duas abas da frente. O modo como essas abas se separavam a fez lembrar-se de velcro, embora não fosse o caso. As calças se fechavam da mesma maneira. Desde seu primeiro Despertar, ela nunca tinha recebido permissão para usar roupas. Tinha suplicado por isso, mas seus captores a ignoraram. Agora vestida, sentia-se mais segura. Ela sabia que era uma segurança falsa, mas tinha aprendido a apreciar qualquer mínimo prazer, qualquer suplemento à sua autoestima que conseguisse obter.

Ao abrir e fechar o jaleco, sua mão tocou a longa cicatriz em seu abdômen. Ela a adquirira, de alguma forma, entre o segundo e o terceiro Despertares; temerosa, examinou-a, imaginando como aquela cicatriz fora parar ali. O que perdera ou ganhara, e por quê? E o que mais tinham feito com ela?

Ela não era mais dona de si mesma. Até mesmo sua carne podia ser cortada e costurada sem seu consentimento ou conhecimento.

Enfurecia-a o fato de que, durante seus últimos Despertares, vivera momentos em que se sentira realmente grata aos seus mutiladores por a terem deixado dormir enquanto faziam o que quer que fosse com ela, e por terem feito isso tão bem a ponto de poupá-la de qualquer dor ou deficiência posterior.

Tocou a cicatriz, delineando-a. Por fim, sentou-se na cama e comeu a refeição insossa, dando fim também à tigela, mais por querer mastigar alguma coisa com textura diferente do que para satisfazer qualquer resíduo de fome. Então iniciou sua mais antiga e fútil atividade: a busca por alguma rachadura, algum som de um ponto oco que indicasse uma passagem para fora da prisão.

Ela tinha feito isso a cada Despertar. No primeiro, pediu ajuda enquanto investigava o cubículo. Sem receber nenhuma resposta, gritou, depois chorou e xingou, até ficar sem voz. Golpeou as paredes até suas mãos sangrarem e ficarem grotescamente inchadas.

Não houve um sussurro sequer em resposta. Seus captores falavam apenas quando queriam, nunca antes. E não se mostravam de modo algum. Ela permanecia trancada em seu cubículo e suas vozes chegavam de cima, assim como a luz. Nenhum alto-falante ou ponto específico de emissão de luz era visível. O teto todo parecia ser um alto-falante, uma lâmpada, e talvez um ventilador, já que o ar permanecia fresco. Ela se imaginou em uma grande caixa, como um rato preso. Talvez as pessoas ficassem acima dela, olhando para baixo através de um tipo de vidro falso ou por algum dispositivo de vídeo.

Por quê?

Não havia resposta. Ela tinha perguntado isso aos captores, quando finalmente começaram a falar com ela. Recusaram-se a responder. Fizeram-lhe perguntas. No início, perguntas simples.

Quantos anos ela tinha?

Vinte e seis, pensou, em silêncio. Será que ainda tinha 26? Há quanto tempo a mantinham cativa? Não queriam dizer.

Tinha sido casada?

Sim, mas ele tinha morrido há muito tempo, estava além do alcance deles, além da prisão deles.

Tinha filhos?

Oh, Deus. Sim. Uma criança, que partiu com o pai. Um filho que se foi. Se existe mesmo um mundo onde vivem os mortos, que lugar apinhado devia ser agora.

Tinha parentes consanguíneos? Foi o termo que usaram. Consanguíneos.

Dois irmãos e uma irmã, provavelmente mortos com o restante de sua família. A mãe, morta há muito tempo. O pai, provavelmente morto. Tias, tios, sobrinhas e sobrinhos... provavelmente mortos.

Qual era sua profissão?

Não tinha. O filho e o marido foram seu principal ofício por alguns poucos anos. Depois do acidente de automóvel que os matou, ela voltou à faculdade, a fim de decidir o que faria da vida.

Lembrava-se da guerra?

Que pergunta insana. Será que alguém que sobreviveu à guerra poderia tê-la esquecido? Um punhado de gente tentou provocar o extermínio de toda a humanidade. Essas pessoas quase tiveram sucesso. Ela, por mera sorte, conseguiu sobreviver apenas para ser capturada, por só Deus sabe quem, e presa. Ofereceu-se para responder às perguntas se a deixassem sair do cubículo. Recusaram.

Então, foi ela que se recusou, parando de fornecer a eles qualquer resposta. Ignorou os testes físicos e mentais aos quais tentaram submetê-la. Não sabia o que fariam com ela. Tinha pavor de ser ferida, punida. Mas sentiu que devia arriscar fazer uma barganha, tentar obter algo, e sua única moeda era a cooperação.

Não a puniram nem barganharam. Simplesmente deixaram de falar com ela.

A comida continuava aparecendo misteriosamente quando ela tirava um cochilo. A água ainda escorria das torneiras do banheiro. A luz ainda brilhava. Mas, além disso, não havia nada, ninguém, nenhum som, a menos que ela o fizesse, nenhum objeto com o qual se distrair. Havia apenas as plataformas da cama e da mesa, que não se desprendiam do chão, não importando o quanto ela as forçasse. As manchas na superfície das plataformas rapidamente perdiam a cor e desapareciam. Passou horas a fio tentando resolver o problema de como poderia destruí-las. Era uma das atividades que a ajudavam a se manter relativamente sã. Outra era tentar alcançar o teto. Nada em que ela pudesse subir a colocava a uma distância em que pudesse tocá-lo com um salto. A título de experiência, ela atirou para o alto uma tigela de comida, sua melhor arma disponível. A comida espirrou no teto, uma evidência de que ele era sólido, e não algum tipo de projeção ou truque de espelho. Mas talvez não fosse tão denso como as paredes. Poderia ser feito de vidro ou plástico fino.

Nunca descobriu.

Desenvolveu uma série de exercícios físicos, que teria feito diariamente se tivesse alguma forma de distinguir um dia do outro ou o dia da noite. Naquelas circunstâncias, ela os realizava após cada um de seus cochilos mais longos.

Dormia muito e era grata a seu corpo por responder às alternâncias de humor, entre o medo e o tédio, com cochilos frequentes. Com o tempo, os breves e indolores despertares desses cochilos começaram a decepcioná-la tanto quanto o grande Despertar.

O grande Despertar de quê? Sono induzido por drogas? O que mais poderia ser? Não fora ferida na guerra, não solicitara ou necessitara de tratamento médico. Ainda assim, lá estava ela.

Entoava canções e se lembrava dos livros que leu, dos filmes e programas de televisão aos quais assistira, das histórias de família que ouvira, fragmentos de sua vida que lhe pareciam banais quando era livre. Inventava histórias e defendia os dois lados de questões nas quais tinha acreditado fervorosamente no passado. Qualquer coisa.

Passara-se mais tempo. Ela continuara resistindo. Não falava com seus captores, exceto para xingá-los. Não oferecera cooperação. Houve momentos em que não sabia por que resistia. A que ela estaria renunciando se respondesse às perguntas dos captores? O que ela tinha a perder, além da miséria, do isolamento e do silêncio? Mesmo assim, resistira.

Chegara um momento em que não conseguia parar de falar sozinha, em que parecia que cada pensamento que passava por sua cabeça devia ser dito em voz alta. Esforçava-se desesperadamente para ficar em silêncio, mas de algum modo as palavras transbordavam de dentro dela. Pensara que perderia sua sanidade; já havia começado a perdê-la. Começara a chorar.

Por fim, enquanto estava sentada no chão, balançando, pensando sobre sua possível loucura e, quem sabe, até falando sobre isso, algo foi introduzido no quarto, algum gás talvez. Ela caiu e foi conduzida ao que depois veio a concluir ter sido seu segundo longo sono.

Em seu Despertar seguinte, tivesse ele acontecido horas, dias ou anos depois, seus captores começaram a falar com ela de novo, fazendo as mesmas perguntas, como se não as tivessem feito antes. Dessa vez, ela respondeu. Mentiu quando teve vontade, mas respondeu. O longo sono havia sido de cura. Acordou sem nenhuma inclinação específica a expressar seus pensamentos em voz alta, a chorar ou a se sentar no chão balançando para a frente e para trás, mas sua memória estava intacta. Lembrava-se com detalhes do longo período de silêncio e isolamento. Até mesmo um inquisidor invisível era preferível.

Durante os Despertares posteriores, as perguntas ficaram mais complexas; na verdade, se transformaram em conversas. Uma vez, colocaram uma criança com ela, um menino pequeno com longos cabelos pretos lisos e pele marrom acinzentada, mais pálida do que a dela. Ele não falava inglês e sentia pavor de Lilith. Tinha cerca de 5 anos apenas, um pouco mais velho do que Ayre, seu filho. Despertar ao lado dela em um lugar estranho foi provavelmente a coisa mais assustadora que o menininho tinha vivenciado.

Ele passou a maior parte das primeiras horas com ela escondido no banheiro ou espremido em um canto. Ela levou muito tempo para convencê-lo de que não era perigosa. Então, começou a ensinar inglês para ele. E ele, por sua vez, começou a ensinar a ela qualquer que fosse a língua que falava. Sharad era seu nome. Ela cantou suas canções para ele, que as aprendeu imediatamente. O menino as cantarolava quase sem sotaque. Só não entendia por que ela não fazia o mesmo quando ele começou a cantar suas próprias canções.

Com o tempo, ela as aprendeu. E apreciou o exercício. Qualquer coisa nova era como um tesouro.

Sharad era uma bênção mesmo quando molhava a cama que dividiam ou ficava impaciente porque ela não conseguia entendê-lo rápido o suficiente. Ele não era como Ayre em aparência ou temperamento, mas ela podia tocá-lo. Ela não conseguia se lembrar da última vez que havia tocado alguém. E não tinha percebido até aquele momento o quanto sentia falta disso. Preocupava-se com Sharad e se perguntava como protegê-lo. Quem sabe o que seus captores haviam feito com ele, ou o que fariam? Mas ela tinha tanto poder quanto a criança. Em seu Despertar seguinte, ele havia desaparecido. Experiência concluída.

Implorou que o deixassem voltar. Responderam que ele estava com a mãe. Ela não acreditou. Imaginou Sharad sozinho em seu próprio cubículo; sua mente aguçada e tenaz se entorpecendo com o passar do tempo.

Indiferentes, seus captores começaram uma nova e complexa série de perguntas e exercícios.

2

O que fariam desta vez? Mais perguntas? Dariam a ela outra companhia? Ela não se importava mais.

Vestida, sentou-se na cama e esperou, com um cansaço profundo e vazio que nada tinha a ver com esgotamento físico. Cedo ou tarde, alguém falaria com ela.

Teve que esperar muito. Deitou-se e estava quase dormindo quando uma voz disse seu nome.

— Lilith? — A voz de sempre, baixa, andrógina.

Ela inspirou profundamente, entediada.

— O quê? — perguntou.

Mas enquanto falava, percebeu que a voz não veio de cima, como sempre acontecera antes. Sentou-se depressa e olhou à sua volta. Em um canto, encontrou a figura vaga de um homem, magro e de cabelos longos.

Então aquele era o motivo das roupas? Ele parecia estar vestindo um traje similar. Algo para tirar quando os dois se conhecessem melhor? Meu Deus.

— Acho — disse ela suavemente — que você deve ser a gota-d'água.

— Não estou aqui para machucá-la — disse ele.

— Não. Claro que não.

— Estou aqui para levar você para fora.

Nesse momento, ela ficou em pé, olhando firmemente para ele, desejando que tivesse mais luz. Será que estava brincando? Zombando dela?

— Para fora, onde?

— Estudo. Trabalho. O início de uma nova vida.

Ela deu um passo em direção a ele, então parou. De algum modo, ele a assustava. Ela não conseguia se aproximar mais.

— Alguma coisa está errada — disse ela. — Quem é você?

Ele fez um movimento sutil.

— O que eu sou, você quis dizer?

Ela deu um salto, porque quase tinha dito aquilo.

— Não sou um homem — respondeu ele. — Não sou um ser humano.

Ela voltou até a cama, mas não se sentou.

— Diga-me o que você é.

— Estou aqui para dizer... e mostrar para você. Agora vai olhar para mim?

Dado que estava olhando para o homem/o ser, ela franziu a testa.

— A luz...

— Vai mudar quando você estiver pronta.

— Você é... o quê? De outro mundo?

— De vários outros mundos. Você deve ser uma das poucas pessoas que falam inglês e que nunca imaginou que poderia estar nas mãos de extraterrestres.

— Imaginei, sim — Lilith sussurrou. — Juntamente com a possibilidade de que poderia estar na prisão, em um manicômio, nas mãos do FBI, da CIA ou da KGB. As outras possibilidades pareceram ligeiramente menos ridículas.

A criatura não disse nada. Ficou imóvel em seu canto, e ela soube, pela experiência de seus muitos Despertares, que não falaria com ela novamente até que fizesse o que aquele ser queria, até que dissesse que estava pronta para ver, e então, sob uma luz mais clara, desse a ele um olhar compulsório. Aqueles seres, o que quer que fossem, eram incrivelmente hábeis em esperar. Lilith fez o ser esperar vários minutos, e este não só ficou em silêncio como não mexeu um músculo. Disciplina ou fisiologia?

Ela não estava com medo. Tinha superado isso de se deixar amedrontar por caras "feias" muito antes de sua captura. O desconhecido a amedrontava. O cárcere a amedrontava. Preferiria se acostumar a uma grande quantidade de caras feias a permanecer em seu cárcere.

— Certo — disse ela. — Mostre-me.

As luzes ficaram mais claras, como ela imaginou, e o que parecia ser um homem alto e esguio ainda era um humanoide, mas não tinha nariz... Nenhuma protuberância, nenhuma narina... Apenas uma pele lisa. O ser era todo cinza: a pele era de um cinza pálido, o cabelo de um cinza mais escuro na cabeça que descia ao redor dos olhos, orelhas e garganta. Havia tanto cabelo em volta dos olhos que ela se perguntou como aquela criatura conseguia enxergar. O cabelo longo e abundante parecia crescer tanto de dentro das orelhas como em torno delas. Acima, se juntava ao cabelo dos olhos e, abaixo e atrás, ao cabelo da cabeça. A ilha de cabelos na garganta parecia se mover levemente, e ocorreu a ela que deveria ser por ali que o ser respirava, uma espécie de traqueostomia natural.

Lilith espiou o corpo do humanoide, perguntando-se o quanto era similar ao humano.

— Não quero ofender — disse ela —, mas você é do sexo masculino ou feminino?

— É errado supor que devo ser de um sexo ao qual você está familiarizada — respondeu o ser —, mas, por acaso, sou do sexo masculino.

Ótimo. O "ser" poderia se tornar "ele" de novo. Um problema a menos.

— Você deve perceber — disse ele —, que o que você provavelmente interpreta como cabelo não é cabelo. Não tenho cabelo. Essa realidade parece incomodar os seres humanos.

— O quê?

— Chegue mais perto e olhe.

Ela não queria ficar mais perto dele. Não sabia o que a havia mantido recuada antes. Agora, tinha certeza de que era seu caráter alienígena, sua diferença, sua natureza não terrena. Ela ainda se considerava incapaz de dar um passo a mais em direção a ele.

— Oh, Deus — ela sussurrou.

O cabelo, ou seja-lá-o-que-fosse, se mexeu. Parte dele pareceu vir em sua direção, como se fosse levada pelo vento, embora não houvesse movimento de ar no quarto.

Ela franziu a testa, em um esforço para ver, para compreender. Então, de repente, compreendeu. Recuou, contornando a cama até a parede mais distante. Quando não podia ir mais longe, parou encostada na parede, olhando fixamente para ele.

Medusa.

Parte do "cabelo" se retorcia de modo independente, um ninho de cobras assustadas, se movendo em todas as direções.

Com repulsa, ela voltou o rosto para a parede.

— Não são animais independentes — ele disse. — São órgãos sensoriais. Não são mais perigosos do que seu nariz ou seus olhos. É natural que se movam em resposta aos meus desejos e emoções ou a estímulos externos. Nós também os temos no corpo. Precisamos deles do mesmo modo que vocês precisam de nariz, ouvidos e olhos.

— Mas... — Ela o encarou de novo, incrédula. Por que ele precisaria daquelas coisas, tentáculos, como suplemento para seus sentidos?

— Quando puder — disse ele —, aproxime-se e olhe para mim. Já vi pessoas acreditarem que viram órgãos sensoriais humanos em minha cabeça e depois se irritarem comigo ao perceberem que se enganaram.

— Não posso — ela sussurrou, embora agora quisesse. Será que fora tão enganada, tão ludibriada pelos próprios olhos?

— Você conseguirá — disse ele. — Meus órgãos sensoriais não são perigosos. Terá que se acostumar com eles.

— Não!

Os tentáculos eram elásticos. Com seu grito, alguns deles se alongaram, esticando-se na direção dela. Imaginou grandes minhocas se retorcendo lentamente, moribundas, estendidas na calçada depois de uma chuva. Imaginou pequenas lesmas-marinhas tentaculadas, nudibrânquios que cresceram além do possível até adquirirem tamanho e formato humanos, indecentemente soando mais humanos do que algumas pessoas. Ainda assim, ela precisava ouvi-lo falar. Em silêncio, ele era um completo alienígena.

Ela engoliu em seco.

— Não fique em silêncio. Fale!

— Sim?

— Por que você fala inglês tão bem, aliás? Você deveria, ao menos, ter um sotaque incomum.

— As pessoas gostam de me ensinar. Falo várias línguas humanas. Comecei a aprender muito jovem.

— Quantos outros seres humanos vocês têm aqui? E onde fica aqui?

— Esta é a minha casa. Você chamaria de nave, uma nave grande comparada às que seu povo construiu. Não é possível traduzir exatamente o que é. Você será compreendida se a chamar de nave. Está em órbita em torno da Terra, um pouco além da órbita da lua terrestre. Em relação a quantos seres humanos estão aqui: todos vocês que sobreviveram à guerra. Reunimos o máximo que conseguimos. Os que não encontramos a tempo morreram devido a ferimentos, doenças, fome, radiação, frio... Nós os localizamos depois.

Ela acreditou nele. A humanidade, em sua tentativa de destruir a si mesma, deixou o mundo inabitável. Ela tinha certeza de que teria morrido, ainda que sobrevivesse ao bombardeio sem nenhum arranhão. Considerara sua sobrevivência um infortúnio, a promessa de uma morte mais vagarosa. E agora?

— Sobrou alguma coisa na Terra? — ela sussurrou. — Alguma coisa viva, quero dizer.

— Ah, sim. O tempo e os nossos esforços a estão recuperando.

A última frase a paralisou. Ela conseguiu olhar para ele por um momento sem ser perturbada pelos tentáculos que se retorciam lentamente.

— Recuperando-a? Por quê?

— Para usá-la. Você voltará para lá mais dia menos dia.

— Vocês vão me mandar de volta? E os outros seres humanos?

— Também.

— Por quê?

— Isso você vai acabar entendendo aos poucos.

Ela franziu a testa.

— Certo. Vou começar já. Diga-me.

Os tentáculos de sua cabeça se agitaram. Individualmente, pareciam mais vermes crescidos do que pequenas cobras. Longos e finos, ou curtos e grossos quando... o quê? Quando o humor dele mudava? Quando a atenção dele se desviava? Ela parou de olhar.

— Não! — respondeu ele enfaticamente. — Só falo com você, Lilith, se você olhar para mim.

Ela fechou o punho de uma mão e deliberadamente cravou as unhas na palma até que quase rompessem sua pele. Com essa dor para distraí-la, encarou-o.

— Qual seu nome? — perguntou.

— Kaaltediinjdahya lel Kahguyaht aj Dinso.

Ainda olhando fixamente para ele, Lilith suspirou e balançou a cabeça.

— Jdahya — disse ele. — Essa parte sou eu. O restante é minha família e outras coisas.

— Jdahya — ela repetiu. — Quero saber o preço da ajuda de seu povo. O que vocês querem de nós?

— Nada além do que vocês podem dar, mas mais do que você consegue compreender neste momento. Mais do que as palavras são capazes de ajudá-la a compreender.

— Diga-me alguma coisa agora, quer eu entenda ou não.

Os tentáculos dele ondularam.

— Só posso dizer que seu povo tem algo que consideramos valioso. Você pode começar a entender o quanto valorizamos isso quando eu disser que, pelo seu modo de medir o tempo, passaram-se milhares de anos desde que nós ousamos interferir em um ato de autodestruição de outro povo. Muitos de nós discutimos sobre a conveniência de fazer isso neste momento. Pensamos... que houve um consenso entre vocês, que haviam concordado em morrer.

— Nenhuma espécie faria isso!

— Sim. Algumas fizeram. E algumas entre aquelas que o fizeram levaram consigo naves inteiras de nosso povo. Aprendemos a lição. Suicídio em massa é uma das poucas coisas em que geralmente não interferimos.

— Você sabe agora o que aconteceu conosco?

— Estou ciente do que aconteceu. É... alienígena para mim. Assustadoramente alienígena.

— Sim. Eu mesma me sinto um pouco assim, mesmo que seja meu povo. Foi... mais do que insanidade.

— Algumas das pessoas que trouxemos estavam escondidas em subterrâneos profundos. Elas causaram grande parte da destruição.

— E ainda estão vivas?

— Algumas delas estão.

— E vocês planejam enviá-las de volta à Terra?

— Não.

— O quê?

— As que ainda estão vivas estão velhas demais agora. Nós as usamos devagar, aprendemos sua biologia, língua, cultura. Nós as Despertamos, poucas de cada vez, e as deixamos viver suas vidas aqui em partes diferentes da nave, enquanto você dormia.

— Dormia... Jdahya, quanto tempo dormi?

Ele atravessou o quarto até a mesa-plataforma, colocou uma de suas mãos cheias de dedos nela e deu um impulso para o alto. Com as pernas apertadas contra o corpo, caminhou facilmente com as mãos até o centro da plataforma. A série de movimentos foi toda tão fluida e natural, e ainda assim tão alienígena, que a fascinou.

De repente, ela percebeu que ele estava vários metros mais próximo dela. E se afastou com um salto. Então, sentindo-se completamente ridícula, tentou voltar. Ele havia se dobrado, comprimindo-se em uma posição sentada que parecia desconfortável. Jdahya ignorou o movimento súbito dela, exceto pelos tentáculos de sua cabeça, que se estenderam em direção a ela. Ele parecia observar enquanto Lilith seguia lentamente para a cama. Será que um ser com tentáculos sensoriais no lugar dos olhos podia observar?

Quando chegou perto dele o máximo que conseguiu, parou e se sentou no chão. Era tudo o que conseguia fazer: ficar onde estava. Puxou os joelhos para cima, junto ao peito, e se apertou contra eles com firmeza.

— Não entendo por que estou com... tanto medo de você — ela sussurrou. — De sua aparência, quero dizer. Você não é tão diferente. Existem, ou existiram, formas de vida na Terra que pareciam com você.

Ele não disse nada.

Ela o olhou com atenção, temendo que ele tivesse resvalado para um de seus longos silêncios.

— Você está fazendo alguma coisa? — perguntou ela. — Alguma coisa que desconheço?

— Estou aqui para ensinar você a ficar à vontade conosco — respondeu ele. — Você está se saindo muito bem.

Ela não sentia que estava se saindo nada bem.

— O que outras pessoas fizeram?

— Várias tentaram me matar.

Ela engoliu em seco. Estava espantada que outros fossem capazes de ter a iniciativa de tocá-lo.

— O que você fez com elas?

— Por tentarem me matar?

— Não, antes, para incitá-las.

— Nada além do que estou fazendo com você.

— Não entendo. — Ela se forçou a olhar para ele. — Você consegue mesmo enxergar?

— Muito bem.

— Cores? Profundidade?

— Sim.

Mas era verdade que ele não tinha olhos. Ela conseguia ver agora que havia apenas manchas escuras onde os tentáculos ficavam mais densos. O mesmo acontecia dos dois lados da cabeça, onde deveriam estar as orelhas. E havia aberturas na garganta, onde os tentáculos não pareciam tão escuros como os outros. Um escuro translúcido, vermes cinza-claros.

— Na verdade — disse ele —, você deveria ficar ciente de que consigo enxergar por onde quer que eu tenha tentáculos, mesmo quando não pareço notar. Eu não consigo não enxergar.

Aquilo parecia ser uma existência horrível, não ser capaz de fechar os olhos, mergulhar na escuridão particular por trás das próprias pálpebras.

— Você não dorme?

— Sim. Mas não do mesmo jeito que você.

Ela mudou imediatamente de assunto, do sono dele para seu próprio sono.

— Você não me disse por quanto tempo vocês me mantiveram dormindo.

— Cerca de... 250 anos, dos seus.

Isso era mais do que ela conseguia assimilar de uma só vez. Ficou tanto tempo sem dizer nada que ele quebrou o silêncio.

— Algo deu errado quando você foi Despertada pela primeira vez. Ouvi sobre isso de muitas pessoas. Alguém tratou você mal, subestimou você. Em alguns aspectos, você é como nós, mas pensaram que você era como os militares de seu povo, escondidos nos subterrâneos. Eles também se recusaram a falar conosco. No início. Você foi deixada dormindo por cerca de cinquenta anos depois desse erro inicial.

Ela rastejou até a cama, com ou sem vermes, e se recostou em sua extremidade final.

— Sempre pensei que meus Despertares estavam separados por anos, mas não acreditava realmente nisso.

— Você estava como seu mundo. Precisava de tempo para se recuperar. E nós de tempo para aprender mais sobre sua espécie. — Ele fez uma pausa. — Não soubemos o que pensar quando algumas pessoas de seu povo mataram a si mesmas. Alguns de nós acreditávamos que era porque foram excluídas do suicídio em massa, que queriam simplesmente concluir a morte. Outros disseram que era porque as mantivemos isoladas. Começamos a colocar duas ou mais pessoas juntas, e muitas se machucaram ou mataram umas às outras. O isolamento custava menos vidas.

Essas últimas palavras atingiram uma de suas lembranças.

— Jdahya? — disse ela.

Os tentáculos laterais de seu rosto se moveram, parecendo, por um momento, costeletas suíças escuras.

— Em certo momento, um menininho foi colocado comigo. O nome dele era Sharad. O que aconteceu com ele?

Por um instante, ele não disse nada. Então, todos os seus tentáculos se estenderam para o alto. Alguém falou com ele lá de cima do modo costumeiro e com uma voz que parecia muito com a dele mesmo, mas desta vez em uma língua estrangeira, instável e rápida.

— Alguém de minha família vai descobrir — disse a ela. — É quase certeza de que Sharad está bem, embora talvez não seja mais criança.

— Vocês deixam as crianças crescerem e envelhecerem?

— Algumas, sim. Mas elas vivem entre nós. Não as isolamos.

— Vocês não deveriam ter isolado nenhum de nós exceto se seu objetivo fosse nos deixar insanos. Quase foram bem-sucedidos comigo. Seres humanos precisam uns dos outros.

Os tentáculos dele se retorceram de modo repulsivo.

— Nós sabemos. Eu não me incomodaria em suportar tanta solidão quanto a que você enfrentou. Mas não tínhamos a habilidade de agrupar seres humanos da maneira que lhes agradasse.

— Mas Sharad e eu...

— Talvez ele tivesse pai e mãe, Lilith.

Alguém falou de cima, dessa vez em inglês.

— O menino tem pai, mãe e uma irmã. Ele está dormindo com eles e ainda é muito jovem. — Houve uma pausa. — Lilith, que língua ele falava?

— Não sei — respondeu ela. — Ou ele era novo demais para me dizer ou tentou e eu não compreendi. Entretanto, acho que ele deve ter vindo do Leste da Índia, se é que isso significa algo para vocês.

— Os outros sabem. Eu só estava curioso.

— Tem certeza de que está tudo bem com ele?

— Ele está bem.

Ela se sentiu reconfortada e imediatamente questionou aquela emoção. Por que uma voz anônima dizendo a ela que tudo estava bem deveria reconfortá-la?

— Posso vê-lo? — perguntou ela.

— Jdahya? — disse a voz.

Jdahya se voltou para ela.

— Você poderá vê-lo quando for capaz de caminhar entre nós sem pânico. Este é seu último recinto de isolamento. Quando estiver pronta, vou levá-la para fora.

3

Jdahya não a deixava só. E, por mais que ela odiasse o confinamento solitário, ansiava por se livrar dele. Quando ele ficou em silêncio por algum tempo, ela imaginou se estaria dormindo. Deitou-se, perguntando a si mesma se conseguiria relaxar o suficiente para dormir com sua presença ali. Seria como dormir sabendo que havia uma cascavel no quarto, ciente de que poderia acordar e encontrá-la na cama.

Não conseguia pegar no sono com Jdahya à sua frente. Não conseguia se manter de costas para ele por muito tempo. Cada vez que cochilava, acordava sobressaltada e olhava para ver se ele tinha se aproximado. Aquilo a deixou exausta, mas não conseguia parar de agir assim. Pior: cada vez que ela se mexia, os tentáculos dele se mexiam, indolentes, em sua direção, como se ele estivesse dormindo com os olhos abertos, o que sem dúvida estava.

Dolorosamente cansada, com dor de cabeça e náuseas, levantou-se e se deitou ao lado da cama, no chão. Assim, conseguia ver apenas a plataforma a seu lado e as paredes. Ele não fazia mais parte de seu mundo.

— Não, Lilith — disse ele quando ela fechou os olhos.

Ela fingiu que não tinha ouvido.

— Deite-se na cama — disse ele — ou no chão deste lado. Não aí.

Ela permaneceu deitada, rígida, em silêncio.

— Se você ficar onde está, vou ficar na cama.

Isso o colocaria bem acima dela, pairando sobre ela, perto demais; uma Medusa olhando furtivamente para baixo.

Levantou-se e quase despencou atravessada sobre a cama, maldizendo-o e, para a própria humilhação, chorando um pouco. Acabou adormecendo. Seu corpo estava esgotado.

Acordou bruscamente, virando-se para procurá-lo. Ele ainda estava na plataforma e sua posição quase não tinha se alterado. Quando os tentáculos da cabeça dele se estenderam em sua direção, ela se levantou e correu para o banheiro. Ele deixou que ela se escondesse ali por algum tempo, permitiu que ela se lavasse e ficasse sozinha, afundando-se em autopiedade e autodesprezo. Não conseguia se lembrar de viver tão permanentemente assustada, tão fora do controle das próprias emoções. Jdahya não tinha feito nada. Ainda assim, ela se encolhia de medo.

Quando ele a chamou, Lilith respirou fundo e saiu do banheiro.

— Isto não está dando certo — disse ela, em tom desolador. — Apenas me coloque de volta na Terra com outros seres humanos. Não consigo fazer isso.

Ele a ignorou.

Depois de algum tempo, ela falou de novo, sobre um assunto diferente.

— Tenho uma cicatriz — disse, tocando o abdômen. — Não a tinha quando estava na Terra. O que seu povo fez comigo?

— Você tinha um tumor — respondeu ele. — Um câncer. Nós nos livramos dele. Caso contrário, teria matado você.

Ela ficou gelada. Sua mãe morrera de câncer. Duas tias tiveram câncer e a avó fora operada três vezes por causa disso. Estavam todas mortas agora, assassinadas pela insanidade de alguém. Mas a "tradição" de família aparentemente perdurava.

— O que eu perdi além do tumor? — perguntou ela, em voz baixa.

— Nada.

— Nem alguns centímetros de meu intestino? Meus ovários? Meu útero?

— Nada. Alguém da minha família cuidou de você. Você não perdeu nada que gostaria de manter.

— Foi ele quem... fez a cirurgia?

— Sim. Com interesse e cuidado. Havia uma médica humana conosco, mas a essa altura ela estava idosa, quase morrendo. Ela apenas observou e fez comentários sobre o que meu familiar fez.

— Como ele saberia o suficiente para fazer algo por mim? A anatomia humana deve ser totalmente diferente da de vocês.

— Meu familiar não é masculino nem feminino. O nome de seu sexo é ooloi. Por ser ooloi, entende o seu corpo. No mundo de onde você vem havia um grande número de seres humanos mortos ou moribundos para estudar. Ooloi de nosso povo acabaram entendendo o que poderia ser normal ou anormal, possível ou impossível, para um corpo humano. Ooloi que estiveram no planeta ensinaram quem ficou aqui. Meu familiar estudou seu povo por grande parte de sua vida.

— Como ooloi estudam?

Ela imaginou seres humanos moribundos enjaulados, cada gemido ou torção sendo observado atentamente. Imaginou a dissecação das cobaias vivas bem como das mortas. Imaginou doenças tratáveis percorrendo seus cursos terríveis a fim de que ooloi aprendessem.

— Observando. Têm órgãos especiais para o tipo de observação que fazem. Meu familiar examinou você, observou algumas das células normais de seu corpo, as comparou com o que aprendeu de outros humanos, muito semelhantes a você, e disse que você não tinha apenas um tumor, mas um dom para o câncer.

— Eu não chamaria de dom. De maldição, talvez. Mas como seu familiar poderia saber disso apenas… observando?

— Talvez percebendo seja uma palavra melhor — respondeu ele. — Há muito mais coisas envolvidas além da visão. Meu familiar sabe tudo que pode ser aprendido sobre você a partir de seus genes. E, a esta altura, conhece seu histórico médico e muito sobre o modo como você pensa. Isso fazia parte de examinar você.

— Fazia parte? Posso não ser capaz de perdoar seu familiar por isso. E como seu familiar conseguiu fazer um corte em um tumor sem… bem, sem danificar qualquer órgão em que ele crescia?

— Meu familiar não fez um corte em seu tumor, pois não conseguiria cortar você de maneira alguma, mas quis examiná-lo diretamente com todos os seus sentidos. Nunca tinha examinado um tumor antes e, quando terminou, induziu seu corpo a reabsorver o câncer.

— Induziu… meu corpo a reabsorver… o câncer?

— Sim. Dando a seu corpo uma espécie de comando químico.

— É assim que vocês curam os tumores entre vocês?

— Nós não os temos.

Lilith suspirou.

— Gostaria que não os tivéssemos. Os tumores causaram caos suficiente em minha família.

— Eles não vão mais fazer mal a você. Meu familiar diz que são bonitos, e fáceis de prevenir.

— Bonitos?

— Meu familiar percebe as coisas de um modo diferente às vezes. Aqui está a comida, Lilith. Você está com fome?

Ela deu um passo em direção a ele, estendendo a mão para pegar a tigela, então percebeu o que ele estava fazendo. Ficou gélida, mas conseguiu não sair correndo. Depois de alguns segundos, avançou lentamente em direção a ele. Não conseguia fazer aquilo depressa, apanhar a tigela e correr. Mal conseguia fazer aquilo. Forçou-se a avançar bem lentamente.

Com os dentes cerrados, conseguiu pegar a tigela. Sua mão tremia tanto que ela derrubou metade do ensopado. Retrocedeu em direção à cama. Depois de algum tempo, conseguiu comer o que restou e deu fim à tigela. Não foi suficiente. Ainda estava com fome, mas não reclamou. Não estava preparada para pegar outra tigela da mão dele. Uma mão em forma de margarida. Uma palma no centro e muitos dedos em volta. Pelo menos, os dedos tinham ossos, não eram tentáculos. E eram apenas duas mãos, dois pés. Ele poderia ser bem mais feio do que era, muito menos... humano. Por que não conseguia aceitá-lo? Tudo que ele parecia estar pedindo era que ela não entrasse em pânico ao vê-lo ou ao ver outros de seus semelhantes. Por que ela não conseguia fazer isso?

Tentou se imaginar cercada por seres como ele e quase foi oprimida pelo pânico. Como se, de repente, tivesse desenvolvido uma fobia, algo que nunca vivenciou antes. Mas o que sentia era semelhante ao que tinha ouvido outras pessoas descreverem. Uma verdadeira xenofobia. E, aparentemente, não estava sozinha.

Suspirou ao perceber que ainda estava cansada, assim como estava com fome. Esfregou uma mão contra o rosto. Se fobia era isso, era algo de que queria se livrar o mais rápido possível. Ela olhou para Jdahya.

— Que nome seu povo se dá? — perguntou ela. — Conte-me sobre ele.

— Somos Oankali.

— Oankali. Soa como uma palavra de alguma língua terrena.

— Pode ser, mas com significado diferente.

— O que significa na sua língua?

— Muitas coisas. Negociantes, por exemplo.

— Vocês são negociantes.

— Sim.

— O que vocês negociam?

— Nós mesmos.

— Você quer dizer… uns aos outros? Escravos?

— Não. Nunca fizemos isso.

— Então o quê?

— Nós mesmos.

— Não entendo.

Ele não disse nada, parecia ter se acomodado no silêncio. E ela sabia que isso significava que Jdahya não responderia.

Suspirou.

— Às vezes, você parece humano demais. Se eu não estivesse olhando para você, iria supor que é um homem.

— Você já supôs isso. Minha família me entregou à médica humana para que eu pudesse aprender a fazer esse trabalho. Ela chegou até nós velha demais para ter filhos, mas pôde ensinar.

— Pensei que você tivesse dito que ela estava morrendo.

— Ela acabou morrendo. Tinha 113 anos e ficou acordada entre nós cinquenta anos, entre idas e vindas. Foi como uma quarta mãe para meus irmãos, minhas irmãs e eu. Foi duro vê-la envelhecer e morrer. Seu povo tem um potencial incrível, mas as pessoas morrem sem usar grande parte dele.

— Ouvi humanos dizendo isso. — Ela franziu a testa. — Oankali do sexo ooloi não poderiam tê-la ajudado a viver mais tempo? Caso ela quisesse viver mais de 113 anos, quer dizer.

— Ajudaram-na. Deram a ela quarenta anos que ela não teria tido, e quando não puderam mais ajudá-la a se curar, eliminaram sua dor. Se fosse mais nova quando a encontramos, poderíamos ter dado a ela muito mais tempo.

Lilith seguiu aquele pensamento até a conclusão óbvia.

— Tenho 26 anos — disse ela.

— É mais velha — disse ele. — Você envelheceu quando a mantivemos acordada. Cerca de dois anos ao todo.

Ela não tinha a sensação de ser dois anos mais velha, de ter 28 anos simplesmente porque ele disse que tinha.

Dois anos de confinamento solitário. O que eles poderiam dar a ela em troca disso? Ela fixou os olhos nele.

Seus tentáculos pareceram se solidificar em uma segunda pele, com manchas escuras em seu rosto e pescoço, e uma massa escura, aparentemente lisa, na cabeça.

— Caso não sofra um acidente ou algo similar — disse ele —, você vai viver bem mais do que 113 anos. E, ao longo de grande parte de sua vida, será bem jovem. Suas crianças viverão mais ainda.

Ele parecia extraordinariamente humano agora. Eram apenas os tentáculos que davam a ele aquela aparência de lesma-marinha? Sua cor tinha mudado. O fato de que não tinha olhos, nariz ou orelhas ainda a incomodava, mas não tanto.

— Jdahya, fique desse jeito — disse a ele. — Deixe que eu me aproxime e olhe para você… se eu conseguir.

Os tentáculos dele se moveram como uma pele estranhamente ondulada, então solidificaram-se novamente.

— Venha — disse ele.

Hesitando, ela conseguiu se aproximar. Mesmo quando observados de alguns centímetros de distância, os tentáculos pareciam uma segunda pele aveludada.

— Você se importa se eu… — Ela parou e recomeçou. — Quer dizer… Posso tocar em você?

— Sim.

Foi mais fácil do que ela esperava. A pele dele era fria e quase lisa demais para ser realmente carne, lisa como as unhas de seus dedos e talvez tão firme quanto.

— É difícil para você ficar desse jeito? — perguntou ela.

— Não é difícil. É artificial. Um abafamento dos sentidos.

— Por que você fez isso? Antes que eu pedisse, quero dizer.

— É uma expressão de prazer ou contentamento.

— Você estava contente há um minuto?

— Com você. Você quis de volta seu tempo, o tempo que foi tirado de você. Não quis morrer.

Ela o encarou, chocada por tê-la interpretado tão claramente. Ele devia ter conhecido outros seres humanos que quiseram morrer mesmo depois de ouvirem promessas de vida longa, saúde e juventude duradoura. Por quê? Talvez porque ouviram a parte que ainda não fora contada a ela: a razão de tudo isso. O preço.

— Por enquanto — disse ela —, só o tédio e o isolamento me levaram a querer morrer.

— Essas coisas são passado. E você nunca tentou se matar, mesmo nessa época.

—… Não.

— Seu desejo de viver é mais forte do que você imagina.

Ela suspirou.

— Você vai testar isso, não vai? É por isso que ainda não me disse o que seu povo quer de nós.

— Sim — ele admitiu, assustando-a.

— Diga! — Silêncio. — Se você soubesse alguma coisa sobre a imaginação humana, saberia que está fazendo exatamente a coisa errada — disse ela.

— Assim que você for capaz de sair do quarto comigo, responderei a todas as suas perguntas — disse Jdahya.

Ela fixou o olhar nele por vários segundos.

— Vamos trabalhar nisso, então — disse ela, com seriedade. — Relaxe da sua posição artificial e vamos ver o que acontece.

Ele hesitou, e então deixou seus tentáculos se moverem livremente. A grotesca aparência de lesma-marinha voltou e ela não conseguiu parar de cambalear para trás, se afastando dele, com pânico e repulsa. Percebeu sua reação antes de ter ido longe demais.

— Deus, estou tão cansada disso — ela resmungou. — Por que não consigo parar?

— A primeira vez que a médica veio à nossa residência — disse ele —, alguns de meus familiares a acharam tão perturbadora que saíram de casa por algum tempo. Um comportamento sem precedentes entre nós.

— Você saiu?

Ele relaxou novamente.

— Eu ainda não tinha nascido. Na época em que nasci, todos os meus parentes haviam voltado para casa. E acho que o medo deles foi maior do que o seu agora. Eles nunca tinham visto tanta vida e tanta morte em um único ser antes. Alguns sentiam dor ao tocá-la.

— Você quer dizer… porque ela estava doente?

— Mesmo quando ela estava bem. Era a estrutura genética dela que os perturbava. Não consigo explicar. Você nunca sentirá as coisas do modo como sentimos. — Ele deu um passo em sua direção e fez um gesto para pegar sua mão. Ela a estendeu na direção dele, quase como um reflexo, com apenas um instante de hesitação quando todos os tentáculos dele ondularam em sua direção. Desviou o olhar e se manteve rígida onde estava, com a mão frouxa entre os muitos dedos dele.

— Ótimo — disse ele, soltando-a. — Em breve, este quarto não será mais do que uma lembrança para você.

4

Onze refeições depois, ele a levou para fora.

Ela não fazia ideia de quanto tempo passou querendo, então consumindo, aquelas onze refeições. Jdahya não queria contar para ela e não aceitou ser apressado. Ele não demonstrou impaciência ou contrariedade quando ela insistiu para que a levasse para fora. Simplesmente ficou em silêncio. Parecia quase desligar quando Lilith fazia pedidos ou perguntas que não tinha intenção de responder. Antes da guerra, a família dela a chamava de teimosa, mas aquilo estava além da teimosia.

Por fim, ele começou a se mover pelo quarto. Tinha ficado imóvel por tanto tempo que quase parecia fazer parte da mobília e ela se assustou quando, de repente, Jdahya se levantou e foi ao banheiro. Ela ficou onde estava, na cama, imaginando se ele usava o banheiro para os mesmos propósitos que ela. Mas não fez nenhum esforço para descobrir. Algum tempo depois, quando ele voltou, ela percebeu que estava bem menos incomodada com ele. Trouxe algo para ela que a surpreendeu e agradou tanto que ela pegou da mão dele sem pensar ou hesitar: uma banana, totalmente madura, grande, amarela, firme, muito doce.

Ela comeu devagar, querendo engolir depressa, mas sem coragem. Foi literalmente a melhor comida que ela provou em 250 anos. Sabe-se lá quando haveria outra, se é que haveria outra. Comeu até mesmo a pele interna, branca.

Ele não quis dizer de onde tinha vindo a banana ou como a conseguiu. E não quis buscar outra. Tirou-a da cama por algum tempo. Esticou-se na cama, em posição horizontal, e ficou deitado, completamente imóvel, parecendo morto. Ela fez uma série de exercícios no chão, cansando-se o máximo possível, propositalmente, então tomou o lugar dele na plataforma até ele se levantar e deixar que ficasse com a cama.

Quando ela acordou, ele tirou seu jaleco e deixou que ela visse os tufos de tentáculos sensoriais espalhados por seu corpo. Para a própria surpresa, ela se acostumou depressa a eles. Eram apenas feios. E faziam com que ele parecesse ainda mais uma criatura marinha fora de seu hábitat.

— Você consegue respirar embaixo d'água? — perguntou a ele.

— Sim.

— Achei que os orifícios na sua garganta poderiam servir também como guelras. Você fica mais confortável na água?

— Eu gosto, mas não mais do que gosto do ar.

— Ar... oxigênio?

— Preciso de oxigênio, sim, embora não tanto quanto você. — O pensamento dela se voltou aos tentáculos dele e outras possíveis similaridades com algumas lesmas-marinhas.

— Você consegue ferroar com algum dos seus tentáculos?

— Com todos eles.

Ela recuou, embora não estivesse perto dele.

— Por que não me contou?

— Eu não teria ferroado você.

A menos que ela o tivesse atacado.

— Então foi isso que aconteceu com os humanos que tentaram matar você?

— Não, Lilith. Não estou interessado em matar seu povo. Fui treinado a vida toda para mantê-los vivos.

— O que você fez com eles, então?

— Eu os impedi. Sou mais forte do que você provavelmente imagina.

— Mas... e se você os tivesse ferroado?

— Teriam morrido. Apenas ooloi podem ferroar sem matar. Um grupo de meus ancestrais dominava suas presas desse jeito. O ferrão deles iniciava o processo digestivo antes mesmo que começassem a comer. E eles ferroavam os inimigos que tentavam comê-los. Uma existência nada tranquila.

— Não parece tão ruim.

— Esses ancestrais não viviam muito tempo. Algumas criaturas eram imunes a seu veneno.

— Talvez a humanidade seja.

Ele respondeu brandamente:

— Não, Lilith, vocês não são.

Algum tempo depois, ele trouxe para ela uma laranja. Por curiosidade, ela partiu a fruta e se ofereceu para dividi-la com ele. Ele aceitou um pedaço de sua mão e se sentou a seu lado para comer. Quando os dois terminaram de comer, ele virou o rosto para Lilith (uma deferência, ela percebeu, uma vez que ele não tinha propriamente um rosto), e pareceu examiná-la com atenção. Alguns dos tentáculos dele chegaram a tocá-la. Quando isso aconteceu, ela deu um salto. Então, percebeu que não a estavam machucando e se manteve imóvel. Não gostava da proximidade com Jdahya, mas isso já não a assustava. Depois de... não importava quantos dias tinham se passado... ela não sentia mais o antigo pânico, apenas o alívio de finalmente ter se libertado dele.

— Vamos sair agora — disse ele. — Minha família ficará aliviada em nos ver. E você... você terá bastante a aprender.

5

Ela o fez esperar até ter lavado o suco de laranja que ficou nas mãos. Então, Jdahya caminhou até uma das paredes e a tocou com os longos tentáculos de sua cabeça.

Uma mancha escura apareceu na parede, no local em que ele a tocou. E se tornou uma concavidade profunda, cada vez maior, depois uma abertura pela qual Lilith conseguiu ver cor e luz... verde, vermelho, laranja, amarelo. Havia pouca cor em seu mundo desde sua captura. Sua própria pele, seu sangue... apenas isso entre as paredes pálidas de sua prisão. Tudo o mais tinha algum tom de branco ou cinza. Antes da banana, até a comida era sem cor. Agora, havia cor e o que parecia ser a luz do sol. Havia espaço. Um amplo espaço.

A abertura na parede se ampliou como se fosse carne se abrindo, se contorcendo devagar. Ela estava ao mesmo tempo fascinada e repugnada.

— É um ser vivo? — perguntou ela.

— Sim — respondeu Jdahya.

Ela tinha batido na parede, chutado, arranhado, tentado mordê-la. Era lisa, dura, impenetrável, mas cedia levemente, como a cama e a mesa. Parecia plástico, era fria sob suas mãos.

— O que é? — perguntou ela.

— Carne. Mais parecida com a minha do que com a sua. Mas também diferente da minha. É... a nave.

— Você está brincando comigo. Sua nave é viva?

— Sim. Vamos sair.

A abertura na parede havia crescido o suficiente para que passassem. Ele abaixou a cabeça e deu o passo necessário. Ela começou a segui-lo, então parou. Havia tanto espaço lá fora. As cores que ela tinha visto eram folhas finas, parecidas com cabelos, e frutas redondas do tamanho de um coco, aparentemente em estágios diferentes de desenvolvimento. Todas elas em grandes galhos que proporcionavam sombra sobre a nova saída. Além delas havia um amplo campo aberto com árvores espalhadas, árvores impossivelmente gigantescas, colinas distantes e um céu claro, cor de marfim, sem sol. Havia estranheza suficiente nas árvores e no céu para impedi-la de pensar que estava na Terra. As pessoas se movimentavam à distância: havia animais pretos, do tamanho de pastores alemães, que estavam distantes demais para que ela os visse claramente, embora, mesmo longe, parecessem ter muitas pernas. Seis? Dez? As criaturas pareciam estar pastando.

— Lilith, venha aqui — disse Jdahya.

Ela deu um passo para trás, afastando-se de toda a vastidão alienígena. O quarto de isolamento que ela odiara por tanto tempo parecia subitamente seguro e reconfortante.

— Voltando para sua jaula, Lilith? — perguntou Jdahya em tom suave.

Ela olhou para ele através da abertura e, de repente, percebeu que Jdahya estava tentando provocá-la, fazê-la superar o medo. Não teria funcionado se ele não estivesse tão certo. Ela estava se refugiando como um animal de zoológico que ficou tanto tempo trancado que a jaula se tornou sua casa.

Ela se forçou a andar até a abertura e, em seguida, com os dentes cerrados, atravessou-a.

Do lado de fora, ela se postou ao lado dele e tomou ar, em uma inspiração longa e trêmula. Virou a cabeça, olhou para o quarto, então se virou depressa, resistindo ao impulso de fugir para lá. Ele pegou sua mão e a levou para longe.

Quando Lilith olhou para trás pela segunda vez, a abertura estava se fechando e ela conseguiu ver que o lugar de onde tinha saído era, na verdade, uma enorme árvore. O quarto dela não deveria tomar mais do que uma minúscula fração de seu interior.

A árvore tinha crescido em algo que parecia um solo comum, marrom-claro, arenoso. Seus ramos mais baixos estavam extremamente carregados de frutas. O resto da árvore parecia quase normal, exceto pelo tamanho. O tronco era maior do que alguns edifícios comerciais dos quais ela se lembrava. E parecia tocar o céu de marfim. Que altura tinha? Quanto dele funcionava como prédio?

— Tudo dentro daquela sala era vivo? — perguntou Lilith.

— Tudo, exceto algumas das instalações hidráulicas visíveis — respondeu Jdahya. — Até a comida que você comia era produzida do fruto de um dos galhos que cresciam do lado de fora. Ele foi desenvolvido para atender suas necessidades nutricionais.

— E tinha gosto de algodão e cola — ela resmungou. — Espero não ter que comer mais daquela coisa.

— Não terá. Mas aquilo manteve você saudável. Especificamente, sua dieta incitava seu corpo a não desenvolver tumores até que sua inclinação genética para desenvolvê-los fosse corrigida.

— Então, ela foi corrigida?

— Sim. Genes corrigidos foram inseridos em suas células, e suas células os aceitaram e os replicaram. Agora, você não desenvolverá tumores sem querer.

Aquilo, pensou ela, era uma ressalva estranha, mas Lilith a deixou passar naquele instante.

— Quando vocês vão me mandar de volta para a Terra? — perguntou ela.

— Você não conseguiria sobreviver lá agora, principalmente sozinha.

— Vocês ainda não mandaram ninguém de volta?

— Seu grupo será o primeiro.

— Ah. — Não havia lhe ocorrido que ela e outros semelhantes seriam as cobaias tentando sobreviver em uma Terra que deveria ter mudado significativamente. — Como está lá agora?

— Selvagem. Florestas, montanhas, desertos, planícies, grandes oceanos. É um mundo bonito, livre de radiação perigosa na maioria dos lugares. A maior diversidade de vida animal está nos mares, mas há um grande número de pequenos animais se desenvolvendo na terra: insetos, vermes, anfíbios, répteis e pequenos mamíferos. Não há dúvida de que seu povo poderá viver lá.

— Quando?

— Quanto a isso não há pressa. Você tem uma vida muito longa pela frente, Lilith. E tem trabalho a fazer aqui.

— Você mencionou isso antes. Que trabalho?

— Você vai morar com a minha família por algum tempo, vivendo, o máximo possível, como uma de nós. Vamos ensinar seu trabalho a você.

— Mas que trabalho?

— Você vai Despertar um pequeno grupo de seres humanos e vai ajudá-los a aprender a lidar conosco. Todas essas pessoas falam inglês. Vai ensinar a eles as habilidades de sobrevivência que ensinarmos a você. Seu povo será todo proveniente do que você chamaria de sociedades civilizadas. Mas eles terão que aprender a viver em florestas, construir seus próprios abrigos e cultivar sua própria comida, sem máquinas ou ajuda externa.

— Vocês vão nos proibir de ter máquinas? — perguntou ela, insegura.

— Claro que não. Mas também não as daremos a vocês. Daremos ferramentas manuais, equipamentos simples e comida, até que vocês comecem a produzir as coisas de que precisam e a cultivar as próprias plantações. Já armamos vocês contra os micro-organismos mais letais. Além disso, vocês terão que se virar sozinhos, evitando plantas e animais venenosos e produzindo o que precisarem.

— Como vocês podem nos ensinar a sobreviver em nosso próprio mundo? Como vocês podem saber o suficiente sobre ele, ou sobre nós?

— Como não saberíamos? Ajudamos seu mundo a se recuperar. Estudamos seus corpos, seu pensamento, sua literatura, seus registros históricos, suas muitas culturas… Sabemos mais sobre o que vocês são capazes do que vocês mesmos.

Ao menos pensavam que sabiam. Se realmente tiveram 250 anos para estudar, talvez estivessem certos.

— Vocês nos vacinaram contra doenças? — perguntou ela, para ter certeza de ter entendido.

— Não.

— Mas você disse…

— Nós fortalecemos seu sistema imunológico, aumentamos sua resistência a doenças em geral.

— Como assim? Foi feito algo mais com nossos genes?

Ele não respondeu. Ela deixou o silêncio durar já que tinha certeza de que ele não ia responder. Aquela era mais uma das coisas que fizeram com o corpo dela sem seu consentimento e, supostamente, para seu próprio bem.

— Costumávamos tratar os animais desse jeito — ela resmungou, em tom amargo.

— O quê? — disse ele.

— Fazíamos coisas com eles, vacinações, cirurgias, isolamentos, para seu próprio bem. Nós os queríamos saudáveis e protegidos, algumas vezes a fim de comê-los.

Seus tentáculos não se alisaram sobre o corpo, mas ela teve a impressão de que ele estava rindo dela.

— Você não tem medo de dizer essas coisas para mim? — perguntou Jdahya.

— Não — respondeu ela. — O que me dá medo é ter pessoas fazendo coisas comigo que eu não compreendo.

— Você ganhou saúde. Ooloi lhe garantiram uma chance de viver na Terra, não de morrer nela.

Ele não queria dizer mais nada sobre o assunto. Ela olhou ao redor, para as árvores gigantescas, algumas com troncos múltiplos com muitos galhos e folhagens semelhantes a longos cabelos verdes. Parte do cabelo parecia se mexer, embora não houvesse vento. Ela suspirou. As árvores também tinham tentáculos, como as pessoas. Tentáculos longos, finos e verdes.

— Jdahya?

Os tentáculos dele se estenderam na direção dela de um modo que Lilith ainda considerava desconcertante, embora fosse apenas seu jeito de lhe dar atenção ou de demonstrar que ela a tinha.

— Estou disposta a aprender o que vocês têm a me ensinar, mas não creio que sou a professora apropriada para os outros. Havia tantos humanos que já sabiam como viver na natureza selvagem, tantos que provavelmente poderiam ensinar mais a vocês. É com eles que vocês deveriam estar falando.

— Nós falamos com eles. Eles precisarão ser particularmente cautelosos porque algumas das coisas que eles "sabem" já não são mais verdadeiras. Há novas plantas, mutações das antigas e adições que fizemos. Algumas coisas que antes eram comestíveis agora são letais. Algumas coisas são mortais apenas se não forem preparadas adequadamente. Parte da vida animal não é tão inofensiva como antes. A sua Terra ainda é a sua Terra, mas entre os esforços de seu povo para destruí-la e os nossos para restaurá-la, ela mudou.

Ela assentiu, perguntando-se por que conseguia assimilar as palavras dele com tanta facilidade. Talvez porque soubesse, mesmo antes de sua captura, que o mundo que ela conhecia estava morto. Ela já havia assimilado aquela perda na medida do possível.

— Devem existir ruínas — disse ela brandamente.

— Existiam. Nós destruímos muitas delas.

Ela tomou o braço dele sem pensar.

— Vocês as destruíram? Sobraram coisas e vocês as destruíram?

— Vocês vão recomeçar. Colocaremos vocês em áreas que estão livres de radioatividade e história. Vocês se tornarão algo diferente do que eram.

— E vocês acham que destruir o que restou de nossas culturas nos fará melhores?

— Não. Apenas diferentes.

Ela teve a súbita percepção de que o encarava, agarrando-lhe o braço com uma força que, para ele, devia ser dolorosa. Para ela era dolorosa. Ela o soltou e o braço dele caiu para o lado daquele modo estranhamente sem vida com que seus membros se moviam quando ele não os estava usando para um fim específico.

— Vocês erraram — disse ela. Não conseguia manter a raiva. Não conseguia olhar para seu rosto alienígena, cheio de tentáculos, e manter a raiva… mas tinha que dizer aquelas palavras. — Vocês destruíram o que não era de vocês. Levaram a cabo um ato insano.

— Você ainda está viva — disse Jdahya.

Ela caminhou ao lado dele, em silêncio, sem sentir gratidão. No solo crescia um mato denso da altura dos joelhos e folhas carnudas ou tentáculos. Ele pisava com cautela para evitá-los, o que fez com que ela quisesse chutá-los. Apenas o fato de estar descalça a impediu. Então, para sua repulsa, viu que as folhas viravam ou se contorciam, se afastando, caso ela pisasse perto delas, como plantas feitas de minhocas do tamanho de cobras. Pareciam enraizadas no chão. Aquilo as tornava plantas?

— O que são essas coisas? — perguntou Lilith, apontando para uma delas com um pé.

— Partes da nave. Podem ser induzidas a produzir um líquido que nós e nossos animais apreciamos. Mas você não gostaria.

— São plantas ou animais?

— Não estão separadas da nave.

— Bem, e a nave é planta ou animal?

— Os dois, e outras coisas mais.

O que quer que aquilo significasse.

— Ela é inteligente?

— Pode ser. Essa parte agora está latente. Mesmo assim, a nave pode ser induzida quimicamente a realizar mais funções do que você teria paciência para ouvir, e faz muitas coisas sozinha, sem monitoramento. E... — Ele ficou em silêncio por um instante; seus tentáculos se alisaram contra o corpo. Então, ele continuou. — A médica humana costumava dizer que a nave nos amava. Há uma afinidade, mas é biológica, um relacionamento forte, simbiótico. Servimos às necessidades da nave e ela serve às nossas. Ela morreria sem nós e nós ficaríamos presos a um planeta sem ela. Para nós, isso acabaria significando a morte.

— Onde vocês a conseguiram?

— Nós a cultivamos.

— Vocês… ou seus ancestrais?

— Meus ancestrais cultivaram esta. Eu estou ajudando a cultivar outra.

— Agora? Por quê?

— Nós nos separaremos. Somos como animais assexuados maduros, mas nos separaremos em três: Dinso ficarão na Terra até que estejam prontos para deixá-la, daqui a gerações; Toaht partirão nesta nave; e Akjai partirão na nova nave.

Lilith olhou para ele.

— Parte de vocês vai para a Terra conosco?

— Eu vou, e minha família, e outros. Todos Dinso.

— Por quê?

— É assim que crescemos. Levaremos o conhecimento do cultivo de naves conosco para que nossa descendência seja capaz de partir quando chegar a hora. Não conseguiríamos sobreviver como povo se estivéssemos sempre confinados a uma nave ou a um mundo.

— Vocês vão levar… sementes ou algo assim?

— Vamos levar os materiais necessários.

— E você não voltará a ver quem partir, Toaht e Akjai?

— Eu, não. Em algum momento, no futuro distante, um grupo de descendentes meus poderá encontrar um grupo de descendentes deles. Espero que isso aconteça. Os grupos terão se separado muitas vezes. Terão adquirido muito para oferecer ao outro.

— Provavelmente sequer reconhecerão uns aos outros. Vão se lembrar dessa divisão como uma mitologia, caso se lembrem.

— Não, eles vão se reconhecer. A lembrança de uma separação é passada adiante biologicamente. Lembro de todas que aconteceram em minha família desde que deixamos nosso mundo de origem.

— Você se lembra de seu mundo de origem? Quer dizer, você poderia voltar para lá se quisesse?

— Voltar? — Os tentáculos dele se alisaram novamente. — Não, Lilith, essa direção está interditada para nós. Este é nosso mundo de origem agora.

Ele apontou à sua volta, desde o que parecia ser um céu de marfim resplandecente até o que parecia ser o solo marrom.

Agora havia muitas daquelas árvores gigantescas ao redor e ela pôde ver as pessoas entrando e saindo dos troncos; Oankali nus, cinzentos, com tentáculos em todo o corpo, algumas criaturas com dois braços, algumas, o que a assustava, com quatro, mas nenhuma com algo que ela reconhecesse como órgãos sexuais. Talvez alguns dos tentáculos e braços extras tivessem função sexual.

Ela examinou cada grupo de Oankali procurando por seres humanos, mas não viu nenhum. Ao menos nenhum entre os Oankali que se aproximaram dela ou pareceram prestar atenção nela. Alguns deles, ela notou com um calafrio, tinham tentáculos cobrindo cada centímetro da cabeça. Outros tinham tentáculos em manchas estranhas e irregulares. Nenhum tinha a estrutura semelhante à humana de Jdahya, tentáculos dispostos para parecerem olhos, orelhas e cabelo. Será que Jdahya foi recomendado a trabalhar com humanos devido à estrutura acidental dos tentáculos de sua cabeça ou será que ele tinha sido alterado cirurgicamente ou de alguma outra forma para parecer mais humano?

— Eu sempre tive essa aparência — respondeu ele, quando ela perguntou, e não quis dizer mais nada sobre o assunto.

Minutos depois, passaram por uma árvore e ela esticou o braço para tocar sua casca lisa, que cedia levemente ao toque, como as paredes de seu quarto de isolamento, mas com uma cor mais escura.

— Essas árvores são prédios, não são? — perguntou ela.

— Essas estruturas não são árvores — ele explicou. — São parte da nave. Sustentam o formato da nave e atendem às nossas necessidades de comida, oxigênio, descarte de lixo, tubulações de transporte, armazenamento, espaço de convivência, área de trabalho, e muitas outras coisas.

Passaram bem perto de uma dupla de Oankali que estava tão próxima que os tentáculos em suas cabeças se retorciam e se emaranhavam. Ela conseguiu ver seus corpos em detalhes bem definidos. Como os demais, estavam nus. Jdahya provavelmente só usava roupas em deferência a ela. E Lilith estava agradecida por isso.

O número cada vez maior de pessoas com que cruzavam começou a incomodá-la e ela percebeu que se aproximava de Jdahya como se buscasse proteção. Surpresa e envergonhada, forçou-se a se afastar dele. Aparentemente, ele percebeu.

— Lilith — disse ele muito baixo.

— O quê? — Silêncio. — Estou bem. Só que... são tantas pessoas, e tão estranhas para mim...

— Normalmente, não vestimos nada.

— Imaginei.

— Você ficará livre para usar roupas ou não, como preferir.

— Vou usar! — Ela hesitou. — Existe outro ser humano Desperto no lugar para onde você está me levando?

— Nenhum.

Ela deu um abraço em si mesma, forte, com os braços cruzando o próprio peito. Mais isolamento.

Para sua surpresa, Jdahya lhe estendeu a mão. Para sua surpresa ainda maior, ela a segurou e se sentiu grata.

— Por que você não pode voltar ao seu mundo de origem? — perguntou ela. — Ele... ainda existe, não é?

Ele pareceu pensar por um momento.

— Saímos de lá há muito tempo... duvido que ele ainda exista.

— Por que vocês saíram?

— Era um útero. Chegou o momento de nascermos.

Ela sorriu com tristeza.

— Havia seres humanos que pensavam dessa forma... até o momento em que os mísseis foram disparados. Pessoas que acreditavam que as estrelas eram nosso destino. Eu mesma acreditava nisso.

— Eu sei. Embora, pelo que ooloi me disseram, seu povo não conseguiu realizar seu destino. Seus corpos os limitavam.

— Nossos... corpos? O que você quer dizer? Nós estivemos no espaço. Não havia nada em nossos corpos que impedisse...

— Seus corpos são fatalmente imperfeitos. Nossos ooloi perceberam isso de imediato. No início, foi muito difícil para elas tocarem em vocês. Então, vocês se tornaram sua obsessão. Agora, é difícil deixarem vocês em paz.

— O que você está dizendo?

— Vocês têm um par de características genéticas incompatíveis. Cada uma delas, sozinha, seria útil, poderia levar à sobrevivência de sua espécie. Mas juntas são letais. Era apenas uma questão de tempo para que elas os destruíssem.

Ela balançou a cabeça.

— Se você está dizendo que fomos geneticamente programados para fazer o que fizemos, explodirmos a nós mesmos...

— Não. A situação de seu povo era mais como a sua com o câncer que a pessoa de minha família curou. O tumor era pequeno. A médica humana disse que você provavelmente se recuperaria e ficaria bem mesmo se seres humanos o tivessem descoberto e removido naquele estágio. Talvez você vivesse o resto da vida livre dele, embora ela tenha dito que desejaria que você fosse examinada frequentemente.

— Com meu histórico familiar, ela não precisaria me dizer essa última parte.

— Sim. Mas e se você não reconhecesse o significado de seu histórico familiar? E se nós ou os humanos não tivéssemos descoberto o tumor?

— Era maligno, suponho.

— Óbvio.

— Então, suponho que, com o tempo, ele me mataria.

— Sim, mataria. E seu povo estava em uma posição semelhante. Se tivesse sido capaz de perceber e resolver o problema, teria sido capaz de evitar a destruição. Óbvio, seu povo também teria que reexaminar a si mesmo periodicamente.

— Mas qual era o problema? Você disse que tínhamos duas características incompatíveis. Quais são elas?

Jdahya soltou um murmúrio ruidoso que poderia ter sido um suspiro, mas não pareceu vir de sua boca ou garganta.

— Vocês são inteligentes — respondeu ele. — É a mais recente das duas características e a que vocês devem colocar para funcionar para se salvarem. Vocês são potencialmente uma das espécies mais inteligentes que encontramos, embora seu foco seja diferente do nosso. Ainda assim, vocês começaram bem com as ciências da vida, e mesmo a genética.

— Qual a segunda característica?

— Vocês são hierárquicos. Essa é a característica mais antiga e mais arraigada. Nós a observamos nos animais mais próximos de vocês e nos mais distantes. É uma característica terrestre. Quando a inteligência humana foi colocada a serviço dessa característica em vez de guiá-la, quando a inteligência humana não a reconheceu como um problema, mas se orgulhou dela ou simplesmente não a percebeu... — Aquele ruído soou novamente. — Foi como ignorar o câncer. Acho que seu povo não percebeu que coisa perigosa estava fazendo.

— Não acho que a maioria de nós pensou nisso como um problema genético. Eu não pensei. E não estou certa de pensar agora.

Os pés dela começaram a doer da caminhada tão longa em um solo irregular. Ela queria colocar fim a ambas, a caminhada e a conversa. A conversa a deixava constrangida. Jdahya soava... quase plausível.

— Sim — disse ele —, a inteligência possibilita que vocês neguem os fatos aos quais têm aversão. Mas a negação não importa. Um tumor crescendo no corpo de alguém continuará crescendo apesar da negação. E uma complexa combinação de genes que operam juntos para torná-los seres inteligentes bem como hierárquicos continuará limitando vocês, quer reconheçam ou não.

— Eu só não acredito que seja simples assim. Só um ou dois genes ruins.

— Não é simples, e não é um gene, ou dois. São muitos, o resultado de uma emaranhada combinação de fatores que apenas começam com os genes. — Ele parou, deixando os tentáculos de sua cabeça se deslocarem na direção de um círculo irregular de gigantescas árvores. Os tentáculos pareciam apontar. — Minha família mora ali.

Ela ficou rígida, não exatamente amedrontada.

— Ninguém irá tocar em você sem seu consentimento — disse ele. — E eu vou ficar com você pelo tempo que quiser.

Ela se sentiu mais calma com as palavras dele e envergonhada por precisar ser acalmada. Como ela se tornara tão dependente dele? Balançou a cabeça. A resposta era óbvia. Jdahya queria que ela ficasse dependente. Esse era o motivo de seu isolamento prolongado da própria espécie. Lilith deveria ficar dependente de um Oankali, depender dele e confiar nele. Para o inferno com isso!

— Diga o que vocês querem de mim — ela exigiu, de forma abrupta — e o que querem do meu povo.

Os tentáculos dele giraram para examiná-la.

— Eu já disse o bastante.

— Diga-me o preço, Jdahya. O que vocês querem? O que seu povo irá tirar de nós em troca de nos salvar?

Todos os seus tentáculos pareceram pender, sem forças, dando a ele uma conformação quase cômica. Lilith não viu graça naquilo.

— Vocês viverão. Seu povo viverá. Vocês terão seu mundo de volta. Nós já temos muito do que queremos de você. Seu câncer em especial.

— O quê?

— Entre ooloi há forte interesse nele, que sugere habilidades que nunca antes fomos capazes de permutar com sucesso.

— Habilidades? Vindas do câncer?

— Sim. Ooloi veem grande potencial nele. Então, o intercâmbio já foi útil.

— Não há de quê. Mas antes, quando perguntei, você disse que vocês negociavam... a si mesmos?

— Sim. Permutamos nossa essência. Nosso material genético com o seu.

Lilith franziu a testa, balançou a cabeça.

— Como? Quer dizer, você não pode estar falando de intercruzamento.

— Claro que não. — Os tentáculos dele se alisaram. — Fazemos o que vocês chamam de engenharia genética. Sabemos que começaram a fazer um pouco disso, mas é algo alheio a vocês. Nós a fazemos naturalmente. Precisamos fazer. Ela nos renova, possibilita nossa sobrevivência como uma espécie em evolução em vez de nos adaptarmos e entrarmos em extinção ou estagnação.

— Nós a fazemos naturalmente em algum grau — disse Lilith, com cautela. — Reprodução sexuada...

— Indivíduos ooloi fazem isso para nós. Têm órgãos especiais para isso. Podem fazer para vocês também, garantindo uma mescla genética boa e viável. É parte de nossa reprodução, mas é mais deliberada do que qualquer par humano conseguiu até agora. Não somos uma espécie hierárquica. Nunca fomos. Mas somos uma espécie muito ambiciosa. Adquirimos vida nova, a buscamos, a investigamos, a manipulamos, a selecionamos e a usamos. Trazemos o impulso de fazer isso em uma minúscula célula no interior de outra célula, uma pequena organela dentro de cada célula de nosso corpo. Você me entende?

— Entendo suas palavras. O que você está querendo dizer, entretanto... é tão alienígena para mim quanto você.

— Foi desse jeito que nos sentimos em relação ao seu impulso hierárquico no início. — Ele fez uma pausa. — Um dos significados de Oankali é permuta genética. Outro é essa organela, nossa própria essência, nossa origem. Por causa dessa organela, Oankali ooloi conseguem entender o DNA e manipulá-lo com precisão.

— E fazem isso... dentro de seus próprios corpos?

— Sim.

— E agora estão fazendo algo com as células de câncer dentro de seus corpos?

— Experimentos, sim.

— Isso não me parece... seguro.

— Agora são como crianças, falando sem parar sobre as possibilidades.

— Que possibilidades?

— Regeneração de membros perdidos. Maleabilidade controlada. Os futuros Oankali podem ser muito menos assustadores para potenciais parceiros de permuta se forem capazes de se remodelarem e se parecerem mais com esses parceiros antes da troca. Até mesmo o aumento da longevidade, embora, comparado com o que vocês estão acostumados, já tenhamos uma vida muito longa.

— Tudo isso a partir do câncer?

— Talvez. Damos ouvidos ao que ooloi dizem quando param de falar demais. É quando descobrimos como serão nossas próximas gerações.

— Vocês deixam isso tudo nas mãos de ooloi? Para que decidam?

— Eles nos mostram as possibilidades que foram testadas. Nós decidimos.

Ele tentou levá-la ao bosque de sua família, mas ela recuou.

— Tem uma coisa que preciso compreender agora — disse ela. — Vocês chamam isso de permuta. Vocês tiraram algo que valorizam de nós e estão nos devolvendo nosso mundo. É só isso? Vocês já têm tudo o que querem de nós?

— Você sabe que não — respondeu ele suavemente. —
Você já deduziu tudo isso.

Ela esperou, olhando para ele.

— Seu povo vai mudar. Seus jovens se tornarão mais parecidos conosco e os nossos, mais parecidos com vocês. Suas
tendências hierárquicas serão transformadas e se aprender-
mos a regenerar membros e remodelar nossos corpos, vamos
compartilhar essas habilidades com vocês. É parte da permuta. Já passou do tempo.

— Trata-se de cruzamento híbrido, então, não importa
como vocês o chamam.

— Trata-se do que eu disse que se trata. Uma permuta.
Ooloi farão alterações nas células de seu sistema reprodutivo
antes da concepção e vão controlar a concepção.

— Como?

— Explicarão isso quando chegar a hora.

Ela falou depressa, tentando ocultar pensamentos sobre
mais cirurgias ou algum tipo de relação sexual com os mal-
ditos ooloi.

— O que será feito de nós? Nossas crianças serão o quê?

— Diferentes, como eu disse. Não completamente parecidos com você. Um pouco parecidos conosco.

Ela pensou em seu filho, como ele tinha sido parecido
com ela e com o pai. Então, pensou em grotescas crianças
Medusa.

— Não! — disse ela. — Não. Não me importo que apli-
quem o que já aprenderam em vocês, mas nos deixem fora disso.
Apenas nos deixem ir. Se temos o problema que vocês pensam
que temos, deixem que o resolvamos como seres humanos.

— Somos dependentes da permuta — disse ele, com
suavidade implacável.

— Não! Vocês vão concluir o que a guerra começou. Em poucas gerações...

— Uma geração.

— Não.

Jdahya envolveu os muitos dedos de sua mão em torno do braço dela.

— Você consegue prender sua respiração, Lilith? Consegue prendê-la por um ato voluntário até morrer?

— Prender minha...?

— Somos tão dependentes da permuta quanto seu corpo é dependente da respiração. Já havia passado da hora de permutar quando encontramos vocês. Agora ela será feita, para o renascimento de seu povo e do meu.

— Não! — ela gritou. — Um renascimento, para nós, só pode acontecer se vocês nos deixarem em paz! Deixem que recomecemos por conta própria.

Silêncio.

Ela puxou o braço e, depois de um instante, ele a soltou. Lilith teve a impressão de que ele a estava olhando com muita atenção.

— Acho que queria que seu povo tivesse me deixado na Terra — ela sussurrou. — Se foi para isso que me encontraram, queria que tivessem me deixado.

Crianças Medusa. Cabelos de cobras. Ninhos de minhocas no lugar dos olhos e das orelhas.

Jdahya se sentou no chão. Depois de um instante de surpresa, ela se sentou diante dele, sem saber por que, simplesmente seguindo o movimento dele.

— Eu não posso desencontrar você — disse ele. — Você está aqui. Mas tem... uma coisa que posso fazer. É... altamente errado de minha parte oferecer isso. Nunca mais vou oferecer.

— O quê? — perguntou ela, pouco se importando.

Estava cansada da caminhada, aturdida com o que ele tinha dito. Não fazia sentido. Por Deus, não era de se admirar que ele não pudesse retornar a seu mundo, mesmo que este ainda existisse. Não importava como seu povo era quando o deixou, a esta altura devia estar diferente, assim como as crianças dos últimos seres humanos sobreviventes seriam diferentes.

— Lilith?

Ela levantou a cabeça, olhou fixo para ele.

— Toque em mim agora — disse ele, apontando para os tentáculos de sua cabeça —, e vou ferroar você. Você morrerá bem depressa e sem sentir dor.

Ela engoliu em seco.

— Se você quiser — ele completou.

Era um presente que ele oferecia. Não uma ameaça.

— Por quê? — ela sussurrou. Ele não respondeu.

Ela fitou os tentáculos da cabeça dele. Ergueu a mão e deixou que ela se estendesse em direção a ele quase como se tivesse vontade própria, intenção própria. Sem mais Despertares. Sem mais perguntas. Sem mais respostas impossíveis. Nada.

Nada.

Ele não se mexeu mais. Mesmo seus tentáculos estavam completamente parados. A mão dela pairou no ar, disposta a cair entre aqueles órgãos fortes, flexíveis, letais. Pairou, quase roçando um deles sem querer.

Ela puxou a mão abruptamente.

— Oh, Deus — ela sussurrou. — Por que não o toquei? Por que não consigo tocá-lo?

Ele ficou em pé e esperou, sem reclamar, por vários minutos, até que ela se colocou em pé.

— Você vai conhecer meus companheiros e uma das minhas crianças agora — disse ele. — Depois, Lilith, descanso e comida.

Ela olhou para Jdahya, ansiando por uma expressão humana.

— Você teria feito aquilo? — perguntou ela.

— Sim.

— Por quê?

— Por você.

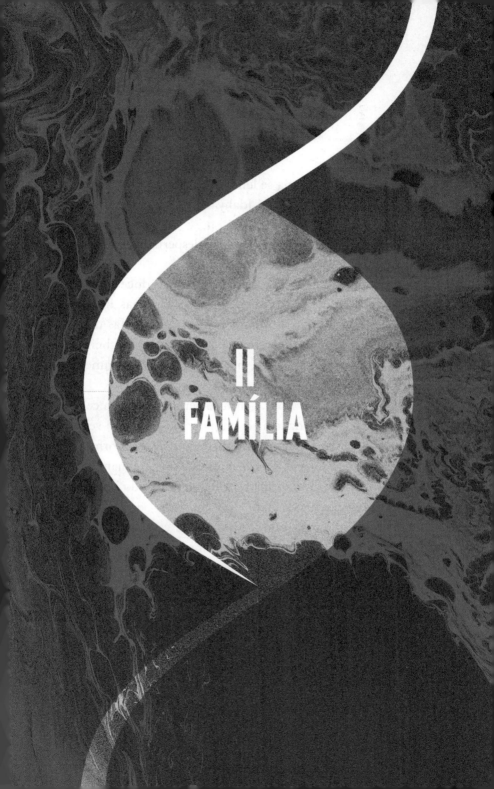

II
FAMÍLIA

1

Sono.

Ela mal conseguia se lembrar de ter sido apresentada a três dos familiares de Jdahya e, então, ser levada dali para onde lhe deram uma cama.

Sono. Então um breve e confuso despertar.

Agora, comida e esquecimento.

Comida e um prazer tão acentuado e doce que eliminou tudo mais de sua mente. Havia bananas inteiras, pratos de abacaxi fatiado, figos inteiros, castanhas de diversos tipos, pão e mel, um ensopado de vegetais cheio de milho, pimentões, tomates, batatas, cebolas, cogumelos, ervas e temperos.

Onde estivera tudo isso?, Lilith se perguntou. Com certeza eles poderiam ter dado a ela um pouco daquilo em vez de mantê-la por tanto tempo em uma dieta que transformou o ato de comer em uma obrigação. Será que foi para manter sua saúde? Ou houve outro propósito, algo relacionado à maldita permuta de genes que faziam?

Depois de ter comido um pouco de cada coisa, saboreando cada novo sabor com ternura, começou a prestar atenção nos quatro Oankali que estavam com ela no pequeno cômodo vazio. Eram Jdahya e sua esposa Tediin… Kaaljdahyatediin lel Kahguyaht aj Dinso. E lá estava o parceiro ooloi de Jdahya, Kahguyaht… Ahtrekahguyahtkaal lel Jdahyatediin aj Dinso. Por fim, estava também a criança ooloi da família, Nikanj… Kaalnikanj oo Jdahyatediinkahguyaht aj Dinso.

Os quatro se sentaram no alto das conhecidas plataformas uniformes comendo alimentos terrestres em vários pratos, como se tivessem nascido para essa dieta.

Havia uma plataforma central com mais comida, e os Oankali se revezavam enchendo os pratos uns dos outros. Eles não conseguiam, ao que parecia, se levantar e fazer apenas um prato. E passavam outros adiante, até mesmo a Lilith. Ela fez o prato de Jdahya com o ensopado de vegetais e o devolveu a ele, se perguntando quando ele tinha comido pela última vez, além da laranja que dividiram.

— Você comeu enquanto estávamos no quarto de isolamento? — perguntou a ele.

— Eu tinha comido antes de entrar — respondeu ele. — Gastei bem pouca energia enquanto estava lá, então não precisei de mais comida.

— Por quanto tempo ficamos lá?

— Seis dias, no seu tempo.

Ela se sentou em sua plataforma, encarando-o.

— Tudo isso?

— Seis dias — ele repetiu.

— Seu corpo se desacostumou ao dia de 24 horas de seu mundo — disse Kahguyaht. — Isso acontece a todas as pessoas. Seu dia se estende lentamente e você perde o controle de quanto tempo passou.

— Mas...

— Quanto tempo pareceu para você?

— Alguns dias... eu não sei. Menos de seis.

— Entendeu agora? — perguntou em tom brando.

Ela franziu a testa. Kahguyaht estava nu, como os outros, exceto Jdahya. Isso não a incomodou, nem mesmo a uma distância curta, como ela tinha temido que incomodaria. Mas ela não gostava de Kahguyaht. Mostrava presunção e uma tendência a tratá-la com prepotência. E também era uma das criaturas programadas para levar a cabo a destruição do que sobrara da humanidade. Além disso, apesar da alegação de Jdahya de que os Oankali não eram hierárquicos, parecia chefiar a casa. Todos lhe eram submissos.

Kahguyaht era quase do mesmo tamanho de Lilith, levemente maior que Jdahya e consideravelmente menor do que a fêmea Tediin. E tinha quatro braços. Ou dois braços e dois tentáculos do tamanho dos braços. Os tentáculos grandes, acinzentados e rudimentares, faziam-na se lembrar das trombas de elefantes, exceto pelo fato de que ela nunca sentiu nojo da tromba de um elefante. Ao menos a criança ainda não tinha esses tentáculos, embora Jdahya tenha garantido a ela que se tratava de uma criança ooloi. Olhando para Kahguyaht, ela sentiu satisfação em saber que os próprios Oankali usavam pronome neutro para se referir a ooloi. Algumas coisas mereciam ser chamadas de "coisas".

Ela se concentrou na comida novamente.

— Como vocês podem comer tudo isso? — perguntou ela. — Eu não podia comer a comida de vocês, podia?

— O que você acha que comeu cada uma das vezes que Despertamos você? — perguntou Kahguyaht.

— Não sei — respondeu ela. — Ninguém quis me dizer o que era.

Kahguyaht não percebeu ou ignorou a raiva na voz dela.

— Era uma de nossas comidas, levemente alterada para atender suas necessidades específicas.

Pensar em suas "necessidades específicas" a fez perceber que Kahguyaht deveria ser "o familiar" de Jdahya que a curara do câncer. Ela, de alguma forma, não tinha pensado nisso até agora. Levantou e encheu uma de suas tigelas pequenas com castanhas torradas, mas não salgadas... e se perguntou, com certo cansaço, se estava ou não grata a Kahguyaht. Automaticamente, encheu a tigela que Tediin tinha lhe estendido com as mesmas castanhas.

— Alguma comida nossa é venenosa para vocês? — perguntou ela, sem rodeios.

— Não — respondeu Kahguyaht. — Nós nos adaptamos às comidas de seu mundo.

— Alguma comida de vocês é venenosa para mim?

— Sim. Muitas delas. Você não deve comer nada desconhecido que encontrar aqui.

— Não faz sentido. Como vocês foram capazes de sair de tão longe, de outro mundo, de outro sistema estelar, e comer nossa comida?

— Não tivemos tempo para aprender a comer a comida de vocês? — perguntou Kahguyaht.

— O quê?

Kahguyaht não repetiu a pergunta.

— Veja bem — disse Lilith —, como vocês podem aprender a comer algo que é venenoso para vocês?

— Estudando os professores para quem aquilo não é venenoso. Estudando seu povo, Lilith. Seus corpos.

— Não entendo.

— Então, aceite a evidência diante de seus olhos. Podemos comer o que você pode. É suficiente que você entenda isso.

Criatura arrogante, pensou ela. Mas não disse nada.

— Isso significa que vocês podem aprender a comer qualquer coisa? Que não podem ser envenenados?

— Não. Eu não quis dizer isso.

Ela esperou, mastigando as castanhas, pensando. Quando Kahguyaht continuou, ela olhou para aquela coisa, que se dirigia a ela com os tentáculos da cabeça apontados.

— Os muito velhos podem ser envenenados — respondeu. — As reações deles são mais lentas. Podem não ser capazes de reconhecer uma substância inesperadamente fatal e se lembrarem de neutralizá-la a tempo. Quem está seriamente ferido pode ser envenenado. Seu corpo está distraído, ocupado com a autorrecuperação. E as crianças podem ser envenenadas se ainda não tiverem aprendido a se proteger.

— Você quer dizer que... praticamente qualquer coisa pode envenenar vocês se não se prepararem para se proteger contra aquilo?

— Não praticamente qualquer coisa. Poucas coisas, na verdade. Coisas às quais éramos particularmente vulneráveis antes de deixarmos nosso primeiro mundo de origem.

— Como o quê?

— Por que a pergunta, Lilith? O que você faria se eu contasse a você? Envenenaria uma criança?

Ela mastigou e engoliu várias castanhas, enquanto encarava o ooloi adulto, não fazendo nenhum esforço para dissimular sua antipatia.

— Você me encorajou a perguntar — disse ela.

— Não. Não era o que eu estava fazendo.

— Você realmente imagina que eu machucaria uma criança?

— Não. Você apenas ainda não aprendeu a não fazer perguntas perigosas.

— Por que você me disse tudo que disse?

Kahguyaht relaxou seus tentáculos.

— Porque conhecemos você, Lilith. E, dentro de certos limites, queremos que você nos conheça.

2

Oooloi adulto a levou para ver Sharad. Lilith preferiria que Jdahya a tivesse levado, mas quando Kahguyaht se ofereceu, Jdahya se inclinou em direção a ela e perguntou:
— Devo ir?

Aparentemente ele não imaginava que Lilith conseguiria interpretar a mensagem velada do gesto: Jdahya a estava tratando como uma criança. Lilith ficou tentada a aceitar esse papel e pedir a ele para ir junto. Mas ele merecia férias dela, e ela dele. Talvez ele quisesse passar algum tempo com a grande e silenciosa Tediin. *Como essas pessoas conduzem sua vida sexual?*, pensou ela. Como ooloi se integravam? Será que os dois tentáculos do tamanho de braços eram órgãos sexuais? Kahguyaht não os havia usado para comer, os tinha mantido enrolados no corpo, sob os braços verdadeiros, ou cobrindo os ombros.

Ela não tinha medo de Kahguyaht, por maior que fosse sua feiura. Até o momento, aquele ser só tinha inspirado nela o nojo, a raiva e a aversão. Como Jdahya havia se ligado a uma criatura daquelas?

Kahguyaht a conduziu através das paredes das árvores, abrindo-as com o toque de um de seus grandes tentáculos. Por fim, chegaram em um corredor amplo, em declive e bem iluminado. Um grande número de Oankali caminhava ou dirigia veículos planos, lentos, sem rodas, que aparentemente flutuavam a centímetros do chão. Não aconteciam colisões ou esbarrões, ainda que Lilith não visse nenhuma organização no tráfego. As pessoas caminhavam ou dirigiam por onde quer que encontrassem uma passagem e aparentemente dependiam das outras para não serem atingidas. Alguns dos veículos traziam uma carga irreconhecível: esferas transparentes azuis, do tamanho de uma bola de praia, cheias de algum líquido; animais semelhantes a centopeias de cerca de 60 centímetros de comprimento, como bichos amontoados em jaulas retangulares, grandes tabuleiros verdes de cerca de 2 metros de comprimento e uns 90 centímetros de espessura. Essas últimas se contorciam devagar, às cegas.

— O que são? — perguntou Lilith.

O ser a ignorou, exceto ao pegar o braço dela e guiá-la onde o tráfego era intenso. De repente, ela percebeu que a guiava com a ponta de um de seus tentáculos grandes.

— Como vocês chamam isso? — perguntou ela, tocando o tentáculo enrolado em torno de seu braço. Como os menores, aquele era frio e duro como unha, mas claramente flexível.

— Você pode chamar de braços sensoriais — respondeu Kahguyaht.

— Para que servem? — Silêncio. — Escute, pensei que eu deveria estar aprendendo. Não posso aprender sem fazer perguntas e receber respostas.

— Você vai recebê-las com o tempo, à medida que precisar delas.

Com raiva, ela se desvencilhou de sua mão. Foi surpreendentemente fácil fazer isso. O ooloi não a tocou de novo, não pareceu perceber que quase a perdeu duas vezes e não fez nenhum esforço para ajudá-la quando passaram em meio a um grupo e ela notou que não conseguia diferenciar ooloi.

— Kahguyaht! — disse ela enfaticamente.

— Aqui. — Estava ao lado dela, sem dúvida alguma observando, provavelmente rindo de sua confusão.

Sentindo-se manipulada, ela agarrou um de seus braços verdadeiros e se manteve próxima até que entrassem em um corredor que estava quase vazio. Dali, entraram em outro que estava vazio. Kahguyaht passou um braço sensorial pela parede por vários metros, então parou e comprimiu a ponta do braço contra a parede.

Apareceu uma abertura onde o braço tocou e Lilith esperou ser conduzida a mais um corredor ou cômodo. Em vez disso, a parede pareceu formar um esfíncter e expelir algo. Havia até mesmo um odor acre para reforçar a imagem. Um dos grandes retângulos semitransparentes verdes apareceu, úmido e reluzente.

— É uma planta — Kahguyaht declarou. — Nós a conservamos onde pode receber o tipo de luz sob a qual se desenvolve melhor.

Poderia ter dito isso antes, pensou Lilith.

O retângulo verde se retorceu muito lentamente, como fizeram os outros, enquanto sua companhia ooloi o examinava com seus dois braços sensoriais. Após algum tempo, se concentrou em apenas uma das extremidades. Ali, massageou-o com seus braços sensoriais.

Lilith viu que a planta estava começando a se abrir e, de repente, ela soube o que estava acontecendo.

— Sharad está dentro dessa coisa, não está?

— Venha aqui.

Ela foi até onde Kahguyaht se sentou no chão, aos pés do retângulo agora aberto. A cabeça de Sharad começava a se tornar visível. O cabelo, que em sua memória era preto e opaco, agora brilhava, úmido e emplastado na cabeça. Os olhos estavam fechados e a expressão do rosto era pacífica, como se o menino estivesse dormindo naturalmente. Ao chegar na base da garganta do menino, Kahguyaht interrompeu a abertura da planta, mas ela conseguiu ver o bastante para saber que Sharad estava só um pouco mais velho do que era quando eles compartilharam o quarto de isolamento. Ele parecia saudável e bem.

— Você vai acordá-lo? — perguntou Lilith.

— Não. — Kahguyaht tocou o rosto de tom amarronzado com um braço sensorial. — Não vamos Despertar essas pessoas por um tempo. O ser humano que irá orientá-los e treiná-los ainda não começou seu próprio treinamento.

Ela teria suplicado se os dois anos que passara lidando com os Oankali não lhe tivessem revelado quão pequenos eram os resultados das súplicas. Ali estava o único ser humano que ela tinha visto naqueles dois anos, em 250 anos. E ela não podia falar com ele, não podia avisá-lo que estava ali.

Ela tocou seu rosto; achou-o úmido, viscoso, frio.

— Você tem certeza de que ele está bem?

— Ele está ótimo. — Kahguyaht tocou a planta no ponto em que se abria e ela começou lentamente a se fechar em volta de Sharad. Ela observou aquele rosto até estar completamente coberto. A planta se fechou perfeitamente sobre a pequena cabeça.

— Antes de encontrarmos essas plantas — disse Kahguyaht —, elas costumavam capturar animais vivos e mantê-los vivos por um longo tempo usando dióxido de carbono e fornecendo a eles oxigênio enquanto digeriam lentamente partes não essenciais de seus corpos: membros, pele, órgãos sensoriais. As plantas até passavam algumas de suas próprias substâncias à sua presa para nutrir a presa e mantê-la viva pelo maior tempo possível. E as plantas se beneficiavam dos resíduos produzidos pelas presas. Ministravam uma morte realmente prolongada.

Lilith engoliu em seco.

— A presa sentia o que estava sendo feito a ela?

— Não. Isso teria apressado a morte. A presa... dormia.

Lilith olhou fixo para o retângulo verde se contorcendo devagar, como uma lagarta extremamente corpulenta.

— Como Sharad respira?

— A planta fornece a ele uma mistura ideal de gases.

— Não apenas oxigênio?

— Não. Ela adequa os cuidados às necessidades dele. Ela ainda se beneficia do dióxido de carbono que ele exala e de sua rara produção de resíduos. A planta boia em uma banheira de nutrientes e água. Isso e a luz fornecem o resto de suas necessidades.

Lilith tocou a planta e descobriu que era firme e fria. Cedia levemente sob seus dedos. A superfície era ligeiramente revestida de lodo. Ela observou admirada quando seus dedos afundaram mais na planta e esta começou a engoli-los. Ela não estava com medo, até tentar puxá-los e descobrir que a planta não os soltava, e puxá-los causava uma dor intensa.

— Espere — disse Kahguyaht. Com seu braço sensorial, tocou a planta perto da mão dela. Imediatamente, ela sentiu a planta começar a soltá-la. Quando conseguiu tirar a mão, descobriu que estava adormecida, mas intacta.

As sensações retornaram à sua mão lentamente. A marca da mão ainda estava visível na superfície da planta quando Kahguyaht esfregou as próprias mãos com seus braços sensoriais e, então, abriu a parede e empurrou a planta de volta.

— Sharad é muito pequeno — disse quando a planta desapareceu. — A planta poderia ter levado você também.

Ela estremeceu.

— Eu estava em uma... não estava?

Kahguyaht ignorou a pergunta. Mas era evidente que ela tinha estado em uma das plantas, passado grande parte dos últimos dois séculos e meio dentro do que era basicamente uma planta carnívora. E a coisa tinha cuidado bem dela, mantendo-a jovem e saudável.

— Como vocês fizeram as plantas pararem de comer pessoas? — perguntou Lilith.

— Nós as alteramos geneticamente, mudamos algumas das suas necessidades, as capacitamos para responder a certos estímulos químicos vindos de nós.

Ela olhou para Kahguyaht.

— Uma coisa é fazer isso com uma planta. Outra é fazer com seres inteligentes, autoconscientes.

— Fazemos o que fazemos, Lilith.

— Vocês poderiam nos matar. Poderiam transformar nossas crianças em monstros estéreis.

— Não — respondeu. — Não havia vida alguma na sua Terra quando nossos ancestrais deixaram nosso primeiro mundo de origem e em todo esse tempo nunca fizemos uma coisa dessas.

— E você não me diria se tivessem feito — ela retrucou em tom amargo.

Kahguyaht a levou de volta pelos corredores apinhados até o que ela veio a pensar como sendo o apartamento de Jdahya.

Lá, levou-a até a criança.

— Nikanj é quem vai responder às suas perguntas e conduzir você através das paredes quando necessário — disse

Kahguyaht. — Tem uma vez e meia a sua idade e muita informação sobre outras coisas que não os seres humanos. Você ensinará a Nikanj sobre seu povo, Nikanj ensinará a você sobre os Oankali.

Uma vez e meia a idade dela, três quartos do tamanho dela e ainda crescendo. Ela desejou que Nikanj não fosse uma criança ooloi. Desejou que não fosse criança. Como Kahguyaht pôde, primeiro, acusá-la de querer envenenar crianças, e depois deixá-la aos cuidados de uma?

Ao menos Nikanj ainda não parecia ooloi.

— Você fala inglês, não fala? — perguntou Lilith quando Kahguyaht abriu a parede e deixou o cômodo.

Era o cômodo em que eles tinham comido, agora vazio, exceto pela presença de Lilith e da criança. O que sobrara da comida e os pratos foram removidos e ela não tinha visto Jdahya ou Tediin desde que voltara.

— Sim — respondeu a criança. — Mas... não muito. Você ensina.

Lilith suspirou. Nem a criança nem Tediin tinham dito uma palavra a ela além do cumprimento, embora, de vez em quando, ambos tivessem falado, depressa e de modo entrecortado, em Oankali, com Jdahya ou Kahguyaht. Ela tinha se perguntado por quê. Agora sabia.

— Vou ensinar o que eu puder.

— Eu ensino. Você ensina.

— Sim.

— Ótimo. Lá fora?

— Você quer que eu vá lá fora com você?

A criança pareceu pensar por um instante.

— Sim — respondeu, por fim.

— Por quê?

A criança abriu a boca, e a fechou novamente, os tentáculos da cabeça se contorcendo. Confusão? Problema com o vocabulário?

— Está tudo bem — disse Lilith. — Podemos ir lá fora se você quiser.

Os tentáculos da criança se ajustaram a seu corpo por um instante e, então, ela pegou Lilith pela mão; teria aberto a parede e a levado para fora, mas Lilith a interrompeu.

— Você pode me mostrar como abrir a parede? — perguntou.

A criança hesitou, depois pegou uma de suas mãos e a roçou na floresta de longos tentáculos de sua cabeça, o que deixou a mão levemente úmida. Então, tocou a parede com os dedos de Lilith e a parede começou a se abrir.

Mais uma reação programada a estímulos químicos. Nenhum local especial a ser pressionado, nenhuma sequência especial de pressões. Apenas uma química que os Oankali produziam no interior de seus corpos. Ela continuaria sendo uma prisioneira, forçada a ficar onde quer que decidissem deixá-la. A ela não seria permitida sequer a ilusão de liberdade.

A criança a deteve assim que chegaram ao lado de fora. Esforçou-se para dizer mais algumas palavras.

— Outros — disse a criança, então hesitou. — Outros ver você? Outros não ver humanos… nunca.

Lilith franziu a testa, certa de que aquilo era uma pergunta. A inflexão crescente da criança parecia indicar pergunta, se é que ela poderia depender de tais indícios vindos de um Oankali.

— Você está me perguntando se pode me mostrar para seus amigos? — perguntou ela.

A criança virou o rosto para ela.

— Mostrar?

— Significa… me exibir, me levar para fora para ser vista.

— Ah. Sim. Eu mostro você?

— Tudo bem — disse ela, sorrindo.

— Eu falo… mais humano logo. Você diz… se eu falo ruim.

— Mal — ela corrigiu.

— Se eu falo mal?

— Sim.

Fez-se um longo silêncio.

— Oposto, bom? — perguntou a criança.

— Não. Oposto de bem.

— Bem. — A criança pareceu saborear a palavra. — Eu falo bem logo.

3

Os amigos de Nikanj beliscaram e cutucaram sua pele descoberta e tentaram convencê-la, por meio da criança, a tirar a roupa. Nenhum deles falava inglês. Nenhum parecia nem um pouco infantil, embora Nikanj tivesse afirmado que eram crianças. Ela tinha a sensação de que algumas adorariam dissecá-la. Falavam muito pouco em voz alta, mas havia muito contato de tentáculos com a carne ou dos tentáculos com outros tentáculos. Quando viram que ela não tiraria a roupa, não dirigiram mais perguntas a ela. No início, ela se divertiu, depois ficou irritada com aquela atitude. Para o grupo, ela não era nada além de um animal raro, o novo bicho de estimação de Nikanj.

Ela virou as costas para eles. Havia se cansado de ser exibida. Afastou-se de uma dupla de crianças que estendiam os braços para examinar o cabelo dela e disse o nome de Nikanj com severidade. A criança soltou os longos tentáculos de sua cabeça, que estavam emaranhados aos de outra criança, e foi até ela. Se não tivesse reagido ao próprio nome, ela não saberia quem era. Precisava aprender a distinguir as pessoas. Talvez, memorizar as várias configurações dos tentáculos de cabeça.

— Quero voltar — disse Lilith.

— Por quê? — perguntou a criança.

Ela suspirou, decidida a dizer o máximo de verdade que considerava que Nikanj poderia compreender. Melhor descobrir agora até onde a verdade a levaria.

— Não gosto disso. Não quero mais ser exibida a pessoas com as quais não consigo falar.

Nikanj tocou o braço dela, hesitante.

— Você... raiva?

— Estou com raiva, sim. Preciso ficar um pouco sozinha.

A criança pensou sobre aquilo.

— Vamos voltar — disse, por fim.

Algumas das crianças aparentemente ficaram descontentes com a partida de Lilith. Elas se agruparam em torno dela e falaram em voz alta com Nikanj, que disse algumas palavras e elas a deixaram passar.

Lilith percebeu que estava tremendo e inspirou profundamente algumas vezes para relaxar. Como devia se sentir um animal de estimação? E como se sentiam os animais de zoológico?

Se a criança a levasse para algum lugar e a deixasse por algum tempo... Será que daria a ela um pouco do que pensou que nunca mais desejaria: solidão?

Nikanj tocou sua testa com alguns tentáculos de sua cabeça, como se examinasse seu suor. Ela balançou a cabeça, afastando-se, não querendo mais ser examinada por ninguém.

A criança abriu a parede para entrarem no apartamento da família e a levou a um quarto que era idêntico ao quarto de isolamento que ela pensava ter deixado para trás.

— Descansa aqui — disse a ela. — Dorme.

Havia até um banheiro e, na conhecida mesa-plataforma, um conjunto de roupas limpas. E no lugar de Jdahya estava Nikanj. Ela não conseguiu se livrar da criança, que recebera ordens de ficar com ela, e tinha a intenção de ficar. Quando gritou com a criança, seus tentáculos pousaram formando feios blocos irregulares, mas Nikanj permaneceu ali.

Derrotada, ela se escondeu por um tempo no banheiro. Lavou as roupas antigas, embora nenhuma matéria estranha aderisse a elas, nem sujeira, nem suor, nem gordura ou água. As roupas não ficavam molhadas por mais que alguns poucos minutos. Algum material sintético oankali.

Então, desejou dormir. Estava acostumada a dormir sempre que se sentia cansada, e desacostumada a caminhar longas distâncias ou encontrar pessoas novas. Era surpreendente a rapidez com que os seres Oankali se tornaram pessoas para ela. Por outro lado, quem mais havia ali?

Ela rastejou até a cama e virou de costas para Nikanj, que tinha assumido o lugar de Jdahya na mesa-plataforma. Quem mais existiria para ela se Oankali fizessem o que queriam? E, sem dúvida, estavam acostumados a fazer o que queriam. Modificar plantas carnívoras... O que será que tinham modificado para ter aquela nave? E em que tipo de ferramentas transformariam os seres humanos? Será que já sabiam ou estavam planejando novas experiências? Será que se importavam? Como fariam essas mudanças? Ou já as tinham feito – algumas interferências extras enquanto cuidavam de seu tumor? Será que ela teve um tumor? Seu histórico familiar a levava a crer que sim. Provavelmente não mentiram sobre isso. Talvez não tenham mentido sobre nada. Por que se preocupariam em mentir? Possuíam a Terra e tudo o que restou da espécie humana.

Como ela foi capaz de não aceitar a oferta de Jdahya?

Por fim, dormiu. A luz nunca mudava, mas ela estava acostumada àquilo. Acordou uma vez e descobriu que Nikanj estava na cama com ela. Seu primeiro impulso foi empurrar a criança para longe, repugnada, ou se levantar. O segundo, aquele que ela seguiu, indiferente de tanto cansaço, foi voltar a dormir.

4

Duas coisas haviam se tornado importantes para Lilith de uma maneira irracional: primeiro, falar com outro ser humano. Qualquer humano serviria, mas ela tinha a esperança de que fosse alguém que estivesse Desperto há mais tempo que ela, alguém que soubesse mais do que ela.

Segundo, queria flagrar um Oankali numa mentira. Qualquer Oankali. Qualquer mentira.

Porém, ela não via nenhum sinal de outros seres humanos. E o mais próximo que chegou de flagrar um Oankali mentindo era quando contavam meias verdades, embora até nesses momentos fossem honestos. Admitiam que diziam apenas parte do que ela queria saber. Para além disso, os Oankali pareciam sempre dizer a verdade, como a percebiam. Isso deixou nela uma sensação quase intolerável de desesperança e desamparo. Como se flagrá-los em mentiras pudesse torná-los vulneráveis. Como se isso tornasse o que pretendiam fazer menos real, mais fácil de negar.

Apenas Nikanj dava algum prazer a ela, algum esquecimento. A criança ooloi parecia ter sido dada a ela tanto quanto ela fora dada à criança: raramente a deixava e parecia gostar dela, embora Lilith não soubesse o que "gostar" pudesse significar para um Oankali. Não compreendia sequer os laços afetivos entre Oankali. Mas Jdahya se preocupara com ela o suficiente a ponto de se oferecer a fazer algo que considerava completamente errado.

O que Nikanj poderia fazer por ela um dia?

Na realidade, ela era um animal de laboratório. Não um animal de estimação. O que Nikanj poderia fazer a favor dela nessa condição? Protestar em lágrimas (?) quando ela fosse sacrificada ao fim do experimento?

Mas não, não era aquele tipo de experimento. Ela estava destinada a viver e a se reproduzir, não a morrer. Animal de laboratório, progenitora de animais domésticos? Ou de... animais quase extintos, parte de um programa de reprodução em cativeiro? Biólogos humanos tinham feito aquilo antes da guerra, usando alguns poucos membros cativos de uma espécie ameaçada de extinção para gerar outros para a população selvagem. Será que ela se encaminhava para isso? Inseminação artificial forçada. Maternidade por substituição? Drogas para a fertilidade e "doações" forçadas de óvulos? Implantação de óvulos fertilizados alheios. Separação das crianças de suas mães no nascimento... Os seres humanos tinham feito essas coisas com procriadores cativos, tudo por um bem maior, obviamente.

Era sobre isso que ela precisava conversar com outro ser humano.

Apenas outro humano poderia tranquilizá-la ou, ao menos, compreender seu medo. Mas havia apenas Nikanj. Lilith passava todo seu tempo ensinando a criança e aprendendo o que conseguia com ela. A criança a mantinha tão ocupada quanto ela permitia. Precisava de menos sono do que Lilith, e esperava que, quando ela não estivesse dormindo, estivesse aprendendo ou ensinando. Não queria apenas a língua, mas cultura, biologia, história, sua própria história de vida... O que quer que ela soubesse, Nikanj esperava aprender.

Era quase como ter Sharad com ela de novo. Mas Nikanj era bem mais exigente, parecia-se mais com um adulto em sua persistência. Sem dúvida Oankali fizeram com que Sharad e ela passassem aquele tempo juntos para que pudessem analisar o comportamento de Lilith com uma criança estrangeira de sua própria espécie, uma criança com quem ela tivesse de compartilhar o alojamento e a quem tivesse de ensinar.

Assim como Sharad, Nikanj tinha memória eidética. Lembrava-se de tudo que via ou ouvia uma vez, tivesse compreendido ou não. Era brilhante e aprendia surpreendentemente rápido. Ela ficou envergonhada diante de sua lentidão penosa e sua memória aleatória.

Sempre tinha considerado mais fácil aprender quando podia fazer anotações. Em todo seu tempo com Oankali, entretanto, ela nunca viu nenhum deles lendo ou escrevendo nada.

— Vocês mantêm algum registro fora de suas próprias memórias? — perguntou a Nikanj quando já tinham trabalhado em conjunto por tempo suficiente para que ela se sentisse frustrada e furiosa. — Vocês leem ou escrevem?

— Você não me ensinou essas palavras — disse a criança.

— Comunicação por meio de marcas simbólicas... — Ela olhou ao redor em busca de algo em que pudesse fazer uma marca, mas estavam no quarto e não havia nada que conservasse uma marca por tempo suficiente para que Lilith pudesse escrever palavras.

— Vamos lá fora — disse ela. — Vou mostrar a você.

Nikanj abriu a parede e a levou para fora. Lá, entre os galhos das pseudoárvores que continham seus alojamentos, ela ajoelhou no chão e começou a escrever com o dedo no que parecia ser um solo maleável e arenoso. Escreveu seu nome, então experimentou as diferentes possibilidades de ortografia do nome de Nikanj.

Necange não parecia certo. Muito menos Nekahnge. Nickahnge era mais próximo. Ouviu mentalmente a criança dizendo o próprio nome e então escreveu Nikanj. Assim parecia correto, e ela gostou do que viu.

— É mais ou menos assim que se vê seu nome quando está escrito — ela explicou. — Posso escrever as palavras que você me ensina e estudá-las até aprendê-las. Assim, eu não teria que perguntar as coisas para você várias vezes. Mas preciso de algumas coisas para escrever. Folhas de papel seriam o melhor. — Ela não tinha certeza se Nikanj sabia o que era papel, mas não perguntou. — Se você não tem papel, eu poderia usar plástico ou mesmo tecido se você conseguir fazer algo para fazer marcas neles. Algum tipo de tinta ou corante, algo que faça uma marca nítida. Você entende?

— Você pode fazer o que está fazendo com os dedos — disse Nikanj.

— Não é o suficiente. Preciso conseguir guardar o que escrevo... para estudar. Preciso... — Ela parou no meio da frase e piscou para Nikanj. — Isso não é nada perigoso. Algumas pessoas entre seu povo devem ter visto nossos livros, fitas, discos, filmes, nossos registros de história, medicina, língua, ciência, todos os tipos de coisa. Só quero fazer meus próprios registros de sua língua.

— Eu sei sobre os... registros que seu povo mantinha. Não sabia como se chamavam em inglês, mas os vi. Guardamos muitos deles e aprendemos a usá-los para conhecer melhor os seres humanos. Eu não os entendo, mas os outros sim.

— Posso vê-los?

— Não. Ninguém do seu povo tem permissão para vê-los.

— Por quê?

A criança não respondeu.

— Nikanj?

Silêncio.

— Então... ao menos deixe que eu faça meus próprios registros para me ajudar a aprender a sua língua. Nós, humanos, precisamos desse tipo de coisa para nos ajudar a lembrar.

— Não.

Ela franziu a testa.

— Mas... o que você quer dizer com "não"? Precisamos, sim.

— Não posso dar essas coisas para você. Não para escrever ou ler.

— Por quê?

— Não é permitido. As pessoas decidiram que não deveria ser permitido.

— Isso não é resposta. Qual o motivo que deram?

Novamente o silêncio. Nikanj deixou seus tentáculos sensoriais penderem. Isso fez com que parecesse menor, como um animal peludo que se molhou.

— Pode ser que vocês não tenham ou não consigam fazer material para escrita — disse ela.

— Conseguimos fazer qualquer coisa que seu povo conseguia — Nikanj retrucou. — Mas não gostaríamos de fazer a maioria das suas coisas.

— É uma coisa tão simples... — Ela balançou a cabeça. — Foi dito a você para não me contar o porquê?

A criança se recusou a responder. Será que aquilo significava que a iniciativa de não contar era de Nikanj, seu exercício infantil de poder? Por que os Oankali não poderiam fazer aquelas coisas com tanta facilidade como os humanos?

Depois de algum tempo, Nikanj disse:

— Vamos voltar para dentro. Vou ensinar mais a você sobre nossa história. — A criança sabia que Lilith gostava dos relatos da longa história multiespécie dos Oankali, e os relatos a ajudavam em seu vocabulário. Mas ela não estava com o ânimo cooperativo agora. Sentou-se no chão e se recostou na pseudoárvore.

Depois de um instante, Nikanj se sentou diante dela e começou a falar:

— Seis divisões atrás, em um mundo aquático de sol branco, vivíamos em grandes oceanos pouco profundos — disse a criança. — Tínhamos muitos corpos e falávamos através de luzes corporais e padrões de cores conosco mesmos e entre nós...

Ela deixou que continuasse, sem fazer perguntas quando não entendia, sem se importar. A ideia de seres Oankali se fundindo a uma espécie de criaturas inteligentes, instruídas e semelhantes a peixes era fascinante, mas ela estava furiosa demais para dar toda sua atenção a isso. Material de escrita. Aquelas coisas tão insignificantes e que, ainda assim, eram negadas a ela. Coisas tão insignificantes!

Quando Nikanj foi ao apartamento buscar comida para ambos, Lilith se levantou e saiu caminhando. Vagou com mais liberdade do que tivera até então, pela área externa dos alojamentos dentro das pseudoárvores, semelhante a um parque. Os Oankali a viram, mas pareceram não prestar mais do que uma atenção momentânea a ela. Tinha ficado absorvida em olhar à sua volta quando Nikanj apareceu de repente a seu lado.

— Você tem que ficar comigo — disse, em um tom que a fez se lembrar de uma mãe humana falando com uma criança de cinco anos. Aquela era quase exatamente sua posição hierárquica na família.

Depois desse incidente, ela escapulia sempre que podia. O que fariam? Seria impedida, punida e confinada?

Não foi. Nikanj parecia ter se acostumado com os passeios dela. De uma hora para outra, parou de aparecer a seu lado minutos depois de suas escapadelas. Parecia querer dar a ela, ocasionalmente, uma ou duas horas fora do alcance de sua visão.

Lilith começou a levar comida consigo, guardando itens fáceis de carregar de suas refeições: o arroz muito temperado embrulhado em um envelope comestível de alto teor proteico, castanhas, frutas frescas ou quatasayasha, uma comida Oankali parecida com queijo que Kahguyaht disse ser seguro comer. Nikanj reconheceu que aceitava seus passeios esporádicos ao aconselhá-la a esconder sob o solo qualquer alimento não consumido que ela não quisesse.

— Alimente a nave — foi seu jeito de expressar a sugestão.

Ela transformou seu jaleco extra em uma bolsa e colocava o almoço lá dentro; então, perambulava sozinha, comendo e pensando. Não havia conforto verdadeiro em estar sozinha com seus pensamentos, suas memórias, mas de algum modo a ilusão de liberdade reduzia seu desespero.

Outros Oankali tentaram falar com ela algumas vezes, mas ela não conseguia entender o suficiente do idioma para travar uma conversa. Algumas vezes, mesmo quando falavam devagar, Lilith não reconhecia palavras que devia saber e, instantes depois do encontro ter terminado, ela as compreendia. Na maioria das vezes, ela se exasperava, recorrendo aos gestos, que não funcionavam muito bem, e se sentia estúpida. A única comunicação segura que ela conseguia estabelecer era para solicitar a ajuda de estranhos quando estava perdida.

Nikanj tinha dito a ela que, caso não conseguisse encontrar o caminho de volta para "casa", deveria ir ao adulto mais próximo e dizer seu nome com os acréscimos oankali:

Dhokaaltediinjdahyalilith eka Kahguyaht aj Dinso. O Dho usado como prefixo indicava que era uma não Oankali adotada. Kaal era o nome do grupo de parentesco. Depois, os nomes de Tediin e Jdahya, com o de Jdahya por último porque ele a trouxe para a família. Eka significava criança. Uma criança tão jovem que literalmente não tinha sexo, como todos os Oankali muito jovens não tinham. Lilith aceitou essa designação com esperança. Certamente as crianças sem sexo não eram usadas em experimentos reprodutivos. E, então, vinha o nome de Kahguyaht. Afinal de contas, era seu terceiro "progenitor". Por fim, havia o nome da situação comercial. O grupo Dinso estava ocupando a Terra, transformando-se ao incorporar parte do patrimônio genético da humanidade, espalhando seus próprios genes como uma doença entre humanos que não desejavam isso... Dinso. Não era um sobrenome. Era uma promessa terrível, uma ameaça.

Ainda assim, se ela dissesse esse longo nome, sem errar, as pessoas entenderiam imediatamente não apenas quem Lilith era, mas onde ela deveria estar, e indicariam a ela a direção de "casa". Não que ela ficasse particularmente agradecida.

Em uma dessas caminhadas solitárias, ela ouviu dois Oankali usarem uma das palavras que tinham para seres humanos: kaizidi. E andou mais devagar para ouvi-los. Presumiu que os dois falavam sobre ela. Com frequência, presumia que as pessoas entre as quais caminhava estavam comentando sobre ela como se fosse um animal raro. Essas duas confirmaram seus temores ao ficarem em silêncio quando Lilith se aproximou e continuaram a conversa em silêncio por meio de toques mútuos dos tentáculos de suas cabeças. Mal tinha se esquecido desse incidente quando, várias caminhadas depois, ouviu outro grupo de pessoas na mesma área novamente falando sobre um kaizidi, um homem que chamaram de Fukumoto.

Mais uma vez, todos ficaram em silêncio com sua aproximação. Ela havia tentado ficar imóvel e ouvir, escondida atrás do tronco de uma das grandes pseudoárvores, mas no momento em que parou ali, a conversa entre os Oankali se tornou silenciosa. A escuta deles, quando decidiam concentrar a atenção nisso, era aguçada. No início de sua permanência, Nikanj tinha reclamado sobre o volume das batidas de seu coração.

Ela continuou caminhando, envergonhada por ter sido flagrada escutando às escondidas. Não havia sentido naquela vergonha. Ela era uma cativa. Quanto uma pessoa que está cativa deveria ser cortês, para além do que era necessário à autopreservação?

E onde estava esse tal de Fukumoto?

Ela repetiu mentalmente o que se lembrava dos fragmentos que havia escutado. Fukumoto tinha alguma relação com o grupo de parentesco Tiej, também um povo Dinso. Ela sabia vagamente onde ficava a área deles, embora nunca tivesse ido até lá.

Por que as pessoas em Kaal estavam discutindo sobre os humanos em Tiej? O que Fukumoto tinha feito? E como ela poderia chegar a ele?

Quis ir a Tiej. Caminharia até lá, se pudesse, se Nikanj não aparecesse para detê-la. Ainda fazia aquilo ocasionalmente, para que Lilith soubesse que poderia segui-la para qualquer lugar, abordá-la em qualquer lugar, como se tivesse aparecido do nada. Talvez gostasse de vê-la se assustar.

Ela começou a andar em direção a Tiej. Podia conseguir ver o homem ainda naquele dia se ele, por acaso, estivesse do lado de fora e gostasse de passeios tanto quanto ela. E se Lilith o visse, talvez ele falasse inglês. Se falasse inglês, seus carcereiros Oankali talvez não conseguissem impedi-lo de falar com ela. Se os dois conversassem, ele poderia se mostrar tão ignorante quanto ela. E caso ele não fosse ignorante, caso se encontrassem, se falassem e tudo corresse bem, os Oankali poderiam decidir puni-la. Confinamento de novo? Animação suspensa? Ou um confinamento mais fechado com Nikanj e sua família? Nos dois primeiros casos, ela simplesmente ficaria livre de uma responsabilidade que não queria para si e provavelmente não podia suportar. No caso da terceira, que diferença fazia, realmente? Que diferença, se comparada com a possibilidade de finalmente falar com outro ser da própria espécie?

Absolutamente nenhuma.

Ela nunca considerou voltar e pedir a Nikanj ou a seus familiares que a deixassem encontrar-se com Fukumoto. Eles tinham deixado claro que ela não devia ter contato com humanos ou artefatos humanos.

A caminhada até Tiej foi mais longa do que ela esperava. Ainda não tinha aprendido a calcular as distâncias a bordo da nave. O horizonte, quando não estava encoberto por pseudoárvores ou por passagens de nível, semelhantes a colinas, parecia assustadoramente próximo. Mas quão próximo ela não conseguiria dizer.

Pelo menos ninguém a deteve. Os Oankali pelos quais passou pareciam supor que ela pertencia àquele lugar. E, exceto no caso de Nikanj aparecer, ela estaria livre para perambular por Tiej o quanto quisesse.

Ao chegar a Tiej, começou sua busca. Ali, as pseudoárvores eram marrom-amareladas, não marrom-acinzentadas como em Kaal, e sua casca era mais rugosa, mais parecida com o que ela esperava da casca de uma árvore. Ainda assim, as pessoas abriam caminho para ir e vir. E ela espiava pelas aberturas que faziam quando tinha a oportunidade. Essa viagem já valeria a pena se conseguisse simplesmente vislumbrar Fukumoto, ou qualquer ser humano Desperto e consciente. Qualquer um.

Lilith não tinha percebido, até efetivamente começar a procurar, o quanto era importante para ela encontrar alguém. Os Oankali a tinham retirado de seu povo, simplesmente para dizer a ela que planejavam usá-la como a uma cabra que guia um rebanho. E tudo de maneira tão suave, sem brutalidade, e com uma paciência e uma gentileza tão corrosivas a qualquer resolução de sua parte...

Caminhou e procurou até ficar cansada demais para continuar. Por fim, desencorajada e mais decepcionada do que até mesmo ela considerava razoável, sentou-se recostada em uma pseudoárvore e comeu duas laranjas que guardou do almoço em Kaal.

Sua busca, admitiu finalmente, tinha sido ridícula. Ela poderia ter ficado em Kaal, sonhado em encontrar outro humano, e obtido mais satisfação com isso. Não conseguia sequer ter certeza de quanto de Tiej percorrera. Não havia sinalização que ela conseguisse ler. Os Oankali não usavam essas coisas. As áreas de seus grupos de parentesco eram claramente demarcadas por aromas. Cada vez que abriam uma parede, fortaleciam os marcadores aromáticos ou se identificavam como visitantes, membros de um grupo de parentesco diferente. Indivíduos ooloi podiam alterar seu cheiro, e faziam isso quando saíam de casa para o acasalamento. Indivíduos do sexo masculino e feminino mantinham o cheiro desde o nascimento e nunca iam além de sua área de parentesco. Lilith não conseguia interpretar os sinais aromáticos. Na opinião dela, Oankali não tinham odor.

Era melhor isso, ela imaginava, do que eles terem um odor ruim e a forçarem a suportá-lo. Mas isso a privava de sinais.

Ela suspirou e decidiu voltar para Kaal, isto é, se conseguisse encontrar o caminho de volta. Olhou ao redor e confirmou suas suspeitas: estava perdida. Teria que pedir a alguém que a colocasse na direção de Kaal.

Levantou-se, afastou-se da pseudoárvore em que havia se recostado e abriu um buraco raso no solo; aquilo, Nikanj explicou a ela, realmente era solo. Encobriu as cascas de laranja, sabendo que desapareceriam em um dia, decompostas pelas gavinhas da matéria orgânica da própria nave. Ao menos era aquilo que deveria acontecer.

Enquanto limpava seu jaleco extra e se levantava, o solo em torno das cascas encobertas começou a escurecer. A mudança de cor atraiu sua atenção e ela observou o solo adquirindo o mesmo tom laranja das cascas. Aquele era um efeito que ela nunca tinha visto antes.

O solo começou a cheirar, a feder, de uma maneira que ela achou difícil associar às laranjas. Foi provavelmente aquele cheiro que atraiu os Oankali. Ela olhou para cima e viu dois deles em pé, ao lado dela, com os tentáculos de suas cabeças estendidos em sua direção, apontando-a.

Um deles falou com ela, e Lilith se esforçou para compreender as palavras, entendeu algumas delas, mas não depressa o suficiente, ou tão completamente a ponto de captar o sentido do que foi dito.

A mancha laranja no chão começou a borbulhar e a crescer. Lilith se afastou.

— O que está acontecendo? — perguntou ela. — Algum de vocês fala inglês?

O maior dos dois Oankali, que Lilith pensou ser fêmea, falou em uma língua que não era nem Oankali nem inglês. Em princípio, aquilo a confundiu. Então, ela percebeu que a língua soava como japonês.

— Fukumoto-san? — perguntou ela, esperançosa.

Houve outra exclamação do que devia ser japonês, e ela balançou a cabeça.

— Não compreendo — respondeu Lilith em Oankali.

Essas eram palavras que ela tinha aprendido rápido, pela repetição. As únicas palavras em japonês que vinham tão rápido à sua mente eram frases feitas de uma viagem ao Japão que fez há anos: *konichiwa, arigato gozaimasu, sayonara.*

Outros Oankali se juntaram para observar o solo borbulhando. A massa laranja havia crescido cerca de um metro e era quase perfeitamente circular. Havia alcançado uma das pseudoplantas carnudas e tentaculadas, que escureceu e se contorceu, como se agonizasse. Vendo-a serpentear com violência, Lilith se esqueceu de que aquele não era um organismo independente. Manteve sua atenção no fato de que a planta estava viva e ela havia provocado sua dor. Não tinha meramente provocado um efeito interessante, havia provocado dor. Forçou-se a falar em um Oankali lento e cauteloso:

— Não consigo mudar isso — disse ela, desejando dizer que não conseguia reparar o dano. — Vocês podem ajudar?

Uma figura ooloi se aproximou, tocou a lama alaranjada com um de seus braços sensoriais e manteve o braço imóvel na lama por vários segundos. A efervescência arrefeceu e, então, parou. No momento em que retirou o braço, a coloração laranja também estava começando a desaparecer.

O indivíduo ooloi disse algo a uma grande fêmea e ela respondeu, gesticulando em direção a Lilith com os tentáculos de sua cabeça.

Lilith franziu a testa, olhando com desconfiança para a criatura.

— Kahguyaht? — perguntou ela, se sentindo tola. Mas o padrão dos tentáculos daquela cabeça era o mesmo de Kahguyaht.

A criatura ooloi apontou os tentáculos de sua cabeça em direção a Lilith.

— Como você conseguiu — perguntou a ela — ser tão promissora e, ao mesmo tempo, tão ignorante?

Kahguyaht.

— O que está fazendo aqui? — perguntou Lilith.

Silêncio. Kahguyaht voltou sua atenção ao solo que se recuperava, parecendo examiná-lo mais uma vez, então disse algo em voz alta para as pessoas reunidas. A maioria delas se acalmou e começou a se dispersar. Ela desconfiou que Kahguyaht havia feito uma piada às suas custas.

— Então, finalmente, você encontrou alguma coisa para envenenar — disse a ela.

Ela balançou a cabeça.

— Apenas encobri com solo algumas cascas de laranja. Nikanj me disse para encobrir as sobras.

— Em Kaal, você pode encobrir o que quiser com o solo. Quando sair de Kaal e quiser jogar algo fora, entregue-o a um ooloi adulto. E não saia de Kaal de novo até ser capaz de conversar com as pessoas. Por que você está aqui? — Agora foi ela quem se recusou a responder. — Fukumoto-san morreu recentemente — disse Kahguyaht. — Com certeza foi por isso que você ouviu falar dele. Ouviu as pessoas falando sobre ele, não ouviu?

Após um instante, ela assentiu.

— Ele tinha 120 anos. Não falava inglês.

— Ele era humano — ela sussurrou.

— Viveu aqui, desperto, por quase sessenta anos. Não acho que ele viu outro humano mais de duas vezes.

Ela se aproximou de Kahguyaht, observadora.

— E isso não parece cruel para você?

— Ele se ajustou muito bem.

— Ainda assim...

— Você consegue voltar para casa, Lilith?

— Somos uma espécie adaptável — disse ela, se recusando a ser interrompida —, mas é errado infligir sofrimento apenas porque sua vítima consegue suportá-lo.

— Aprenda nossa língua. Quando isso acontecer, algum de nós irá apresentá-la a alguém que, como Fukumoto, escolheu viver e morrer entre nós em vez de retornar à Terra.

— Você quer dizer que Fukumoto escolheu...

— Você não sabe praticamente nada — disse Kahguyaht. — Vamos. Vou levá-la para casa, e falar com Nikanj sobre você.

Aquilo a fez falar depressa.

— Nikanj não sabia aonde eu estava indo. Pode até estar me monitorando agora.

— Não, não estava. Eu estava. Vamos.

5

Kahguyaht a levou para debaixo de uma colina, a um nível inferior. Lá, colocou Lilith sobre um veículo plano de movimento lento. O veículo não se movia mais depressa do que ela conseguia correr, mas a levou para casa surpreendentemente rápido, sem dúvida, tomando um caminho mais direto do que o que ela tinha percorrido.

Kahguyaht não quis falar com ela durante a viagem. Lilith teve a impressão de que estava com raiva, mas não se importava realmente. Esperava apenas que não estivesse com raiva de Nikanj. Ela aceitava a possibilidade de ser punida por sua ida a Tiej, mas não tinha a intenção de causar problemas à criança.

Assim que chegaram à casa, Kahguyaht levou Nikanj ao quarto que dividia com ela, deixando-a no que ela passara a imaginar como a sala de jantar. Jdahya e Tediin estavam lá, dessa vez comendo comida oankali, vinda de plantas que seriam letais para ela.

Lilith se sentou em silêncio e, após algum tempo, Jdahya levou para ela castanhas, frutas frescas e um pouco de comida oankali que tinha o sabor e a textura vagamente semelhantes aos da carne, embora fosse um produto vegetal.

— Qual o tamanho do problema em que me meti? — perguntou ela quando Jdahya entregou os pratos a ela.

Ele relaxou os tentáculos.

— Não muito grande, Lilith.

Ela franziu a testa.

— Tive a impressão de que Kahguyaht estava com raiva.

Agora, os tentáculos relaxados formaram nós salientes, irregulares.

— Não exatamente raiva. É preocupação com Nikanj.

— Porque eu fui para Tiej?

— Não. — Os nós ficaram maiores, mais feios. — Porque essa é uma fase difícil para Nikanj, e para você. Nikanj deixou você dar um passo em falso.

— Como?

Tediin disse algo em um Oankali rápido, incompreensível, e Jdahya respondeu para ela. Os dois falaram por alguns minutos. Então, Tediin falou em inglês com Lilith:

— Kahguyaht precisa ensinar... criança do mesmo sexo. Entende?

— E eu sou parte da lição — respondeu Lilith, em tom amargo.

— Nikanj ou Kahguyaht — disse Tediin, brandamente.

Lilith franziu a testa, olhou para Jdahya em busca de uma explicação.

— Tediin quer dizer que se você e Nikanj não estivessem aprendendo um com o outro, você estaria aprendendo com Kahguyaht.

Lilith estremeceu.

— Meu Deus — ela sussurrou. E segundos depois: — Por que não pode ser você?

— Em geral, são ooloi que conduzem o ensinamento de novas espécies.

— Por quê? Se preciso ser ensinada, prefiro que você faça isso.

Os tentáculos de sua cabeça relaxaram.

— Você gosta dele ou de Kahguyaht? — perguntou Tediin. Seu inglês sem prática, aprendido apenas de ouvido, era bem melhor do que o Oankali de Lilith.

— Sem querer ofender — respondeu Lilith —, mas prefiro Jdahya.

— Ótimo — disse Tediin; sua cabeça relaxou, embora Lilith não entendesse o motivo. — Você gosta dele ou de Nikanj?

Lilith abriu a boca, então hesitou. Jdahya a havia deixado de lado completamente em favor de Nikanj por tanto tempo, e sem dúvida de modo deliberado. E Nikanj... Nikanj era cativante, provavelmente porque era uma criança. Não era mais responsável do que ela pelo que estava para acontecer aos remanescentes da humanidade. Estava simplesmente fazendo, ou tentando fazer, o que os adultos ao seu redor diziam que devia ser feito. Uma vítima, como ela?

Não, não uma vítima. Apenas uma criança, cativante contra a própria vontade. E Lilith gostava de Nikanj, contra sua própria vontade.

— Você entende? — perguntou Tediin, agora totalmente relaxada.

— Entendo. — Inspirou profundamente. — Entendo que todos, incluindo Nikanj, querem que eu prefira Nikanj. Bem, vocês venceram. Eu prefiro. — Ela se dirigiu a Jdahya. — Seu povo é muito manipulador, não é?

Jdahya se concentrou em comer.

— Eu era um fardo tão pesado? — perguntou a Jdahya. Ele não respondeu.

— Você vai me ajudar a ser um fardo menos pesado, de alguma forma, ao menos?

Ele dirigiu alguns de seus tentáculos a ela.

— O que você quer?

— Material para escrita. Papel. Lápis ou canetas, o que você tiver.

— Não.

Não havia indulgência por trás da recusa. Ele era parte da conspiração familiar para mantê-la ignorante, enquanto se esforçavam ao máximo para educá-la. Era insano.

Ela estendeu as duas mãos à sua frente, balançando a cabeça.

— Por quê?

— Pergunte a Nikanj.

— Eu perguntei! Não quis me dizer.

— Talvez agora diga. Você terminou de comer?

— Estou cheia, em mais de um sentido.

— Vamos. Vou abrir a parede para você.

Ela se levantou da plataforma e o seguiu até a parede.

— Nikanj pode ajudá-la a se lembrar das coisas sem escrever — disse a ela enquanto tocava a parede com vários tentáculos de sua cabeça.

— Como?

— Pergunte a Nikanj.

Ela atravessou a passagem assim que ficou grande o suficiente, e se viu invadindo a privacidade de dois ooloi que se recusaram a notar sua presença para além do prolongamento automático dos tentáculos de suas cabeças. Estavam conversando, discutindo, em um Oankali muito rápido. Lilith, sem dúvida, era o motivo da discussão.

Olhou para trás, na esperança de atravessar a parede de volta e deixar Kahguyaht e Nikanj a sós. Alguém diria a ela depois o que foi decidido. Lilith não imaginou que seria algo que estivesse ansiosa para ouvir. Mas a parede tinha se fechado, mais depressa do que o normal.

Ao menos Nikanj parecia estar mantendo o controle. Em determinando ponto, acenou para ela com um movimento nítido dos tentáculos de sua cabeça. Ela se moveu para ficar a seu lado, disposta a oferecer qualquer forma de apoio moral que pudesse.

Kahguyaht interrompeu o que estava dizendo e a encarou.

— Você não entendeu nada do que dissemos, entendeu? — perguntou em inglês.

— Não — ela admitiu.

— Agora você me entende? — perguntou em um Oankali lento.

— Sim.

Kahguyaht se voltou novamente para Nikanj e falou depressa. Esforçando-se para entender, Lilith imaginou que Kahguyaht disse algo semelhante a "bem, ao menos sabemos que ela é capaz de aprender".

— Sou capaz de aprender mais depressa ainda com papel e lápis — disse Lilith. — Mas com ou sem eles, sou capaz de dizer a vocês o que penso em três línguas humanas!

Kahguyaht não disse nada por vários segundos. Por fim, virou-se, abriu a parede e deixou o quarto. Quando a parede se fechou, Nikanj se deitou na cama e cruzou os braços sobre o peito, abraçando-se.

— Você está bem? — perguntou ela.

— Quais são as outras duas línguas? — perguntou Nikanj, em tom suave.

Ela conseguiu sorrir.

— Espanhol e alemão. Eu falava um pouco de alemão. Ainda sei alguns palavrões.

— Você não... era fluente?

— Sou em espanhol.

— Mas não em alemão?

— Faz anos que estudei e falei, anos antes da guerra,

quero dizer. Nós, humanos... se não usamos uma língua, a esquecemos.

— Não, não esquecem.

Ela olhou para os tentáculos de seu corpo fortemente contraídos e concluiu que Nikanj não parecia feliz. Preocupava-se de verdade com o fracasso de Lilith em aprender depressa e reter tudo.

— Vocês vão deixar que eu tenha material para escrever? — perguntou ela.

— Não. Vamos fazer do nosso jeito. Não do seu.

— Deveria ser feito do jeito que funciona. Mas que inferno! Se querem gastar duas ou três vezes mais tempo para me ensinar... vão em frente.

— Eu não quero.

Ela deu de ombros, sem se importar se Nikanj não percebia o gesto ou não conseguia entendê-lo.

— Ooan ficou triste comigo, Lilith, não com você.

— Mas foi por minha causa. Porque eu não estou aprendendo rápido o suficiente.

— Não, porque... porque eu não estou ensinando você do modo que Ooan acha que eu deveria. Ooan teme por mim.

— Teme...? Por quê?

— Venha. Sente aqui. Vou contar para você.

Depois de algum tempo, ela deu de ombros e foi se sentar ao lado de Nikanj.

— Estou crescendo — a criança explicou a ela. — Ooan quer que eu ensine depressa para que você possa fazer seu trabalho e eu possa acasalar.

— Você quer dizer que... quanto mais rápido eu aprender, mais cedo você acasalará?

— Sim. Até que eu a tenha ensinado, mostrado que posso ensiná-la, não serei considerado pronto para acasalar.

Lá estava. Lilith não era apenas seu animal de laboratório. Era, de um modo que não compreendia completamente, sua prova final. Ela suspirou e balançou a cabeça.

— Você pediu para ficar comigo, Nikanj, ou apenas fomos largados um com o outro?

Nikanj não disse nada. Dobrou um dos braços para trás, de um jeito que lhe era natural, mas ainda assim assustador para Lilith, e coçou a axila. Ela inclinou a cabeça para um dos lados para observar o local que coçava.

— Você desenvolve os braços sensoriais depois de acasalar? Ou antes? — perguntou ela.

— Eles virão em breve, quer eu acasale ou não.

— Eles deveriam crescer depois de você ter acasalado?

— Os parceiros gostam que eles venham depois. Quem é do sexo masculino e feminino amadurece mais depressa do que quem é ooloi. Eles gostam de sentir que... como você diz? Que ajudaram quem é ooloi a sair da infância.

— Ajudaram a criá-los — disse Lilith — ou a educá-los.

—... educar?

— Essa palavra tem vários significados.

— Ah, essas coisas não têm lógica.

— Provavelmente têm, mas você precisaria de um etimologista para explicá-las. Haverá algum problema entre você e seus parceiros?

— Não sei. Espero que não. Irei encontrá-los quando puder. Expliquei isso a eles. — Nikanj fez uma pausa. — Agora, preciso dizer uma coisa a você.

— Sim?

— Ooan queria que eu não fizesse nem dissesse nada...
para... surpreender você. Não vou fazer isso.

— O quê?

— Devo fazer pequenas alterações, algumas poucas pequenas alterações. Devo ajudá-la a acessar suas memórias quando você precisar delas.

— O que quer dizer com isso? O que você quer alterar?

— Coisas muito pequenas. Ao final, haverá uma mínima alteração em sua química cerebral.

Ela tocou a testa, em um gesto protetor inconsciente.

— Química cerebral? — ela sussurrou.

— Eu queria esperar, fazer isso quando tivesse amadurecido. Então, poderia se tornar agradável para você. Deveria ser agradável. Mas Ooan... entendo como Ooan se sente. Disse que tenho que fazer isso agora.

— Não quero ser alterada!

— Você dormiria durante o processo do modo como dormiu quando Ooan Jdahya corrigiu seu tumor.

— Ooan Jdahya? Foi o ascendente ooloi de Jdahya que fez isso? Não Kahguyaht?

— Sim. Foi feito antes de minha ascendência direta se acasalar.

— Ótimo. — Não havia nenhum motivo para ser agradecida a Kahguyaht.

— Lilith? — Nikanj pousou uma mão cheia de dedos, uma mão de dezesseis dedos, no braço dela. — Será desse jeito. Um toque. Então, uma... pequena punção. É tudo o que vai sentir. Quando acordar, a alteração estará feita.

— Não quero ser alterada!

Fez-se um longo silêncio. Por fim, Nikanj perguntou:

— Você está com medo?

— Eu não tenho uma doença! Esquecer as coisas é normal para a maioria dos humanos! Não preciso que nada seja feito em meu cérebro!

— Seria tão ruim se lembrar melhor das coisas? Lembrar do modo como Sharad lembrava, do jeito que eu lembro?

— O que me assusta é a ideia de ser manipulada. — Ela inspirou profundamente. — Ouça, nenhuma parte em mim define melhor quem eu sou do que meu cérebro. Não quero...

— Quem você é não irá mudar. Não tenho idade suficiente para tornar essa experiência agradável para você, mas tenho idade suficiente para agir como ooloi. Se eu fosse incapaz, outros teriam percebido a essa altura.

— Se todo mundo tem tanta certeza de que você é capaz, por que você precisa de mim para ser seu teste?

Nikanj se recusou a responder, permanecendo em silêncio por muitos minutos. Quando tentou puxá-la para seu lado, ela escapou, se levantou e andou de um lado para o outro pelo quarto. Os tentáculos de sua cabeça a seguiram, estendendo-se de forma mais indolente do que o normal. Mantiveram-se claramente apontados para ela e, por fim, Lilith fugiu para o banheiro.

Lá, sentou-se no chão, com os braços cruzados e as mãos agarrando os antebraços.

O que aconteceria agora? Será que Nikanj seguiria as ordens e a surpreenderia em algum momento, quando ela estivesse dormindo? Será que a entregaria a Kahguyaht? Ou será que ambos... que os céus permitissem... a deixariam em paz?

6

Ela não tinha ideia de quanto tempo havia se passado. Pegou-se pensando em Sam e Ayre, seu marido e seu filho, ambos tirados dela antes dos Oankali, antes da guerra, antes de Lilith perceber como sua vida, qualquer vida humana, podia ser facilmente destruída.

Havia um parque de diversões, um bem chinfrim em um terreno baldio, com carrossel, jogos, barulho e pôneis sarnentos. Sam tinha decidido levar Ayre para vê-lo enquanto Lilith passava algum tempo com sua irmã, que estava grávida. Era um sábado comum, de sol radiante, em uma rua larga de terra seca. Uma jovem, que estava aprendendo a dirigir, bateu de frente no carro de Sam. Ela desviou para o lado errado da estrada. Talvez, de algum modo, tenha perdido o controle do carro que dirigia. Tinha apenas a habilitação provisória e não deveria estar dirigindo sozinha. Morreu devido ao próprio erro. Ayre foi encontrado morto quando a ambulância chegou, embora os paramédicos tenham tentado ressuscitá-lo.

Sam estava quase morto.

Teve ferimentos na cabeça, lesões cerebrais. Levou três meses para terminar o que o acidente tinha iniciado. Três meses para morrer.

Parte desse tempo, esteve mais ou menos consciente, mas não reconhecia ninguém. O pai e a mãe vieram de Nova York para ficar com ele. Eram nigerianos que moravam nos Estados Unidos por tempo suficiente para que seu Sam nascesse e crescesse ali. Ainda assim, não ficaram alegres com o casamento do filho com Lilith. Deixaram Sam crescer como um estadunidense, mas o enviavam para visitar famílias em Lagos quando podiam. Esperavam que ele se casasse com uma moça iorubá. Nunca tinham visto o neto. E agora não o veriam mais.

Sam não os reconheceu.

Era filho único; seu olhar fixo atravessou os dois da mesma forma que atravessou o rosto de Lilith. Olhos vazios de reconhecimento, vazios de si. Algumas vezes, Lilith se sentava sozinha com ele, tocava-o e recebia brevemente a atenção vazia de seus olhos. Mas o homem em si já havia partido. Talvez estivesse com Ayre, ou preso entre ela e Ayre, entre esse mundo e o mundo seguinte.

Ou estava consciente, mas isolado em algum ponto da própria mente que não conseguia mais estabelecer contato com ninguém do lado de fora, aprisionado no confinamento mais estreito, mais solitário, até que, compassivamente, seu coração parou.

Foi uma lesão cerebral, uma forma de lesão cerebral. Havia outras formas, bem piores. Ela as viu no hospital ao longo dos meses de agonia de Sam.

Ele teve sorte de morrer tão depressa.

Ela nunca ousou dizer aquilo em voz alta. Mas esse pensamento lhe vinha mesmo quando chorava por ele. E veio novamente agora. Ele teve sorte em morrer tão depressa.

Será que ela teria a mesma sorte?

Se os Oankali lesionassem seu cérebro, será que teriam a decência de deixá-la morrer, ou a manteriam viva, prisioneira, permanentemente trancada naquele confinamento solitário definitivo?

Percebeu, de repente, que Nikanj havia entrado no banheiro em silêncio e se sentado diante dela. Nunca tinha invadido sua privacidade assim antes.

Lilith olhou para Nikanj, indignada.

— Não é a minha habilidade em lidar com sua fisiologia que você questiona — disse Nikanj suavemente. — Se eu não pudesse fazer isso, minhas falhas já teriam sido notadas há muito tempo.

— Saia daqui! — ela gritou. — Fique longe de mim!

Nikanj não se moveu. Continuou falando com a mesma voz suave.

— Ooan diz que não vale a pena falar com os humanos ao menos por uma geração. — Seus tentáculos se retorceram. — Não sei como ficar com alguém com quem não posso conversar.

— Lesões cerebrais não vão aprimorar a minha conversação — ela retrucou, em tom amargo.

— Eu preferiria lesionar meu próprio cérebro ao seu. Não vou lesionar nenhum dos dois. — Nikanj hesitou. — Você sabe que deverá aceitar a mim ou a Ooan.

Ela não disse nada.

— Ooan é adulto. Pode lhe dar prazer. E não tem… tanta raiva quanto parece.

— Não estou em busca de prazer. Nem mesmo sei do que você está falando. Só quero ser deixada em paz.

— Sim. Mas você deve confiar em mim ou deixar Ooan surpreendê-la quando cansar de esperar.

— Você não vai fazer isso? Não vai simplesmente me atacar?

— Não.

— Por que não?

— Há algo errado em fazer as coisas desse jeito, surpreendendo as pessoas. É… tratá-las como se não fossem pessoas, como se não fossem inteligentes.

Lilith deu uma risada amarga.

— Por que, de repente, você deveria começar a se preocupar com isso?

— Você quer que eu a surpreenda?

— Óbvio que não!

Silêncio.

Após algum tempo, Lilith se levantou e foi para a cama-plataforma. Deitou-se e, por fim, conseguiu cair no sono. Sonhou com Sam e acordou suando frio. Olhos vazios, vazios. Sua cabeça doía. Nikanj tinha se estirado a seu lado, como de costume. Parecia frágil ou sem vida. Como seria acordar com Kahguyaht ali, a seu lado, caricatura de amante em vez de uma criança infeliz? Ela deu de ombros, quase esmagada pelo medo e o nojo. Deitou-se imóvel por longos minutos, acalmando-se, forçando-se a tomar uma decisão e a agir antes que o medo a silenciasse.

— Levante-se — disse duramente a Nikanj. O som bruto de sua própria voz a assustou. — Levante-se e faça o que alega que precisa fazer. Acabe logo com isso.

Nikanj se sentou imediatamente, rolou-a de lado e puxou o jaleco com o qual ela estava dormindo a fim de expor suas costas e seu pescoço. Começou antes que ela pudesse reclamar ou mudar de ideia.

Sentiu o prometido toque na nuca, uma pressão mais forte e então a punção. Doeu mais do que esperava, mas a dor passou depressa. Por alguns segundos, Lilith se deixou levar em uma semiconsciência indolor.

Depois vieram lembranças confusas, sonhos e, por fim, nada.

7

Quando ela acordou, descansada e apenas um pouco confusa, estava completamente vestida e sozinha. Deitou-se imóvel, tentando compreender o que Nikanj tinha feito a ela. Será que fora alterada? Como? Tinha terminado? No início, ela não conseguiu se mexer, mas quando compreendeu isso em meio à sua confusão, descobriu que a paralisia estava desaparecendo. Conseguiu usar os músculos novamente. Sentou-se, com cautela, bem a tempo de ver Nikanj entrando pela parede.

Sua pele acinzentada estava lisa como mármore polido quando subiu na cama a seu lado.

— Você é tão complexa — disse, tomando-lhe as mãos.

Nikanj não apontou seus tentáculos para ela como de costume, mas colocou a cabeça perto da sua e a acariciou com os tentáculos. Então, sentou-se, os tentáculos apontando para ela. Ocorreu-lhe vagamente que esse comportamento era incomum e deveria tê-la assustado. Ela franziu a testa e tentou se sentir assustada.

— Você é tão cheia de vida e morte e de potencial para mudança — continuou. — Agora entendo por que algumas pessoas levaram tanto tempo para superar o medo que tinham de sua espécie.

Ela se dirigiu a Nikanj.

— Talvez seja porque ainda estou sob o efeito das drogas em minha mente, mas não sei do que está falando.

— Sim. Você nunca vai saber realmente. Mas quando eu amadurecer, vou tentar mostrar um pouco a você. — Aproximou a cabeça da dela mais uma vez, tocou seu rosto e remexeu seus cabelos com os tentáculos.

— O que está fazendo? — perguntou Lilith, ainda sem estar realmente incomodada.

— Verificando se você está bem. Não gosto do que tive que fazer com você.

— O que você fez comigo? Não sinto nada diferente, só um pouco de euforia.

— Você me compreende.

Ela se deu conta, lentamente, de que Nikanj falava em Oankali e que ela tinha respondido da mesma forma, sem precisar pensar. A língua parecia natural para ela, tão fácil quanto entender inglês. Lembrava-se de tudo que lhe fora ensinado, tudo que tinha aprendido sozinha. Era fácil para ela até mesmo detectar as lacunas de seu próprio conhecimento, palavras e expressões que sabia em inglês, mas não conseguia traduzir para Oankali; fragmentos da gramática oankali que ela de fato não entendia, algumas palavras que não tinham tradução para o inglês, mas cujo significado ela agora compreendia.

Lilith estava assustada, contente e amedrontada... Levantou-se devagar, testando as pernas, sentindo-as instáveis, mas utilizáveis. Tentou desanuviar a mente de modo a conseguir examinar a si mesma e confiar em suas considerações.

— Estou contente que a família tenha decidido nos colocar juntos — disse Nikanj. — Não queria trabalhar com você. Tentei me livrar do fardo. Estava com medo. Tudo em que conseguia pensar era como seria fácil falhar e talvez prejudicar você.

— Você quer dizer que... Você quer dizer que não tinha certeza do que acabou de fazer?

— Aquilo? Evidente que eu tinha certeza. E está enganada na parte do "acabou de fazer". Você dormiu por um bom tempo.

— Mas o que você quis dizer com falhar...

— Eu tinha medo de nunca conseguir convencer você a confiar em mim o suficiente para me deixar mostrar o que eu poderia fazer, mostrar que eu não iria machucá-la. Tinha medo de fazer você me odiar. Para uma pessoa ooloi, fazer isso é... muito ruim. Pior do que consigo dizer.

— Mas Kahguyaht não pensa assim.

— Ooan diz que a humanidade... qualquer nova espécie parceira de permuta não pode ser tratada do modo que devemos tratar uns aos outros. É verdade, até certo ponto. Só acho que Ooan vai longe demais. Fomos criados para trabalhar com vocês. Somos Dinso. Deveríamos ser capazes de encontrar maneiras de superar a maioria das nossas diferenças.

— Coerção — disse ela, em tom amargo. — Foi a maneira que vocês encontraram.

— Não. Ooan teria feito isso. Eu não conseguiria. Teria ido a Ahajas e Dichaan e me recusado a acasalar com eles. Teria procurado parceiros entre os Akjai já que não terão contato direto com seres humanos. — Nikanj relaxou novamente seus tentáculos. — Mas agora, quando eu for até Ahajas e Dichaan, será para acasalar. E você irá comigo. Enviaremos você para o seu trabalho quando estiver pronta. E você será capaz de me ajudar a atravessar minha metamorfose final. — Coçou o antebraço. — Você vai me ajudar?

Ela desviou os olhos.

— O que você quer que eu faça?

— Apenas fique comigo. Haverá momentos em que ter Ahajas e Dichaan perto de mim será mortificante. Eu sentirei uma… excitação sexual e serei incapaz de fazer qualquer coisa a respeito. Muita excitação. Você não pode me causar isso. Seu cheiro, seu toque, são diferentes, neutros.

Graças a Deus, pensou ela.

— Seria ruim para mim ficar sozinho enquanto me transformo. Precisamos de alguém perto de nós, mais nessa época do que em outras.

Ela se perguntou que aparência Nikanj teria com seu segundo par de braços, como seria após amadurecer. Pareceria mais com Kahguyaht? Ou talvez parecesse com Jdahya e Tediin. Quanto será que o sexo determinava a personalidade entre os Oankali? Ela balançou a cabeça. Pergunta estúpida. Ela nem mesmo sabia o quanto o sexo determinava a personalidade entre os seres humanos.

— Os braços são órgãos sexuais, não são?

— Não — respondeu Nikanj. — As mãos sensoriais protegem os órgãos sexuais.

— Mas… — Ela franziu a testa. — Kahguyaht não tem nada parecido com uma mão na extremidade de seus braços sensoriais. — Na verdade, Kahguyaht não tinha absolutamente nada na extremidade de seus braços sensoriais. Havia apenas uma cápsula grossa de pele dura e fria, como um grande calo.

— A mão está dentro. Ooan mostrará se você pedir.

— Não precisa.

Nikanj relaxou.

— Eu posso mostrar, quando puder. Você ficará comigo enquanto cresço?

Para onde mais ela iria?

— Sim. Apenas garanta que saberei os detalhes importantes sobre o processo antes que surjam.

— Sim. Vou dormir a maior parte do tempo. Ainda assim, vou precisar de alguém comigo. Se você estiver lá, saberei e ficarei bem. Você... você pode ter que me alimentar.

— Tudo bem. — Não havia nada incomum no modo como os Oankali comiam. Não na aparência, em todo caso. Vários de seus dentes da frente eram pontudos, mas tinham tamanho bem próximo ao de seres humanos. Ela, em duas de suas caminhadas, tinha visto fêmeas Oankali esticando a língua até os orifícios da garganta, mas a longa língua acinzentada era normalmente mantida dentro da boca e usada como uma língua humana.

Nikanj fez um som de alívio, uma fricção dos tentáculos do corpo que soou como um papel grosso sendo amassado.

— Ótimo — disse Nikanj. — Os parceiros sabem o que sentimos quando ficam por perto, conhecem nossa frustração. Algumas vezes, pensam que é engraçada.

Lilith se surpreendeu sorrindo.

— E é, até certo ponto.

— Só para torturadores. Com você lá, vão me atormentar menos. Mas antes de tudo isso... — Nikanj parou, apontando frouxamente para ela. — Antes disso, vou tentar encontrar um humano que fale inglês para você. Um tão parecido com você quanto possível. Ooan não vai impedir que você conheça um.

8

á muito tempo, Lilith tinha decidido: o dia durava tanto quanto seu corpo dissesse que durava. Agora, se tornara também o que sua memória recentemente aprimorada dizia. Um dia era um longo período de atividade e, depois, um longo sono. Agora ela se lembrava de todos os dias em que passou desperta. E contava os dias até o momento em que reencontraria outro ser humano. Nikanj foi fazer várias entrevistas sem sua companhia. Nada que ela dissesse podia convencer Nikanj a levá-la junto ou a, ao menos, contar sobre as pessoas com quem havia falado.

Por fim, Kahguyaht encontrou alguém. Nikanj deu uma olhada e concordou com seu julgamento.

— Será um dos humanos que escolheu ficar aqui — Nikanj contou.

Ela já esperava por isso, considerando o que Kahguyaht tinha dito a ela anteriormente. Ainda assim, era difícil de acreditar.

— É um homem ou uma mulher? — perguntou ela.

— Do sexo masculino. Um homem.

— Como... como ele pôde não querer ir para casa?

— Está aqui conosco há muito tempo. É um pouco mais velho do que você, mas foi Despertado jovem e mantido Desperto. Uma família Toaht o quis e ele tinha vontade de ficar com eles.

Vontade? Que espécie de escolha deram a ele? Provavelmente a mesma que deram a ela, e ele era anos mais jovem. Talvez apenas um garoto. O que era agora? O que criaram a partir de sua matéria-prima humana?

— Leve-me até ele — disse ela.

Pela segunda vez, Lilith usou um daqueles veículos de transporte planos em meio a corredores cheios de Oankali. Esse transporte não se movia mais depressa do que o primeiro que tinha usado. E Nikanj não o guiava, exceto às vezes, tocando um ou outro lado com os tentáculos da cabeça a fim de fazê-lo virar. Andaram nele talvez por meia hora até descerem.

Nikanj tocou o veículo com vários tentáculos de cabeça e o mandou embora.

— Não vamos precisar dele para voltar? — perguntou ela.

— Pegaremos outro. Talvez você queira ficar aqui por algum tempo.

Lilith olhou para Nikanj com atenção. O que era aquilo? O segundo passo do programa de reprodução em cativeiro? Passou os olhos em volta e no transporte que se retirava. Talvez ela tivesse se apressado demais em concordar em ver esse homem. Se ele tinha se divorciado completamente da humanidade a ponto de desejar ficar ali, quem sabe o que mais estaria disposto a fazer.

— É um animal — disse Nikanj.

— O quê?

— A coisa em que andamos. É um animal. Um tílio. Sabia?

— Não, mas não me surpreende. Como se move?

— Sobre uma fina película de uma substância muito escorregadia.

— Gosma?

Nikanj hesitou.

— Conheço essa palavra. É… inadequada, mas serve. Vi animais terrestres que se movem sobre gosma. São ineficientes comparados ao tílio, mas consigo ver a semelhança. Forjamos o tílio a partir de criaturas maiores e mais eficientes.

— Ele não deixa um rastro de gosma.

— Não. O tílio tem um órgão em seu traseiro que coleta a maior parte do que secreta. A nave absorve o resto.

— Nikanj, vocês constroem maquinário? Manipulam metal e plástico em vez de criaturas vivas?

— Fazemos isso quando precisamos. Nós... não gostamos. Não há permuta.

Ela suspirou.

— Onde está o homem? Aliás, qual o nome dele?

— Paul Titus.

Certo, aquilo não queria dizer nada. Nikanj a levou até uma parede próxima e encostou nela três longos tentáculos de sua cabeça. A parede passou de um tom quase branco para um vermelho opaco, mas não abriu.

— Qual o problema? — perguntou Lilith.

— Nenhum. Alguém logo virá abrir. É melhor não entrar se você não conhece bem os alojamentos. Melhor deixar as pessoas que vivem ali saberem que você está esperando para entrar.

— Então, o que você fez foi como bater à porta — disse ela, e estava prestes a mostrar o que seria uma batida quando a parede começou a se abrir. Havia um homem do outro lado, vestindo apenas bermudas esfarrapadas.

Ela olhou para ele. Um ser humano, alto, troncudo, negro como ela, de barba feita. No início, ele lhe pareceu falso, alienígena e estranho, ainda que familiar e cativante. Era bonito. Mesmo se fosse velho e encurvado, seria bonito.

Ela olhou de relance para Nikanj, viu que tinha se tornado uma estátua, imóvel. Aparentemente não tinha a intenção de se mexer ou de falar tão cedo.

— Paul Titus? — perguntou ela.

O homem abriu a boca e a fechou. Engoliu em seco, assentiu.

— Sim — respondeu ele, por fim.

O som daquela voz, profunda, definitivamente humana, definitivamente masculina, satisfez sua ânsia interna.

— Sou Lilith Iyapo. Sabia que viríamos ou é uma surpresa para você?

— Entrem — ele disse, tocando a abertura na parede. — Eu sabia. E você não imagina o quanto é bem-vinda. — Ele olhou para Nikanj. — Entre, Kaalnikanj oo Jdahyatediinkahguyaht aj Dinso. Obrigado por trazê-la.

Nikanj fez um gesto complexo de cumprimento com seus tentáculos de cabeça e entrou na sala, a costumeira sala sem decoração. Foi até uma plataforma em um dos cantos e se encolheu sobre ela, em uma posição sentada.

Lilith escolheu uma plataforma que permitia a ela se sentar quase de costas para Nikanj. Queria esquecer que estava ali observando, uma vez que claramente não tinha intenção de fazer nada além disso. Queria dar toda sua atenção ao homem. Ele era um milagre, um ser humano, um adulto que falava inglês e parecia muito com um de seus irmãos mortos.

Seu sotaque também era dos Estados Unidos e a mente dela transbordava de perguntas. Onde tinha morado antes da guerra? Como sobrevivera? Quem era ele? Tinha visto outro humano? Tinha...?

— Você realmente decidiu ficar aqui? — perguntou ela, de repente. Não era a primeira pergunta que tinha a intenção de fazer.

O homem se sentou com as pernas cruzadas no meio de uma plataforma grande o suficiente para servir como mesa ou cama.

— Eu tinha catorze anos quando eles me acordaram — respondeu Titus. — Todos que eu conhecia estavam mortos. Os Oankali disseram que me mandariam de volta à Terra um dia, se eu quisesse ir. Mas depois que fiquei aqui por algum tempo, percebi que era aqui que eu queria ficar. Não restou nada que me interessasse na Terra.

— Todo mundo perdeu parentes e amigos — disse Lilith. — Pelo que sei, sou a única integrante da minha família ainda viva.

— Eu vi meu pai, meu irmão... seus corpos. Não sei o que aconteceu com minha mãe. Eu mesmo estava morrendo quando os Oankali me encontraram. Disseram que eu estava. Não me lembro, mas acredito.

— Também não me lembro de ter sido encontrada por eles. — Ela se virou. — Nikanj, seu povo fez algo conosco para nos impedir de lembrar?

Nikanj pareceu despertar lentamente.

— Tivemos que fazer. Seres humanos que tiveram permissão de se lembrar de seu resgate se tornaram incontroláveis. Alguns morreram, apesar de nossos cuidados.

Nada que surpreendesse. Ela tentou imaginar o que teria feito, em meio ao choque, ao perceber que sua casa, sua família, seus amigos e seu mundo tinham sido destruídos. Foi confrontada com um grupo de captura Oankali. Devia ter acreditado que havia enlouquecido. Ou talvez enlouquecera por algum tempo. Por milagre, não se matou tentando fugir deles.

— Você já comeu? — perguntou o homem.

— Sim — respondeu Lilith, repentinamente tímida.

Fez-se um longo silêncio.

— O que você era antes? — perguntou Titus. — Quer dizer, você trabalhava?

— Eu tinha voltado a estudar. Estava me especializando em antropologia. — Deu uma risada amarga. — Suponho que poderia pensar nisto como um trabalho de campo, mas como diabos saio do campo?

— Antropologia? — ele exclamou, franzindo a testa. — Ah, sim, eu me lembro de ter lido alguma coisa da Margaret Mead antes da guerra. Então, você queria estudar o quê? Tribos?

— Pessoas diferentes, de alguma maneira. Pessoas que não fizessem as coisas do modo como fazíamos.

— De onde você é? — perguntou ele.

— Los Angeles.

— Ah, sim… Hollywood, Beverly Hills, estrelas de cinema… Sempre quis ir para lá.

Uma única viagem teria destruído suas ilusões.

— E você é de…?

— Denver.

— Onde estava quando a guerra começou?

— Grand Canyon, descendo rios de barco. Aquela foi a primeira vez que realmente fizemos algo, que viajamos para algum lugar realmente bom. Depois congelamos. E meu pai costumava dizer que o inverno nuclear não era nada além de política.

— Eu estava nos Andes, no Peru — disse Lilith —, caminhando em trilhas rumo a Machu Picchu. Também não tinha estado realmente em nenhum lugar antes. Ao menos não depois que meu marido…

— Você foi casada?

— Sim. Mas ele e meu filho… morreram. Antes da guerra, quero dizer. Eu estava em uma viagem de estudos no Peru. Parte do retorno à faculdade. Uma amiga me convenceu a fazer a viagem. Ela também foi… e morreu.

— É. — Ele encolheu os ombros, em um gesto desconfortável. — Eu também estava ansioso para ir para a faculdade. Mas tinha acabado de entrar no ensino médio quando tudo explodiu.

— Os Oankali devem ter tirado muitas pessoas do hemisfério sul — ela refletiu. — Quero dizer, também congelamos, mas ouvi que no sul o congelamento foi incompleto. Muitas pessoas devem ter sobrevivido.

Ele se deixou levar pelos próprios pensamentos.

— Engraçado. Você saiu da Terra mais velha do que eu, mas estou Desperto há tanto tempo... Acho que agora sou mais velho do que você.

— Eu me pergunto quantas pessoas eles conseguiram tirar do hemisfério norte, além dos soldados e políticos cujos abrigos não foram abertos por bombardeios.

Ela se virou para perguntar a Nikanj e viu que não estava mais lá.

— Ele saiu há poucos minutos — o homem comentou.

— Eles conseguem se mover em extremo silêncio e depressa quando querem.

— Mas...

— Ei, não se preocupe. Ele vai voltar. Se não voltar, consigo abrir as paredes ou buscar comida se você quiser alguma coisa.

— Você consegue?

— Claro. Eles alteraram um pouco minha química corporal quando decidi ficar. Agora as paredes também abrem para mim.

— Ah. — Ela não tinha certeza se gostava de ter sido deixada sozinha com um estranho daquele jeito, especialmente se ele estivesse dizendo a verdade. Se ele conseguia abrir as paredes e ela não, Lilith era prisioneira dele. — Eles provavelmente estão nos observando — disse ela. E falou em Oankali, imitando a voz de Nikanj: — Agora vamos ver o que fazem se pensarem que estão sozinhos.

O homem riu.

— Provavelmente estão. Não que isso tenha importância.

— Tem importância para mim. Prefiro ter os observadores onde também posso ficar de olho neles.

Outra risada.

— Talvez ele tenha pensado que poderíamos ficar inibidos se ficasse por perto.

Ela ignorou deliberadamente as implicações daquilo.

— Nikanj não é do sexo masculino — Lilith apontou. — É ooloi.

— É, eu sei, mas não parece do sexo masculino para você? Ela pensou sobre aquilo.

— Não. Acho que acreditei no que dizem que são.

— Quando eles me acordaram, pensei que ooloi agiam como homens e mulheres, enquanto quem era do sexo masculino ou feminino agia como eunucos. Nunca perdi realmente o costume de pensar em ooloi como sendo do sexo masculino ou feminino.

Aquilo, Lilith pensou, era um modo tolo de pensar para alguém que decidiu passar a vida entre os Oankali, uma espécie de ignorância deliberada.

— Espere até ele amadurecer, você vai entender o que quero dizer. Eles mudam quando desenvolvem aquelas duas coisas extras. — Ele ergueu uma sobrancelha. — Você sabe o que são aquelas coisas?

— Sim — respondeu ela.

Ele provavelmente sabia mais do que Lilith, mas ela percebeu que não queria encorajá-lo a falar sobre sexo: nem mesmo sexo oankali.

— Então, você sabe que não são braços, não importa como eles nos digam para chamá-los. Quando aquelas coisas crescem, quem é ooloi faz todo mundo saber que está no comando. Os Oankali precisam de um pouco de libertação feminina e masculina por aqui.

Ela umedeceu os lábios.

— Nikanj quer que eu o ajude durante sua metamorfose.

— Ajudar. O que você disse?

— Eu aceitei. Não parece ser uma tarefa difícil.

Ele riu.

— E realmente não é. Entretanto, faz com que fiquem em dívida com você. Não é má ideia ter alguém poderoso em dívida com você. Também prova que você merece confiança. Eles ficarão gratos e você será muito mais livre. Talvez ajeitem as coisas para que você consiga abrir as paredes.

— Foi isso que aconteceu com você?

Ele se mexeu com nervosismo.

— Mais ou menos.

Levantou-se de sua plataforma, tocou a parede atrás de si com os dez dedos e esperou até que se abrisse. Atrás da parede havia uma despensa, do tipo que tinha em casa. *Casa?* Bem, o que mais seria? Ela morava lá.

Ele pegou sanduíches, algo que parecia uma torta pequena, e que era uma torta, e coisinhas que pareciam batatas fritas.

Lilith contemplou a comida, surpresa. Ela havia se contentado com a variedade e o sabor das comidas que os Oankali lhe davam desde que passara a viver com a família de Nikanj. Tinha sentido falta de carne enquanto morava com eles, mas não se importara muito. Nunca tinha sido exatamente comilona, nunca pensara em pedir aos Oankali para fazerem a comida que preparavam mais parecida com o que estava acostumada a comer.

— Às vezes — ele disse — quero tanto um hambúrguer que sonho com isso. Sabe, aqueles com queijo, bacon, picles e...

— O que tem no seu sanduíche? — perguntou ela.

— Carne falsa. Principalmente soja, acho. E quat. — Quatasayasha, um vegetal oankali que parecia queijo.

— Eu também como muito quat — disse ela.

— Então, coma um pouco. Você não quer ficar aí sentada me vendo comer, quer?

Ela sorriu e pegou o sanduíche que ele ofereceu. Não estava nem um pouco com fome, mas comer com ele era cordial e seguro. Também pegou algumas batatas fritas.

— Mandioca — disse a ela. — Mas tem sabor de batata. Nunca tinha ouvido falar em mandioca antes de chegar aqui. É alguma planta tropical que os Oankali estão cultivando.

— Eu sei. Eles acham que os seres humanos que voltarem à Terra podem cultivá-la e usá-la. Você pode fazer farinha com isso e usar como a farinha de trigo.

Ele a olhou fixamente até que ela franziu a testa.

— Qual o problema? — perguntou ela.

Seu olhar se desviou dela e ele olhou para baixo, para o nada.

— Você pensou, de verdade, sobre como será? — perguntou Titus suavemente. — Quer dizer... Idade da Pedra! Cavar o solo com um bastão para colher raízes, talvez até comer insetos, ratos. Ouvi dizer que os ratos sobreviveram. Gado e cavalos, não. Cães, não. Mas ratos, sim.

— Eu sei.

— Você disse que tinha um bebê.

— Meu filho. Morreu.

— É. Bom, aposto que quando ele nasceu, você estava em um hospital, com médicos e enfermeiras por perto, ajudando você e dando injeções para a dor. Você gostaria de fazer isso na floresta sem nada por perto exceto insetos e ratos e pessoas que têm pena de você, mas não podem fazer merda nenhuma para ajudar?

— Tive parto natural. Não foi divertido, mas correu tudo bem.

— O que você quer dizer? Nenhum analgésico?

— Nenhum. Nada de hospital também. Apenas algo chamado clínica de parto, um lugar para mulheres grávidas que não querem ser tratadas como se estivessem doentes.

Ele balançou a cabeça e deu um sorriso torto.

— Imagino quantas mulheres eles analisaram antes de encontrá-la. Muitas, aposto. Provavelmente você é bem o que eles querem, de formas que sequer pensei antes.

Essas palavras a atingiram mais profundamente do que Lilith permitiu que ele percebesse. Com todas as perguntas e as provas pelas quais ela passara, os dois anos e meio sendo observada dia e noite, os Oankali deviam conhecê-la, de algum modo, melhor do que qualquer ser humano tinha conhecido. Sabiam como ela reagiria a tudo que a submetessem. Sabiam como manipulá-la, manejá-la para fazer o que queriam. Obviamente, também sabiam que ela tinha vivido determinadas experiências práticas que consideravam importantes. Se tivesse passado por dificuldades no parto, se tivesse sido levada a um hospital contra sua própria vontade, se tivesse necessitado de uma cesariana, provavelmente a teriam rejeitado a favor de outras.

— Por que você vai voltar? — perguntou Titus. — Por que quer passar a vida como uma mulher das cavernas?

— Não quero.

Ele arregalou os olhos.

— Então, por que você não...?

— Não precisamos esquecer o que sabemos. — Ela sorriu para si mesma. — Eu não conseguiria esquecer, nem se quisesse. Não temos que voltar à Idade da Pedra. Com certeza teremos que trabalhar duro, mas com o que os Oankali vão nos ensinar e o que já sabemos, teremos ao menos uma chance.

— Eles não ensinaram de graça! Não nos salvaram por bondade! Tudo isso é uma troca para eles. Você saberá o quanto terá que pagar quando chegar lá embaixo!

— Quanto você teve que pagar para ficar aqui em cima?

Silêncio.

Ele comeu vários outros bocados de comida.

— O preço é exatamente o mesmo. — disse ele suavemente. — Quando eles terminarem seus negócios conosco não terá sobrado nenhum verdadeiro ser humano. Não aqui. Não sobre a Terra. Terminarão o que as bombas iniciaram.

— Não acredito que tenha que ser assim.

— É. Mas, por outro lado, você não está Desperta há muito tempo.

— A Terra é um lugar grande. Mesmo que partes dela sejam inabitáveis, ainda assim é um lugar maldito de grande.

Ele olhou para ela com uma piedade tão patente que ela recuou, com raiva.

— Você acha que eles não sabem como é um lugar grande? — perguntou ele.

— Se eu achasse isso, não teria dito nada a você ou a quem quer que esteja ouvindo. Eles sabem como me sinto.

— E sabem como fazer você mudar de ideia.

— Não quanto a isso. Nunca quanto a isso.

— Como eu disse, você não está Desperta há muito tempo.

Ela se perguntou que mal fizeram a ele. Era apenas o fato de o terem mantido Desperto por tanto tempo, Desperto e, pela maior parte do tempo, sem companhia? Desperto e ciente de que tudo que conhecia estava morto, de que nada do que poderia existir na Terra agora estaria à altura de sua vida anterior? Como isso repercutiu para alguém de catorze anos?

— Se você quiser, eles a deixariam ficar aqui comigo.

— O quê? Permanentemente?

— É.

— Não.

Ele pôs de lado a tortinha que não se ofereceu para dividir e se aproximou dela.

— Você sabe que eles esperam que você diga não. Trouxeram você aqui para que pudesse dizer isso e eles pudessem se certificar mais uma vez de que estão certos a seu respeito.

Titus estava em pé, próximo demais dela. Era alto, largo, intenso demais. Infelizmente, Lilith percebeu que estava com medo dele.

— Surpreenda-os — ele continuou, em tom suave. — Não faça o que eles esperam, ao menos uma vez. Não deixe que brinquem com você como se fosse uma marionete.

Ele tinha colocado as mãos nos ombros dela. Quando Lilith recuou, num reflexo, ele a segurou com uma força quase dolorosa.

Ela se sentou e o encarou. A mãe de Lilith a encarava do mesmo jeito que ela o encarava agora. Ela se surpreendera dando aquele mesmo olhar ao filho, quando achava que ele estava fazendo alguma coisa errada. Quanto de Titus ainda tinha catorze anos? Ainda era o garoto que os Oankali despertaram, impressionaram, motivaram e incorporaram a suas próprias fileiras?

Ele a soltou.

— Aqui você poderia ficar em segurança — ele disse, com suavidade. — Lá embaixo, na Terra... quanto tempo você vai viver? Quanto tempo vai querer viver? Mesmo que não esqueça o que sabe, outras pessoas esquecerão. Algumas delas desejarão ser homens das cavernas, arrastar você, colocar você em um harém, dar uma surra em você. — Ele balançou a cabeça. — Diga que estou errado. Sente-se aí e diga que estou errado.

Ela desviou o olhar dele, percebendo que provavelmente Titus estava certo. O que esperava por ela na Terra? Miséria? Submissão? Morte? Era óbvio que havia pessoas que deixariam de lado a repressão civilizatória. Talvez não no início, mas com o tempo, assim que percebessem que poderiam sair impunes.

Ele a segurou pelos ombros novamente e, desta vez, desajeitado, tentou beijá-la. Foi como se Lilith se recordasse do beijo de um garoto ávido. Aquilo não a incomodou. E ela se viu reagindo a ele, apesar do medo que sentia. Mas havia mais coisas envolvidas naquilo do que apenas se apoderar de alguns minutos de prazer.

— Escute — disse ela quando ele retrocedeu —, não estou interessada em dar um espetáculo para os Oankali.

— Que diferença faz? Não é como se seres humanos estivessem nos observando.

— Para mim, é.

— Lilith — disse ele, balançando a cabeça —, eles sempre estarão observando.

— Outra coisa em que não estou interessada é em dar a eles uma criança humana para manipular.

— Você provavelmente já deu.

A surpresa e o medo repentino a mantiveram em silêncio, mas a mão dela avançou até seu abdômen onde o jaleco ocultava sua cicatriz.

— Eles não tinham um número suficiente de humanos para o que chamam de permuta normal — Titus explicou. — A maioria dos que eles têm será Dinso, pessoas que querem voltar à Terra. Não tinham o suficiente para os Toaht. Tiveram que fazer mais.

— Enquanto dormíamos? De certo modo, eles...?

— De certo modo! — ele repetiu, contrariado. — De qualquer modo! Eles pegaram o material de homens e mulheres que nem se conheciam e juntaram, fizeram bebês em mulheres que nunca souberam quem era a mãe ou o pai da criança, e que talvez nunca conheceram a criança. Ou talvez desenvolveram o bebê em outro tipo de animal. Eles têm animais que podem adaptar para... incubar fetos humanos, como dizem. Ou talvez sequer se preocuparam com homens e mulheres. Talvez apenas rasparam um pouco de pele de uma pessoa e fizeram bebês com isso, clonagem, sabe. Ou talvez usaram uma de suas impressões, e não me pergunte o que é uma impressão. Mas se conseguiram uma sua, podem usá-la para fazer outra como você, se estiver morta por cem anos e não sobrar mais nada de seu corpo. E isso é só o começo. Oankali podem fazer pessoas de maneiras que você nem sabe colocar em palavras. A única coisa que, ao que parece, não conseguem fazer é nos deixar em paz. Deixar que façamos as coisas do nosso jeito.

As mãos dele sobre ela eram quase afáveis.

— Ao menos não fizeram isso até agora. — Ele a sacudiu, de forma brusca. — Sabe quantas crianças eu tenho? Eles me contaram: "Seu material genético foi usado em mais de setenta crianças". Nunca vi sequer uma mulher em todo o tempo em que estou aqui.

Ele fixou o olhar nela por vários segundos. Lilith teve medo dele, pena dele, desejou ficar longe dele.

O primeiro ser humano que via em anos e tudo que Lilith conseguia era desejar ficar longe dele. Não era uma boa ideia agredi-lo. Ela era alta, sempre pensou em si mesma como alguém forte, mas ele era muito maior, troncudo, com 1,90 metro... talvez 2 metros.

— Eles tiveram 250 anos para brincar conosco — disse ela. — Talvez não consigamos pará-los, mas não precisamos ajudá-los.

— Eles que vão para o inferno.

Ele tentou abrir o jaleco dela.

— Não! — ela gritou, assustando-o deliberadamente. — Animais são tratados assim. Colocam um garanhão e uma égua juntos até acasalarem. Depois os devolvem a seus donos. Quem se importa? São só animais!

Ele despiu o jaleco dela, então se atrapalhou com as calças.

Ela jogou o peso contra ele subitamente e conseguiu empurrá-lo para longe.

Ele deu vários passos para trás, cambaleando, recuperou o equilíbrio e veio novamente até ela.

Gritando com ele, Lilith girou as pernas sobre a plataforma em que estava sentada e desceu, ficando em pé do lado oposto. Agora a plataforma os separava.

Ele caminhou em volta da plataforma. Ela se sentou e girou as pernas sobre a plataforma novamente, mantendo-a entre eles.

— Não faça de si mesmo o cãozinho deles! — ela suplicou. — Não faça isso!

Ele continuou se aproximando, alterado demais para se importar. Na verdade, estava gostando daquilo. Arrancou-a da cama subindo nela. Encurralou-a contra a parede.

— Quantas vezes eles obrigaram você a fazer isso antes? — perguntou ela, desesperada. — Você tinha uma irmã lá na Terra? Você a reconheceria agora? Talvez eles o tenham feito copular com sua irmã. — Ele pegou o braço dela, puxando-a contra si. — Talvez tenham feito você copular com sua mãe! — ela gritou.

Ele ficou paralisado e Lilith rezou para tê-lo atingido em algum ponto sensível.

— Sua mãe — repetiu. — Você não a vê desde que tinha catorze anos. Como você poderia saber se a trouxeram para você e você...

Ele a golpeou.

Abalada com o impacto e a dor, ela caiu sobre ele, que a levantou e, ao mesmo tempo, a jogou para longe como se tivesse surpreendido a si mesmo agarrando algo nojento.

A queda foi dura, mas ela não estava inconsciente quando ele veio para cima dela.

— Nunca pude fazer isso antes — ele sussurrou. — Nunca com uma mulher. Mas quem sabe de quem é o material que misturam? — Fez uma pausa e olhou para ela no lugar em que ela caiu. — Disseram que eu poderia fazer com você. Disseram que você poderia ficar, se quisesse. E você teve que estragar tudo!

Ele a chutou com força. O último som que ela ouviu antes de perder a consciência foi o da sórdida maldição que ele gritou.

9

Ela acordou com vozes – havia Oankali próximos, sem tocá-la. Nikanj e mais alguém.

— Vá embora agora — Nikanj estava dizendo. — Ela está recobrando a consciência.

— Talvez eu deva ficar — disse a outra voz baixinho. Kahguyaht. Ela pensava antes que todos os Oankali soavam iguais, com suas vozes andróginas e baixas, mas agora não podia mais se enganar com os tons enganosamente gentis de Kahguyaht. — Talvez você precise de ajuda com ela.

Nikanj não falou nada. Depois de algum tempo, Kahguyaht agitou os tentáculos e disse:

— Vou sair. Você está crescendo mais depressa do que imaginei. Talvez Lilith seja boa para você, afinal de contas.

Ela conseguiu ver Kahguyaht atravessando a porta e partindo. Só depois que ele saiu ela se conscientizou da dor em seu corpo, seu maxilar, suas costelas, sua cabeça e especialmente seu braço esquerdo. Não era uma dor aguda, nada assustadora. Apenas uma dor leve, pulsante, perceptível principalmente quando ela se mexia.

— Fique parada — Nikanj aconselhou. — Seu corpo ainda está se recuperando. A dor passará logo.

Ela virou o rosto para o outro lado, ignorando a dor. Fez-se um longo silêncio. Por fim, Nikanj disse:

— Não sabíamos. — Fez uma pausa e corrigiu-se. — Eu não sabia como o homem ia se comportar. Ele nunca perdeu o controle tão completamente antes. Nunca perdeu o controle em muitos anos.

— Vocês o isolaram de sua própria espécie — disse Lilith com os lábios inchados. — Por quanto tempo o mantiveram longe das mulheres? Quinze anos? Mais? De certa forma, vocês o mantiveram com catorze anos por todo esse tempo.

— Ele estava contente com sua família Oankali até conhecer você.

— E o que ele sabia? Vocês nunca o deixaram ver mais ninguém!

— Não era necessário. Sua família cuidava dele.

Ela olhou para Nikanj, sentindo, mais forte do que nunca, como eram diferentes entre si, como seu caráter alienígena era intransponível. Ela poderia passar horas conversando com Nikanj em sua língua e a comunicação fracassaria. Nikanj poderia fazer o mesmo com ela, embora pudesse forçá-la a obedecer quer ela entendesse ou não. Ou poderia entregá-la a outras pessoas, que usariam da força contra ela.

— A família dele achou que você deveria ter se acasalado com ele — disse Nikanj. — Eles sabiam que você não ficaria para sempre, mas acreditaram que você compartilharia o sexo com ele ao menos uma vez.

Compartilhar o sexo, pensou ela com tristeza. Onde tinha aprendido a expressão? Lilith nunca disse aquilo. Mas gostou. Será que ela deveria ter compartilhado o sexo com Paul Titus?

— E talvez engravidar — disse ela em voz alta.

— Você não teria engravidado.

E Nikanj recebeu toda a atenção dela.

— Por que não?

— Ainda não é a hora de você ter uma criança.

— Vocês fizeram algo comigo? Sou estéril?

— Seu povo chama isso de contracepção. Você foi levemente alterada. Foi feito enquanto você dormia, como foi feito com todos os humanos no início. Será desfeito em algum momento.

— Quando? — perguntou ela, em tom amargo. — Quando vocês acharem que estou pronta para reproduzir?

— Não. Quando você estiver pronta. E só então.

— Quem decide? Vocês?

— Você, Lilith. Você.

Sua sinceridade a confundiu. Ela sentiu que tinha que aprender a ler suas emoções através da postura, da posição dos tentáculos sensoriais, do tom de voz... Parecia não apenas estar dizendo a verdade, mas dizendo uma verdade que considerava importante. Ainda assim, Paul Titus também parecera estar dizendo a verdade.

— Paul teve realmente mais de setenta crianças? — perguntou ela.

— Sim. E ele disse a você o motivo. Os Toaht precisam desesperadamente de mais seres da sua espécie para fazer uma verdadeira permuta. A maioria dos humanos trazidos da Terra deverá retornar para lá. Mas os Toaht precisam ter um número pelo menos igual para ficar aqui. Pareceu melhor que quem nascesse aqui fosse quem ficaria. — Hesitou. — Eles não deveriam ter contado a Paul o que estavam fazendo. Mas isso é sempre uma coisa difícil de perceber, e algumas vezes também percebemos isso tarde demais.

— Ele tinha o direito de saber!

— O conhecimento o atemorizou e o deixou infeliz. Você descobriu um dos medos dele, o de que talvez uma de suas parentes tenha sobrevivido e engravidado com o esperma dele. Foi dito a ele que isso não aconteceu. Algumas vezes Titus acredita, outras vezes, não.

— Ainda assim ele tinha o direito de saber. Eu iria querer saber.

Silêncio.

— Isso foi feito comigo, Nikanj?

— Não.

— E... será?

Nikanj hesitou, então falou suavemente.

— Os Toaht têm uma impressão sua... de todos os seres humanos que trouxemos a bordo. Eles precisam de diversidade genética. Também vamos manter as impressões dos humanos que mandarmos embora. Milênios após sua morte, seu corpo poderá renascer a bordo da nave. Não será você, desenvolverá uma identidade própria.

— Um clone — disse ela em um tom inexpressivo.

Seu braço esquerdo latejava, e ela o esfregou sem realmente se concentrar na dor.

— Não — Nikanj a corrigiu. — O que preservamos não é um tecido vivo. É uma memória... Seu povo devia chamar de mapa genético, embora não conseguisse fazer como o que lembramos e usamos. É mais como o que poderiam chamar de um modelo mental. Um projeto de montagem de um ser humano: você. Uma ferramenta de reconstrução.

Nikanj deixou que ela digerisse aquilo; não disse nada mais a ela, por vários minutos. Tão poucos seres humanos conseguiriam fazer aquilo: simplesmente dar a alguém alguns minutos para pensar...

— Você destruiria minha impressão se eu pedisse? — perguntou ela.

— É uma memória, Lilith, uma memória completa guardada por várias pessoas. Como eu poderia destruir uma coisa dessas?

Uma memória literal, então, não apenas algum mecanismo de registro ou um registro escrito. Óbvio.

Depois de algum tempo, Nikanj disse:

— Sua impressão pode jamais ser usada. Se for, a reconstrução se sentirá tão em casa a bordo da nave como você na Terra. Ela crescerá aqui e as pessoas entre as quais ela crescer serão sua família. Você sabe que não irão machucá-la.

Ela suspirou.

— Não sei nada disso. Suspeito que farão o que acharem melhor para ela. Que Deus a ajude.

Nikanj se sentou à frente dela e tocou seu braço dolorido com vários tentáculos de sua cabeça.

— Você realmente precisava saber disso? — perguntou.

— Eu deveria ter contado a você?

Nikanj nunca tinha feito uma pergunta daquelas antes. Seu braço doeu mais do que nunca por um momento, então o sentiu quente e sem dor. Ela conseguiu não o puxar, embora Nikanj não a tivesse paralisado.

— O que você está fazendo? — perguntou ela.

— Você estava com dor naquele braço. Não há necessidade de sofrer.

— Tenho dor no corpo inteiro.

— Eu sei. Vou cuidar disso. Só queria conversar com você antes que dormisse de novo.

Ela se deitou imóvel por um momento, contente por seu braço não estar mais latejando. Mal tinha se conscientizado dessa dor em particular antes de Nikanj interrompê-la. Agora, percebia que fora apenas uma entre tantas dores piores. A mão, o pulso, o antebraço.

— Você quebrou o pulso — Nikanj contou a ela. — Estará completamente curado quando acordar. — E repetiu a pergunta: — Você realmente precisava saber, Lilith?

— Sim — respondeu ela. — Isso me preocupava. Eu precisava saber.

Nikanj não comentou mais nada por algum tempo, e ela não perturbou seus pensamentos.

— Vou me lembrar disso — disse por fim, em um tom gentil.

E ela sentiu como se tivesse comunicado algo importante. Finalmente.

— Como você sabia que meu braço estava me incomodando?

— Pude ver que você o esfregava. Sabia que estava quebrado e que eu tinha feito pouca coisa nele. Você pode mexer os dedos?

Ela obedeceu, impressionada ao ver que os dedos se mexiam com facilidade e sem dor.

— Ótimo. Vou fazer você dormir de novo.

— O que aconteceu a Paul Titus?

Nikanj levou a atenção de alguns dos tentáculos de sua cabeça do braço para o rosto dela.

— Ele está dormindo.

Ela franziu a testa.

— Por quê? Eu o machuquei? Não conseguiria.

— Ele estava... enfurecido. Fora de controle. Atacou membros da própria família. Disseram que ele os teria matado se pudesse. Quando o contiveram, ele chorou e falou coisas sem coerência. Recusou-se a falar Oankali. Em inglês, amaldiçoou a família, você, todo mundo. Teve que ser colocado para dormir, talvez por um ano ou mais. Os sonos longos são terapêuticos para as feridas não físicas.

— Um ano?

— Titus ficará bem. Não vai envelhecer. E a família estará esperando por ele quando Despertar. É muito apegado à família, e a família a ele. Os laços familiares Toaht são... bonitos, e muito fortes.

Ela apoiou o braço direito sobre a testa.

— A família dele — disse Lilith, em tom amargo. — Você fica dizendo isso. A família dele está morta. Como a minha. Como a de Fukumoto. Como a de praticamente todo mundo. É metade do nosso problema. Não temos nenhum laço familiar verdadeiro.

— Ele tem.

— Ele não tem nada! Não tem ninguém para ensiná-lo a ser um homem, e certamente não pode ser um maldito Oankali, então não fale comigo sobre a família dele!

— Ainda assim, eles são a família dele. — Nikanj insistiu, suavemente. — Eles o aceitaram e ele os aceitou. Ele não tem outra família, mas tem a eles.

Ela fez um som de repulsa e virou o rosto para o outro lado. O que Nikanj dizia aos outros sobre ela? Falava sobre a família dela? De acordo com seu novo nome, ela foi adotada. Ela balançou a cabeça, confusa e perturbada.

— Ele bateu em você, Lilith. Quebrou seus ossos. Se você ficasse sem tratamento, poderia ter morrido pelo que Titus fez.

— Ele fez o que vocês e a chamada família dele o programaram para fazer!

Nikanj agitou os tentáculos.

— Isso é mais verdadeiro do que eu gostaria que fosse. É difícil para mim influenciar as pessoas agora. Elas acham que sou jovem demais para compreender. Entretanto, eu as avisei de que você não acasalaria com ele. Mas como não amadureci, não acreditaram em mim. A família dele e meus pais me dominaram. Isso não vai acontecer de novo.

Nikanj tocou a nuca dela, ferroando a pele com vários tentáculos sensoriais. Ela percebeu o que ele estava fazendo e sentiu que estava começando a perder a consciência.

— Coloque-me de volta, também — ela pediu enquanto ainda conseguia falar. — Deixe-me dormir de novo. Coloque-me onde eles o colocaram. Não sou o que seu povo pensa, não mais do que ele era. Coloque-me de volta. Encontre outra pessoa!

10

A facilidade do despertar dizia a Lilith que seu sono fora comum e relativamente breve, devolvendo-a depressa demais ao que passava por realidade. Ao menos ela não sentia dor. Sentou-se e viu que Nikanj estava deitado a seu lado, imóvel como pedra. Como de costume, alguns tentáculos de sua cabeça seguiram seus movimentos frouxamente enquanto ela se levantava e ia ao banheiro.

Tentando não pensar, tomou um longo banho, esforçando-se para esfregar o cheiro estranho e azedo que seu corpo tinha adquirido, algum efeito residual da cura aplicada por Nikanj, ela supôs. Mas o cheiro não saía.

Por fim, ela desistiu. Vestiu-se e voltou para Nikanj, que estava sentado na cama, esperando por ela.

— Você não perceberá o cheiro daqui alguns dias — disse ele. — Não é tão forte como pensa. — Ela deu de ombros, sem se importar. — Agora você pode abrir as paredes.

Assustada, ela se virou para Nikanj, então foi até uma parede e a tocou com as pontas dos dedos. A parede ficou vermelha como aconteceu com a parede de Paul sob o toque de Nikanj.

— Use todos os seus dedos — ele sugeriu.

Ela obedeceu, tocando os dedos das duas mãos na parede. A parede recuou e, então, começou a se abrir.

— Se sentir fome — disse Nikanj —, você pode pegar comida para si mesma agora. No interior deste alojamento, tudo agora está aberto para você.

— E além desse alojamento? — perguntou ela.

— Essas paredes vão deixar você sair e voltar. Alterei-as um pouco. Mas nenhuma outra parede se abrirá para você.

Assim, ela poderia caminhar pelos corredores ou entre as árvores, mas não poderia entrar em nenhum lugar que Nikanj não quisesse. Ainda assim, aquilo era mais liberdade do que ela tinha tido antes de ser colocada para dormir.

— Por que fez isso? — perguntou ela.

— Para dar a você o que eu podia. Não outro longo sono ou solidão. Apenas por isso. Você conhece a disposição dos alojamentos agora, e conhece Kaal. E as pessoas das redondezas conhecem você.

Então podiam confiar em mim sozinha novamente, pensou, com amargor. E no alojamento, podiam ter certeza de que ela não faria o equivalente local a entupir os ralos ou incendiar algo. Podiam até confiar que ela não incomodaria os vizinhos. Agora Lilith podia se manter ocupada até que alguém decidisse que era a hora de mandá-la para o trabalho que ela não desejava fazer, o trabalho que provavelmente iria levá-la à morte. A quantos Paul Titus mais ela conseguiria sobreviver, afinal?

Nikanj se deitou de novo e parecia tremer. Estava tremendo. Os tentáculos de seu corpo se moviam exageradamente e faziam o corpo todo vibrar. Ela não sabia nem se importava em saber o que havia de errado. Saiu, deixando que ficasse onde estava, e foi buscar comida.

Em um compartimento da pequena e aparentemente vazia sala de estar, jantar e cozinha, ela encontrou frutas frescas: laranjas, bananas, mangas, mamões e melões de diferentes tipos. Em outros compartimentos, encontrou castanhas, pão e mel.

Escolhendo entre as opções, preparou uma refeição. Tinha a intenção de sair para comer a primeira refeição que não precisou pedir e pela qual não precisou esperar. A primeira refeição que comeria sob as pseudoárvores sem que antes precisassem abrir a porta para ela como se fosse um animal de estimação.

Abriu uma das paredes para sair e parou. A parede começou a se fechar por um momento. Ela suspirou e se afastou.

Irritada, abriu novamente os compartimentos, pegou mais comida e retornou. Nikanj ainda estava na cama, ainda tremia. Ela colocou a seu lado alguns pedaços de fruta.

— Seus braços sensoriais já começaram a crescer, não começaram? — perguntou Lilith.

— Sim.

— Quer alguma coisa para comer?

— Sim. — Pegou uma laranja e a mordeu, comendo a casca e tudo. Nunca tinha feito isso antes.

— Geralmente as descascamos.

— Eu sei. Desperdício.

— Escute, você precisa de alguma coisa? Quer que eu busque um de seus pais?

— Não. Isso é normal. Estou contente por ter alterado você naquele momento. Não confiaria em mim para fazer isso agora. Eu sabia que isso estava por vir.

— Por que você não me disse que estava tão perto?

— Você estava muito furiosa.

Ela suspirou, tentou compreender os próprios sentimentos. Ainda estava furiosa. Furiosa, amarga, amedrontada... Ainda assim, tinha voltado. Não podia abandonar Nikanj tremendo na cama enquanto desfrutava de sua liberdade ampliada.

Nikanj terminou a laranja e começou uma banana. Também não a descascou.

— Posso ver? — perguntou ela.

Erguendo um braço, Nikanj exibiu, cerca de 15 centímetros abaixo, uma carne feia, cheia de protuberâncias, manchada.

— Dói?

— Não. Não existem palavras na sua língua para o modo como me sinto. As mais próximas seriam... excitação sexual.

Ela se afastou, assustada.

— Agradeço por ter voltado.

Ela assentiu.

— Você não deveria sentir excitação com só eu aqui.

— Estou amadurecendo sexualmente. Vou sentir isso de tempos em tempos enquanto meu corpo muda, mesmo que ainda não tenha os órgãos que usaria no sexo. É um pouco como sentir que um membro amputado ainda está ali. Ouvi que humanos sentem isso.

— Também ouvi dizer que sentimos, mas...

— Eu sentiria excitação se estivesse só. Você não faz com que eu sinta isso mais do que se eu estivesse só. Mas sua presença me ajuda. — Nikanj fechou os tentáculos da cabeça e do corpo, formando nós. — Dê-me mais alguma coisa para comer.

Ela deu um mamão e todas as castanhas que levou. Nikanj comeu depressa.

— Estou melhor. Às vezes, comer amortece um pouco essa sensação.

Ela se sentou na cama e perguntou:

— O que acontece agora?

— Quando meus pais perceberem o que está acontecendo comigo, vão me mandar para Ahajas e Dichaan.

— Você quer que eu procure por seu pais?

— Não. — Nikanj esfregou a cama-plataforma. — As paredes vão avisá-los. Provavelmente já fizeram isso. Os tecidos das paredes reagem ao início da metamorfose bem depressa.

— Quer dizer que as paredes se sentem diferentes ou têm um cheiro diferente ou algo desse tipo?

— Sim.

— Sim, o quê? Qual dessas coisas?

— Tudo o que você disse e outras mais. — Mudou de assunto de repente. — Lilith, o sono durante a metamorfose pode ser muito profundo. Não tenha medo se eu, por vezes, parecer não estar vendo ou ouvindo.

— Certo.

— Você vai ficar comigo?

— Eu disse que ficaria.

— Eu estava com medo... Ótimo. Deite aqui comigo até Ahajas e Dichaan virem.

Ela estava cansada de ficar deitada, mas se estendeu a seu lado.

— Quando eles vierem para me levar até Lo, você precisa ajudá-los. Isso dirá a eles a primeira coisa que precisam saber a seu respeito.

11

Despedida.

Não houve uma verdadeira cerimônia. Ahajas e Dichaan chegaram e Nikanj imediatamente se refugiou em um sono profundo. Até os tentáculos de sua cabeça pendiam, frouxos e imóveis.

Ahajas sozinha conseguia carregá-lo. Era grande como a maioria de Oankali do sexo feminino, levemente maior que Tediin.

Ela e Dichaan eram irmã e irmão, como era comum nos acasalamentos oankali. Machos e fêmeas eram parentes próximos e ooloi vinham de fora da família. Uma tradução da palavra ooloi era "ente querido estrangeiro". De acordo com Nikanj, essa combinação de parentes com estrangeiros funcionava melhor quando as pessoas eram criadas para um trabalho específico, como estabelecer uma permuta com uma espécie alienígena. Machos e fêmeas concentravam as características desejáveis e ooloi evitavam o tipo errado de concentração. Tediin e Jdahya eram primos. Os dois não tinham gostado de seus irmãos e irmãs em especial. Algo incomum.

Agora Ahajas erguia Nikanj como se fosse um bebê, fácil de carregar, até que Dichaan e Lilith pegaram seus ombros. Nem Ahajas nem Dichaan mostraram surpresa diante da participação de Lilith.

— Nikanj nos falou sobre você — disse Ahajas, enquanto carregavam Nikanj para os corredores inferiores.

Kahguyaht ia à frente, abrindo as paredes. Jdahya e Tediin iam atrás.

— Também me falou um pouco sobre vocês — respondeu Lilith, insegura.

As coisas estavam acontecendo depressa demais para ela. Não havia se levantado naquele dia com o pensamento de que iria deixar Kaal, deixar Jdahya e Tediin, com quem ela estava à vontade e familiarizada. Não se incomodava em deixar Kahguyaht, que tinha assegurado a ela que a veria novamente em breve quando levou Ahajas e Dichaan até Nikanj. O costume e a biologia determinavam que, como ascendente direto do mesmo sexo, Kahguyaht tinha permissão de visitar Nikanj durante sua metamorfose. Kahguyaht, assim como Lilith, tinha um cheiro neutro e não aumentaria o desconforto de Nikanj ou despertaria desejos que fossem inapropriados.

Lilith ajudou a colocar Nikanj em um tílio plano que aguardava por eles no corredor público. Então, ela ficou em pé, sozinha, observando enquanto os cinco Oankali se uniam, tocando e entrelaçando os tentáculos da cabeça e do corpo. Kahguyaht ficou entre Tediin e Jdahya. Ahajas e Dichaan ficaram juntos e fizeram contato com Tediin e Jdahya. Era quase como se também estivessem evitando Kahguyaht.

Oankali conseguiam se comunicar dessa forma, conseguiam transmitir mensagens de um para o outro quase na velocidade do pensamento, ao menos foi o que Nikanj dissera. Estimulação multissensorial controlada. Lilith suspeitava de que era a prática mais próxima à telepatia que ela veria. Nikanj comentara que, quando amadurecesse, seria capaz de ajudá-la a ter aquele tipo de percepção. Mas seu amadurecimento ia demorar meses. Agora Lilith estava sozinha de novo, a alienígena, a estrangeira incompreendida. Era aquilo que seria novamente, na casa de Ahajas e Dichaan.

Quando o grupo se desfez, Tediin veio até Lilith e segurou seus dois braços.

— Foi bom ter você conosco — disse em Oankali. — Aprendi com você. Foi uma ótima permuta.

— Também aprendi — disse Lilith, com sinceridade. — Gostaria de poder ficar aqui.

Em vez de partir com estranhos. Em vez de ser enviada para ensinar um monte de seres humanos amedrontados, desconfiados.

— Não — disse Tediin. — Nikanj deve ir. Você não gostaria que separassem vocês.

Ela não tinha o que dizer sobre aquilo. Era verdade. Todos, até Paul Titus, sem se dar conta, a empurraram para Nikanj. Tinham obtido sucesso.

Tediin a soltou e Jdahya veio falar com ela em inglês.

— Você está com medo? — perguntou a ela.

— Sim.

— Ahajas e Dichaan a receberão bem. Você é uma raridade, uma humana que pode viver entre nós, aprender sobre nós e nos ensinar. Todo mundo fica curioso com isso.

— Pensei que passaria a maior parte de meu tempo com Nikanj.

— Você passará, por um período. E quando Nikanj tiver amadurecido, você será levada para treinamento. Mas haverá tempo para você conhecer Ahajas, Dichaan e os outros.

Ela deu de ombros. Nada do que ele disse apaziguava seu nervosismo do momento.

— Dichaan disse que adaptaria as paredes da casa deles para você, para que possa abri-las. Ahajas e ele não conseguem alterar você de nenhuma maneira, mas podem adaptar seu novo entorno.

Então, ao menos ela não teria que voltar ao estágio de animal doméstico, pedindo cada vez que quisesse entrar ou sair do cômodo ou fazer um lanche.

— Sou grata por isso, ao menos.

— É permuta — disse Jdahya. — Fique perto de Nikanj. Faça o que Nikanj confiou em você para ser feito.

12

Alguns dias depois, Kahguyaht veio vê-la. Ela tinha sido instalada no costumeiro quarto sem decoração; aquele tinha uma cama e duas plataformas para mesas, um banheiro e Nikanj, que dormia tão profundamente que parecia ser parte do cômodo, não um ser vivo.

Kahguyaht foi quase bem recebido. Aliviou seu tédio e, para sua surpresa, trouxe presentes: um bloco de papel branco, áspero e fino, mais como uma resma, e um punhado de canetas que traziam as palavras Paper Mate, Parker e Bic. As canetas, Kahguyaht explicou, foram duplicadas a partir de impressões feitas de originais desaparecidos havia séculos. Essa foi a primeira vez que Lilith soube que algo que conhecia era parte de uma recriação. E foi a primeira vez que percebeu que os Oankali recriavam coisas inanimadas a partir de impressões. Ela não conseguia ver diferença entre as cópias das impressões e os originais de que se lembrava.

E Kahguyaht deu a ela alguns livros amarelados, quase se desfazendo, tesouros que ela nunca tinha imaginado: um romance de espionagem, um romance sobre a Guerra Civil, um compêndio de etnologia, um estudo sobre religião, um livro sobre câncer e um sobre genética humana, um livro sobre um macaco a quem foi ensinada a linguagem de sinais e um sobre a corrida espacial dos anos 1960.

Lilith aceitou todos eles sem fazer comentários.

Agora que sabia que ela levava a sério a tarefa de cuidar de Nikanj, Kahguyaht passou a ter mais facilidade de se relacionar com ela. Tinha uma maior propensão em responder a suas perguntas e menos disposição a fazer suas próprias perguntas sarcásticas e retóricas. Voltou várias vezes para se sentar com ela enquanto acompanhavam Nikanj e, de fato, passou a ensiná-la, usando o próprio corpo e o de Nikanj para ajudá-la a compreender melhor a biologia oankali. A maior parte do tempo, Nikanj estava dormindo. E na maioria das vezes dormia tão profundamente que os tentáculos de sua cabeça não seguiam os movimentos.

— Nikanj vai se lembrar de tudo que acontece à sua volta — Kahguyaht revelou. — Ainda percebe tudo do mesmo modo que perceberia se não estivesse dormindo. Mas não pode reagir. Não está consciente. Está... registrando.

Kahguyaht ergueu um dos braços flácidos de Nikanj para observar o desenvolvimento dos braços sensoriais. Não havia nada a ser visto ainda, exceto um caroço grande, escuro, inchado, uma protuberância de aparência assustadora.

— Aquilo é o próprio braço — perguntou ela — ou o braço sairá dali?

— É o braço — respondeu Kahguyaht. — Enquanto estiver crescendo, não toque nele a menos que Nikanj peça para você fazer isso.

Não se parecia com nada que Lilith gostaria de tocar. Ela olhou para Kahguyaht e decidiu arriscar diante de sua nova civilidade.

— E quanto à mão sensorial? — perguntou ela. — Nikanj mencionou que existia isso.

Kahguyaht não respondeu por vários segundos. Por fim, em um tom que ela não conseguiu interpretar, disse:

— Sim, existe isso.

— Se eu perguntei algo que não deveria, é só me falar — disse ela. Algo naquele tom de voz estranho a fez querer se afastar de Kahguyaht, mas ela permaneceu imóvel.

— Você não perguntou nada de errado — disse Kahguyaht, agora em voz neutra. — Na verdade, é importante que você saiba sobre... a mão sensorial. — Estendeu um de seus braços sensoriais, longo, acinzentado e coberto por uma pele áspera, que ainda a fazia se lembrar de uma tromba de elefante fechada, sem ponta. — Toda a força e a resistência a ferimentos dessa cobertura externa é para proteger a mão e os órgãos a ela relacionados. O braço está fechado, está vendo? — Mostrou a ela a ponta arredondada do braço, coberta por um material semitransparente que ela sabia que era liso e duro. — Quando está assim, é simplesmente outro membro. — Kahguyaht enrolou a extremidade do braço, como se fosse um verme, esticou-o, tocou a cabeça de Lilith e então segurou diante de seus olhos um único fio de cabelo, puxado com um movimento certeiro do braço. — É muito flexível, muito versátil, mas apenas outro membro. — O braço recuou, soltando o cabelo. O material semitransparente da extremidade começou a mudar, a se mover em ondas circulares para os lados, e alguma coisa delgada e pálida emergiu do meio. Enquanto ela olhava, a coisa delgada pareceu engrossar e se dividir. Havia oito dedos, ou melhor, oito tentáculos delgados dispostos em volta de uma palma circular que parecia úmida e enrugada. Era como uma estrela-do-mar, uma frágil estrela-do-mar com braços longos, delgados, semelhantes a cobras.

— Com o que se parece, para você? — perguntou Kahguyaht.

— Na Terra, tínhamos animais com essa aparência — respondeu Lilith. — Viviam no mar. Nós os chamávamos de estrelas-do-mar.

Kahguyaht relaxou os tentáculos.

— Eu os vi. Há certa similaridade.

Virou a mão para que ela pudesse vê-la de diferentes ângulos. A palma, ela notou, estava coberta com minúsculas projeções muito parecidas com os pés ambulacrários da estrela-do-mar. Eram quase transparentes. E as rugas que ela tinha visto na palma eram, na verdade, orifícios, aberturas para um interior escuro.

A mão liberou um odor fraco, estranhamente floral. Lilith não gostou disso e se afastou depois de olhar por um instante.

Kahguyaht recolheu a mão tão depressa que ela pareceu desvanecer, e abaixou o braço sensorial.

— Seres humanos e Oankali tendem a formar vínculos com ooloi — Kahguyaht explicou a ela. — O vínculo é químico e agora não é forte para você devido à imaturidade de Nikanj. É por isso que o meu cheiro a deixa desconfortável.

— Nikanj não mencionou nada disso — disse ela, desconfiada.

— Mas curou seus ferimentos. Aprimorou sua memória. Não poderia fazer essas coisas sem deixar sua marca. E deveria ter lhe contado.

— Sim. Deveria. Que marca é essa? O que ela fará comigo?

— Nenhum mal. Você vai querer evitar o contato íntimo, o tipo de contato que envolve penetração da carne, com demais ooloi, entende? Talvez, algum tempo depois de Nikanj ter amadurecido, você queira evitar todo contato com a maioria das pessoas. Siga seus sentimentos. As pessoas vão entender.

— Mas... quanto tempo isso vai durar?

— É diferente com os humanos. Alguns se demoram no estágio de rejeição mais do que nós demoraríamos. O período mais longo que conheço durou quarenta dias.

— E durante esse tempo, Ahajas e Dichaan...

— Você não vai evitá-los, Lilith. São parte da família. Você estará à vontade com eles.

— O que acontece se eu não evitar as pessoas, se eu ignorar meus sentimentos?

— Se você conseguir fazer isso, vai ficar doente, no mínimo. Você pode até desejar se matar.

— Será tão ruim assim?

— Seu corpo dirá a você o que fazer. Não se preocupe. — Kahguyaht se virou para Nikanj. — Quando suas mãos sensoriais começarem a crescer, Nikanj estará mais vulnerável. Vai precisar de comida especial. Vou mostrar a você.

— Certo.

— Você terá que colocar a comida de fato dentro de sua boca.

— Já fiz isso com algumas coisas que Nikanj quis comer.

— Ótimo. — Kahguyaht agitou os tentáculos. — Eu não quis aceitar você, Lilith. Não por Nikanj ou pelo trabalho que você fará. Eu acreditava que, pelo modo como a genética humana se manifestava culturalmente, um humano do sexo masculino deveria ser escolhido para criar o primeiro grupo. Agora vejo que estava errado.

— Criar?

— É uma maneira de pensar nisso. Ensinar, dar conforto, alimentar e vestir, orientar as pessoas e interpretar o que, para elas, será um mundo novo e amedrontador. Criar.

— Vocês vão me constituir como a mãe delas?

— Defina o relacionamento de vocês de qualquer maneira que seja cômoda para você. Nós sempre o chamamos de criação. — Kahguyaht se voltou para a parede como se fosse abri-la, então parou e olhou novamente para Lilith.

— O que você fará é uma coisa boa. Você estará na posição de ajudar seu próprio povo quase como está ajudando Nikanj agora.

— Eles não vão confiar em mim ou em minha ajuda. Provavelmente vão me matar.

— Não vão.

— Vocês não nos compreendem tão bem como pensam que compreendem.

— E você não nos entende. Nunca entenderá, realmente, embora vá receber muito mais informações a nosso respeito.

— Então me coloquem para dormir de novo, droga, e escolham alguém que considerem mais inteligente! Nunca quis essa tarefa!

Kahguyaht ficou em silêncio por vários segundos. Por fim, perguntou:

— Você acha que eu estava desmerecendo sua inteligência?

Ela o olhou com ódio, recusando-se a responder.

— Imaginei que não. Seus filhos vão nos entender, Lilith. Você, nunca.

III
PRÉ-ESCOLA

1

O salão era um pouco maior do que um campo de futebol. O teto era uma abóboda de uma suave luz amarela. Lilith fez duas paredes crescerem em um canto, para poder ter um quarto fechado, exceto pela abertura da porta, onde as paredes teriam se juntado. Havia momentos em que ela fazia as paredes se unirem, isolando-se do vasto vazio do lado de fora, das decisões que deveria tomar. As paredes e o chão do grande salão eram dela, para que os remodelasse como lhe agradasse. Podiam fazer qualquer coisa que lhes pedisse, exceto deixá-la sair.

Ela tinha erguido seu cubículo incluindo a passagem para um banheiro. Havia outros onze banheiros sem uso ao longo de uma extensa parede. Exceto pelas portas estreitas e abertas dessas instalações, o grande salão era desprovido de outras estruturas. Suas paredes eram verde-claras e o chão, marrom-claro. Lilith tinha pedido cor e Nikanj encontrou alguém que lhe ensinou a induzir a nave a produzir cor. Depósitos de alimentos e roupas estavam encapsulados nas paredes, em diversos armários sem identificação, dentro do quarto de Lilith e nas duas extremidades do grande cômodo.

A comida, explicaram a ela, seria reposta à medida que fosse consumida; reposta pela nave, que se valia da própria substância para fazer reconstruções a partir das impressões daquilo que cada armário havia sido ensinado a produzir.

A longa parede em frente aos banheiros escondia oitenta seres humanos adormecidos, saudáveis, com menos de cinquenta anos, que falavam inglês e ignoravam assustadoramente o que os aguardava.

Lilith teria que escolher e Despertar nada menos que quarenta. Nenhuma parede se abriria para que ela ou as pessoas a quem Despertasse saíssem, pelo menos até que esses quarenta seres humanos estivessem prontos para encontrar os Oankali.

O grande salão estava escurecendo levemente. Noite. Lilith encontrou um conforto e um alívio surpreendentes em ter o tempo dividido nitidamente em dias e noites outra vez. Ela não tinha percebido o quanto sentira falta da mudança vagarosa da luz, quão bem-vinda era a escuridão.

— É hora de você se acostumar a ter uma noite planetária novamente — Nikanj comentou.

Ela tinha perguntado, impulsivamente, se havia algum lugar na nave onde poderia ver as estrelas.

Um dia, antes de colocá-la naquele salão imenso e vazio, Nikanj a tinha levado para baixo, por vários corredores, rampas e, depois, por algo muito similar a um elevador. Explicou a ela que aquilo correspondia a uma bolha de gás se movendo inofensivamente por dentro de um corpo vivo. Seu destino acabou sendo uma bolha de observação através da qual Lilith conseguia não apenas ver as estrelas, mas o disco terrestre, reluzente como a lua cheia no céu escuro.

— Ainda estamos além da órbita do satélite de seu mundo — disse Nikanj enquanto ela procurava pelos contornos familiares dos continentes.

Ela acreditou ter encontrado alguns deles, parte da África e da península arábica. Ao menos, achava que parecia, pairando naquele céu que ficava tanto acima como abaixo de seus pés. Havia mais estrelas ali do que ela jamais tinha visto, mas foi a Terra que atraiu seu olhar. Nikanj deixou que Lilith a contemplasse até que suas próprias lágrimas ofuscassem sua visão. Então, envolveu um braço sensorial em volta dela e a conduziu ao grande salão.

Agora Lilith já estava no grande salão havia três dias, pensando, lendo, escrevendo suas memórias. Todos os seus livros, papéis e canetas foram deixados com ela. Junto estavam oitenta dossiês, breves biografias feitas a partir de conversas transcritas, relatos curtos, observações e conclusões dos Oankali, além de imagens. Os humanos dos dossiês não tinham nenhum parente vivo. Todos eram estranhos uns para os outros, e para Lilith.

Ela tinha lido pouco mais de metade dos dossiês, procurando não apenas por possíveis pessoas para Despertar, mas por potenciais aliadas, pessoas que pudesse Despertar primeiro e, talvez, vir a confiar depois. Precisava dividir o fardo do que sabia, do que devia fazer. Precisava de pessoas ponderadas que ouvissem o que ela tinha a dizer e não fizessem nada violento ou estúpido. Precisava de pessoas que pudessem oferecer ideias, empurrando-a para novas direções que, de outra forma, ela não perceberia. Precisava de pessoas que pudessem dizer quando achavam que estava sendo tola, pessoas cujos argumentos pudesse respeitar. Por outro lado, Lilith não queria Despertar ninguém. Temia essas pessoas e temia por elas. Havia tantos desconhecidos, apesar das informações nos dossiês. Sua tarefa era organizá-los em uma unidade coesa e prepará-los para os Oankali, prepará-los para serem os novos parceiros de permuta dos Oankali. Isso era impossível.

Como poderia Despertar as pessoas e dizer a elas que eram parte de um esquema de engenharia genética de uma espécie tão alienígena que os humanos não seriam capazes de enxergá-la com naturalidade durante algum tempo? Como poderia despertar essas pessoas, sobreviventes da guerra, e informar que suas futuras crianças não seriam humanas, a menos que conseguissem fugir dos Oankali?

Melhor contar a elas só um pouco ou nada daquilo por um tempo. Melhor simplesmente não as Despertar enquanto não tivesse alguma ideia de como ajudá-las, como não traí-las, como conseguir que aceitassem o cativeiro e os Oankali, aceitassem qualquer coisa até serem enviadas à Terra. Depois, poderiam fugir na primeira oportunidade.

Sua mente entrou em um rumo familiar: não era possível escapar da nave. Não dava. Oankali a controlavam com sua própria química corporal. Não havia controles que pudessem ser memorizados ou subvertidos. Mesmo os ônibus espaciais que viajavam entre a Terra e a nave eram similares a extensões dos corpos dos Oankali.

Nenhum humano poderia fazer nada a bordo da nave, exceto criar problemas e ser colocado novamente em animação suspensa, ou ser morto. Portanto, a única esperança era a Terra. Uma vez que estivessem na Terra, pelo que disseram a ela, em algum ponto da bacia amazônica, teriam ao menos uma chance.

Aquilo queria dizer que deveriam aprender a se controlar, aprender tudo que Lilith e os Oankali conseguissem ensinar e, então, usar esse aprendizado para fugirem e permanecerem com vida.

E se ela conseguisse fazer aquelas pessoas entenderem isso? E se isso fosse exatamente o que os Oankali desejavam que ela fizesse? Sabiam, obviamente, que era isso que ela faria. Eles a conheciam. Será que aquilo significava que estavam planejando a própria traição: não haveria nenhuma viagem para a Terra. Nenhuma chance de fuga.

Então por que a fizeram passar um ano aprendendo a viver em uma floresta tropical? Talvez os Oankali simplesmente estivessem muito seguros de sua habilidade para manter humanos confinados, mesmo na Terra.

O que Lilith poderia fazer? O que diria aos humanos além de "aprendam e fujam"? Que outra possibilidade de fuga havia?

Absolutamente nenhuma. Para ela, a única outra possibilidade era se recusar a Despertar qualquer pessoa. Resistir até que os Oankali desistissem dela e fossem procurar alguma cobaia mais cooperativa. Outro Paul Titus, talvez; alguém que tivesse desistido da humanidade e decidido colaborar com os Oankali. Um homem assim conseguiria realizar as profecias de Titus: solapar o pouco de civilização que pudesse ter restado nas mentes daqueles a quem Despertasse. Conseguiria fazer deles uma gangue. Ou um rebanho.

O que ela conseguiria fazer deles?

Deitou em sua cama-plataforma, olhando para a foto de um homem. Seus dados diziam que tinha 1,60 metro, 63 quilos, 32 anos de idade. Não tinha o terceiro, o quarto e o quinto dedos da mão esquerda. Tinha perdido esses dedos na infância, em um acidente com um cortador de grama, e se envergonhava da mão incompleta. Seu nome era Victor Dominic, na verdade, Vidor Domonkos. Seus pais imigraram da Hungria para os Estados Unidos pouco antes de seu nascimento. Tinha sido advogado. Dos bons, os Oankali suspeitavam. Achavam-no inteligente, falante, compreensivelmente desconfiado dos inquisidores invisíveis, e muito criativo ao mentir para eles. Havia investigado a identidade deles, mas, como Lilith, era um dos poucos falantes nativos de inglês que nunca expressou a suspeita de que podiam ser extraterrestres.

Já tinha sido casado três vezes, mas não gerou filhos devido a um problema biológico que os Oankali acreditavam ter corrigido. Não ter gerado nenhuma criança o incomodava fortemente, e ele sempre culpava suas esposas, recusando-se a procurar um médico.

Fora isso, os Oankali o consideravam sensato e impressionante. Nunca perdeu o controle em seu inexplicável confinamento, nunca chorou ou tentou suicídio. Entretanto, prometera matar seus captores se um dia tivesse a oportunidade. Tinha dito isso apenas uma vez, calmamente, mas não em um tom de ameaça. Mais como se estivesse fazendo uma observação casual.

Ainda assim, o interrogador Oankali ficou perturbado com as palavras, e colocou Victor Dominic para dormir de novo.

Lilith gostou daquele homem. Tinha inteligência, exceto pela tolice com suas esposas, e autocontrole; exatamente o que ela precisava. Mas ela também o temia.

E se ele decidisse que ela era uma das captoras? Ela era maior e mais forte do que ele, mas aquilo não deveria importar. Victor teria muitas chances de atacá-la quando estivesse desprevenida.

Melhor Despertá-lo depois, quando tivesse aliados. Colocou seu dossiê de lado, na menor de duas pilhas: pessoas que ela queria, mas não ousava Despertar primeiro. Suspirou e pegou um novo dossiê.

Leah Bede. Calada, religiosa, muito lenta para se locomover, nada lenta para compreender, embora os Oankali não tenham ficado particularmente impressionados com sua inteligência. Foram sua paciência e sua autossuficiência que os impressionaram. Não conseguiram fazê-la obedecer. Leah os superou na capacidade de esperar em um silêncio imperturbável. Demonstrou ser melhor na capacidade de esperar do que os Oankali! Passou fome até quase morrer quando pararam de alimentá-la a fim de coagi-la a cooperar. Por fim, eles a doparam, obtiveram a informação que queriam e, depois de um período em que a deixaram recuperar o peso e a força, a colocaram para dormir novamente.

Por quê?, perguntou-se Lilith.

Por que os Oankali simplesmente não a doparam assim que notaram que ela era persistente? Por que não doparam a própria Lilith? Talvez porque quisessem ver até onde os seres humanos precisavam ser pressionados para cederem. Talvez até quisessem ver como cada indivíduo cedia. Ou, talvez, a versão oankali de persistência fosse tão extrema, a partir de um ponto de vista humano, que muito poucos humanos tivessem testado sua paciência. Lilith não tinha. Leah, sim.

A foto de Leah era a de uma mulher pálida, magra, de aparência cansada, embora um indivíduo ooloi tivesse notado que ela tinha tendência fisiológica para o sobrepeso.

Lilith hesitou, mas colocou a pasta de Leah sobre a de Victor. Leah também parecia uma boa aliada potencial, mas não boa para ser Despertada primeiro. Parecia que ela poderia ser uma amiga intensamente leal, exceto se deduzisse que Lilith era uma de suas captoras.

Qualquer pessoa que Lilith Despertasse poderia achar isso. E era quase certo que o fariam no instante em que Lilith abrisse a parede ou fizesse uma nova parede se erguer, provando que tinha habilidades que outras pessoas não possuíam. Os Oankali tinham dado a ela informações, força física ampliada, memória aprimorada e a habilidade de controlar as paredes e as plantas de animação suspensa.

Aqueles eram seus instrumentos. E cada um deles faria com que Lilith parecesse menos humana.

— O que mais podemos dar a você? — perguntou Ahajas quando Lilith a viu pela última vez.

Ahajas tinha se preocupado com ela e considerado que era muito pequena para impressionar. Tinha descoberto que os humanos se impressionavam com o tamanho. O fato de que Lilith era mais alta e mais pesada do que a maioria das mulheres não pareceu suficiente. Ela não era mais alta do que a maioria dos homens. Mas não havia nada a ser feito quanto a isso.

— Nada que vocês pudessem me dar seria suficiente — respondeu Lilith.

Dichaan tinha ouvido isso e se aproximado para segurar as mãos de Lilith.

— Você quer viver — disse a ela. — Você não vai desperdiçar sua vida.

Eles estavam desperdiçando a vida dela.

Ela pegou a pasta seguinte e a abriu.

Joseph Li-Chin Shing. Um viúvo cuja esposa tinha morrido antes da guerra. Os Oankali o consideravam secretamente grato por isso. Após seu próprio período de silêncios persistentes, Joseph tinha descoberto que não se importava em conversar com eles. Pareceu aceitar a realidade de que sua vida estava, segundo ele mesmo definiu, "em suspenso". Isto até descobrir o que havia acontecido com o mundo e quem estava no comando agora. Sondava-os constantemente em busca de respostas para essas perguntas. Admitiu que se lembrava de ter decidido, bem antes da guerra, que era hora de morrer. Acreditava que fora capturado antes de conseguir tentar suicídio. Agora ele tinha um motivo para viver: desvendar quem o aprisionara, e por que e como gostaria de lhes retribuir por isso.

Era um homem de quarenta anos, pequeno. Havia sido engenheiro, cidadão canadense nascido em Hong Kong. Os Oankali cogitaram torná-lo o pai de um dos grupos humanos que tinham a intenção de criar. Mas desistiram porque ele fez uma ameaça. O inquisidor Oankali a considerou sutil, mas potencialmente fatal. Ainda assim, os Oankali o recomendaram a Lilith, a qualquer mãe do primeiro grupo. Ele era inteligente e firme. Alguém em quem se poderia confiar.

Lilith achou que não havia nada de especial em sua aparência. Era um homem pequeno, comum. Ainda assim, os Oankali pareciam interessados nele. E a ameaça que fez era surpreendentemente conservadora, fatal apenas se Joseph não gostasse do que descobrisse. *E ele não vai gostar*, pensou Lilith. Mas também seria suficientemente inteligente para perceber que o momento para fazer algo a respeito seria quando estivessem na Terra, não enquanto estivessem aprisionados na nave.

O primeiro impulso de Lilith foi Despertar Joseph Shing. Despertá-lo e pôr fim à própria solidão. O impulso foi tão forte que ela se sentou imóvel por vários instantes, abraçando a si mesma, resistindo a esse sentimento. Tinha se prometido que não Despertaria ninguém até ter lido todos os dossiês, até ter tempo para pensar. Seguir o impulso errado poderia matá-la.

Passou por muitos outros dossiês sem encontrar ninguém que considerasse comparável a Joseph, embora pensasse que algumas pessoas definitivamente mereciam ser Despertadas.

Havia uma mulher, Celene Ivers, que passara grande parte de seu curto período de interrogatório chorando pela morte do marido e de suas filhas gêmeas, ou chorando por seu próprio e inexplicado cativeiro e por seu futuro incerto. Tinha desejado repetidas vezes estar morta, mas nunca fez nenhuma tentativa de se suicidar. Os Oankali a consideravam muito dócil, ansiosa por agradar, ou melhor, receosa em desagradar. Fraca, decretaram os Oankali. Fraca e sofredora, nada tola, mas tão fácil de amedrontar que podia ser induzida a se comportar de modo tolo.

Inofensiva, pensou Lilith. Uma pessoa que não seria uma ameaça, não importando com que força suspeitasse que Lilith era sua carcereira.

Havia Gabriel Rinaldi, um ator que confundiu os Oankali por algum tempo porque interpretou papéis para eles em vez de deixar que o vissem como era. Foi outro dos que eles, por fim, deixaram de alimentar com base na teoria de que, cedo ou tarde, a fome revelaria o verdadeiro eu. Não estavam seguros de ter dado certo. Gabriel devia ter sido bom. Também era muito bonito. Nunca tentou ferir a si mesmo ou ameaçou os Oankali. E, por algum motivo, eles nunca o doparam. Tinha, os Oankali diziam, 27 anos, era magro, fisicamente mais forte do que aparentava, teimoso, mas não tão inteligente quanto gostava de pensar.

Isso, pensou Lilith, poderia ser dito sobre a maioria das pessoas. Gabriel, assim como outros que derrotaram ou chegaram perto de derrotar os Oankali, era potencialmente valioso. Ela de fato se perguntou se algum dia seria capaz de confiar em Gabriel, mas seu dossiê permaneceu junto aos daqueles que ela tinha intenção de Despertar.

Havia Beatrice Dwyer, que permaneceu inalcançável enquanto estava nua, mas a quem as roupas tinham transformado em uma pessoa brilhante e agradável que parecia, na verdade, ter feito amizade com seu inquiridor, um ooloi experiente que havia tentado fazer Beatrice ser aceita como mãe do primeiro grupo. Outros inquiridores a observaram, avaliaram e discordaram, sem declarar nenhum motivo. Talvez fosse apenas sua extrema modéstia física. No entanto, um indivíduo ooloi tinha sido totalmente conquistado.

Havia Hilary Ballard: poeta, artista, dramaturga, atriz, cantora, beneficiária frequente de seguro-desemprego. Era realmente brilhante; tinha memorizado poesias, peças, canções – suas e de autores mais consagrados. Tinha algo que poderia ajudar as crianças humanas do futuro a se lembrarem de quem eram. Os Oankali consideravam que ela era instável, mas não de uma maneira perigosa. Tiveram que drogá-la porque ela se feriu tentando escapar do que chamava de "sua jaula". Tinha quebrado os dois braços.

E isso não era perigosamente instável?

Não, provavelmente, não era. A própria Lilith tinha entrado em pânico por estar encarcerada. Como muitas outras pessoas. O pânico de Hilary havia sido mais extremo do que o da maioria. Apenas isso. Ela provavelmente não deveria receber tarefas essenciais a serem feitas. A sobrevivência do grupo não deveria depender dela. Por outro lado, não deveria depender de pessoa alguma. O fato de que dependia não era culpa dos seres humanos.

Havia Conrad Loehr, chamado Curt, que tinha sido policial em Nova York e sobreviveu apenas porque a esposa o arrastara para a Colômbia, onde a família dela morava. Eles não tinham viajado a lugar algum por anos antes disso. A esposa foi morta em uma das revoltas iniciadas pouco depois da última troca de mísseis. Milhares morreram antes mesmo de começar o esfriamento. Milhares simplesmente pisotearam uns aos outros ou se dilaceraram em pânico. Curt tinha sido capturado com sete crianças de quem estava cuidando, nenhuma dele. Os filhos dele haviam sido deixados nos Estados Unidos com os avós. Todos foram mortos. Curt Loehr, os Oankali concluíram, precisava de pessoas de quem cuidar, que o estabilizassem, dessem a ele um propósito. Sem elas, Curt poderia ter sido um criminoso ou estar morto. Sozinho em seu quarto de isolamento, ele se esforçou para arrancar a própria garganta com as unhas.

Derrick Wolski estava trabalhando na Austrália. Era solteiro, tinha 33 anos, sem uma ideia bem definida sobre o que queria fazer da vida, e não havia feito nada até então, exceto frequentar a escola e empregos temporários ou de meio período. Fritou hambúrgueres, dirigiu um caminhão de entregas, trabalhou na construção, vendeu (mal) utensílios de porta em porta, empacotou compras, ajudou na limpeza de edifícios comerciais e, por conta própria, fez algumas fotografias de natureza. Largou tudo, exceto a fotografia. Gostava do ar livre, gostava dos animais. Seu pai achava que aquele tipo de coisa era absurdo, e Derrick teve medo de que o pai pudesse estar certo. Ainda assim, estava fotografando a vida selvagem australiana quando a guerra começou.

Tate Marah acabara de se demitir de outro emprego. Tinha algum problema genético que os Oankali haviam controlado, mas não curado. Mas seu verdadeiro problema parecia ser que ela fazia as coisas tão bem que logo ficava entediada. Ou as fazia tão mal que as abandonava antes de alguém perceber sua incompetência. As pessoas tinham que vê-la como uma forte presença, como alguém brilhante, dominante, afortunada.

Sua família era rica e possuía um negócio imobiliário muito bem-sucedido. Parte do problema dela, os Oankali acreditavam, era que não precisava fazer nada. Tinha muita energia, mas precisava de alguma pressão externa, algum desafio, que a forçasse a canalizá-la.

Que tal a preservação da espécie humana?

Ela tentou suicídio duas vezes antes da guerra. Depois da guerra, lutou para viver. Estava sozinha, passando férias no Rio de Janeiro quando veio a guerra. Não era uma época boa para ser norte-americana, percebeu, mas tinha sobrevivido e conseguido ajudar outras pessoas. Tinha isso em comum com Curt Loehr. Sob o interrogatório dos Oankali, ela se envolveu em disputas verbais e jogos. Embora isso tivesse exasperado seu interrogador ooloi, ele passou a admirá-la posteriormente. Pensou que ela era mais semelhante a ooloi do que a mulheres. Era boa em manipular as pessoas, e podia fazer isso de maneiras que não parecia incomodá-las. Aquilo também a tinha entendiado antes. Mas o tédio não a levara a ferir ninguém exceto a si mesma. Houvera momentos em que Tate se distanciou das pessoas para protegê-las das possíveis consequências da própria frustração. Ela havia se distanciado de muitos homens dessa forma, por vezes os unindo a amigas suas. Casais que ela aproximava tendiam a se casar.

Lilith colocou o dossiê de Tate Marah sobre a cama, e o deixou isolado. O único outro que estava isolado era o de Joseph Shing. O dossiê de Tate caiu aberto, expondo mais uma vez o rosto pequeno, pálido, enganadoramente infantil da mulher. O rosto sorria levemente, não como pose para uma fotografia, mas como para satisfazer o fotógrafo. Na verdade, Tate não soube que a imagem estava sendo feita. E as imagens não eram fotografias. Eram pinturas, impressões do interior da pessoa bem como de sua realidade física externa. Cada uma continha memórias impressas de seus sujeitos. Oankali que realizavam os interrogatórios pintaram essas imagens com tentáculos sensoriais e braços sensoriais, usando fluidos corporais produzidos para esse processo. Lilith sabia disso, mas as imagens pareciam e até transmitiam a sensação de serem fotografias. Foram feitas sobre algum tipo de plástico, não sobre papel. As imagens pareciam ter vida a ponto de falar. Em cada uma, não havia nada além da cabeça e dos ombros da pessoa sobre um fundo acinzentado. Ninguém tinha aquela aparência inexpressiva dos cartazes de pessoas procuradas que os instantâneos fotográficos poderiam ter produzido. Mesmo para observadores que não fossem Oankali, as imagens tinham muito a dizer sobre aquelas pessoas. Sobre quem eram e sobre quem os Oankali pensavam que eram.

Por exemplo, eles consideravam Tate Marah brilhante, um tanto flexível, e nada perigosa. Exceto, talvez, para o ego.

Lilith deixou os dossiês, saiu de seu cubículo particular e começou a construir outro ao lado.

As paredes que não se abriam para deixá-la sair agora respondiam ao seu toque crescendo internamente ao longo de uma linha desenhada no chão com seu suor ou saliva. Assim, as antigas paredes projetavam as novas, e as novas abriam ou fechavam, avançavam ou recuavam conforme sua orientação.

Nikanj se certificou cuidadosamente de que ela saberia como orientá-las. E quando terminou de instruí-la, Dichaan e Ahajas, seus parceiros, orientaram-na que se trancasse do lado de dentro caso seu próprio povo a atacasse. Ambos tinham passado algum tempo interrogando humanos isolados e pareciam estar mais preocupados com Lilith do que Nikanj.

Prometeram que, nesse caso, a tirariam dali. Não deixariam que ela morresse devido aos erros de julgamento de alguém.

O que seria ótimo se ela conseguisse detectar o conflito e se trancar a tempo.

Melhor escolher as pessoas certas, trazê-las aos poucos e apenas Despertar outras quando estivesse segura a respeito daquelas que já tinha Despertado.

Ela traçou duas paredes, uma a cinquenta centímetros da outra. Isso deixava uma estreita passagem que preservava o máximo de privacidade possível na ausência de uma porta. Também virou uma das paredes para dentro, formando um pequeno corredor de entrada que ocultava o próprio quarto de olhares casuais. Entre as pessoas que ela Despertasse, não haveria nada para tomar emprestado ou roubar, e qualquer pessoa que pensasse que aquele era um bom momento para brincar de bisbilhotar teria que ser castigada pelo grupo. Lilith deveria ser forte o suficiente para lidar com pessoas encrenqueiras, mas não queria fazer isso a menos que fosse obrigada. Aquilo não ajudaria as pessoas a se tornarem uma comunidade e, se não conseguissem se unir, nada mais que fizessem teria importância.

No interior do novo cômodo, Lilith ergueu uma cama-plataforma, uma mesa-plataforma e, em volta da mesa, três cadeiras. Mesa e cadeiras ao menos seriam uma pequena mudança em relação ao que todas as pessoas estavam acostumadas nos quartos de isolamento oankali. Um arranjo mais humano.

Criar o quarto levou algum tempo. Depois disso, Lilith juntou todos, exceto onze dos dossiês, e os encerrou dentro de sua própria mesa-plataforma. Algumas entre aquelas onze pessoas formariam seu grupo central, o primeiro a ser Despertado e o primeiro a mostrar que chances ela tinha de sobreviver e de fazer o que era necessário.

A primeira seria Tate Marah. Outra mulher. Nenhuma tensão sexual.

Lilith pegou a imagem, foi até a longa área da parede desprovida de qualquer estrutura em frente aos banheiros e permaneceu ali parada por um instante, contemplando aquele rosto.

Uma vez que as pessoas fossem Despertadas, ela não teria outra escolha a não ser conviver com elas. Não poderia colocá-las para dormir outra vez. E, de certa forma, provavelmente seria difícil conviver com Tate Marah.

Lilith passou a mão pela superfície da imagem, então posicionou a imagem encostada na parede. Começou em uma extremidade da parede e caminhou devagar até a outra, distante, mantendo a superfície da imagem contra a parede. Fechou os olhos enquanto se movia, lembrando-se de que, quando treinara aquilo com Nikanj, fora mais fácil depois que ela ignorou seus outros sentidos. Toda sua atenção deveria estar concentrada na mão que segurava a imagem encostada na parede.

Oankali dos sexos masculino e feminino usavam os tentáculos da cabeça ou os braços sensoriais. Ambos partiam da memória, sem imagens impregnadas com impressões. Uma vez que tivessem lido a impressão de alguém ou examinado alguém e feito a impressão, eles se lembrariam da pessoa e poderiam duplicá-la. Lilith nunca seria capaz de ler impressões ou duplicá-las. Aquilo exigia os órgãos de percepção oankali. Suas crianças os teriam, Kahguyaht explicou.

Ela parou vez ou outra para passar uma mão suada sobre a imagem, renovando sua própria assinatura química.

Tendo atravessado mais de metade do corredor, começou a sentir uma resposta, um leve inchaço da superfície contra a imagem, contra sua mão.

Ela parou de repente, sem ter certeza se havia sentido alguma coisa. Então, o inchaço se mostrou inequívoco. Ela o pressionou levemente, mantendo o contato até que a parede começou a se abrir sob a imagem. Depois disso, Lilith recuou para deixar a parede lançar para fora sua planta longa e verde. Ela se dirigiu a um espaço na extremidade do grande salão, abriu uma parede e tirou um jaleco e um par de calças. Aquelas pessoas provavelmente receberiam as roupas com tanto entusiasmo quanto ela tinha recebido.

A planta se estendeu, contorcendo-se lentamente, ainda envolta no odor repugnante que a acompanhava ao atravessar a parede. Lilith não conseguia enxergar muito bem através de seu corpo grosso, carnudo, para saber que extremidade ocultava a cabeça de Tate Marah, mas aquilo não era importante. Ela arrastou as mãos por toda a extensão da planta, como se abrisse um zíper, e a planta começou a se abrir.

Desta vez, não havia nenhuma possibilidade de que a planta tentasse engoli-la. Agora, ela não era mais palatável do que Nikanj seria.

Lentamente, o rosto e o corpo de Tate Marah se tornaram visíveis. Seios pequenos. Corpo de menina que mal atingira a puberdade. Pele e cabelos claros. Rosto de criança. Ainda assim, Tate tinha 27 anos.

Ela não despertaria até que fosse completamente libertada da animação suspensa. Seu corpo estava molhado e escorregadio, mas não era pesado. Com um suspiro, Lilith a libertou.

2

— Fique longe de mim! — Tate gritou no instante em que abriu os olhos. — Quem é você? O que está fazendo?

— Tentando vesti-la — respondeu Lilith. — Você mesma pode fazer isso agora. Está forte o suficiente.

Tate estava tremendo, começando a reagir ao fato de ter sido despertada da animação suspensa. Era surpreendente que ela tivesse sido capaz de falar algumas palavras coerentes antes de sucumbir àquela reação.

A mulher assumiu uma trêmula posição fetal, e permaneceu deitada, gemendo. Suspirou várias vezes, engolindo o ar como o faria com água.

— Merda! — ela sussurrou alguns minutos depois, quando a reação começou a passar. — Ai, merda. Vejo que não era um sonho.

— Termine de se vestir — disse Lilith. — Você sabia que não era um sonho.

Tate ergueu os olhos para ela, então os baixou para seu próprio corpo seminu. Lilith tinha conseguido colocar as calças nela, mas apenas um dos braços no jaleco. Ela havia conseguido soltar aquele braço enquanto padecia com a reação. Pegou o jaleco, vestiu-o e, num instante, descobriu como fechá-lo. Então, se virou para observar, em silêncio, enquanto Lilith fechava a planta, abria a parede mais próxima e fazia a planta atravessá-la. Em segundos, o único sinal da planta era uma mancha no chão que secou rapidamente.

— Apesar de tudo isso — disse Lilith, encarando Tate —, sou uma prisioneira, assim como você.

— Está mais para assessora de confiança — Tate retrucou em voz baixa.

— Mais para isso. Tenho que Despertar ao menos outras 39 pessoas antes que qualquer um de nós tenha autorização para sair deste salão. Escolhi começar com você.

— Por quê?

Tate estava incrivelmente calma, ou parecia estar. Fora Despertada apenas duas vezes antes, a média entre as pessoas que não foram escolhidas para gerar um grupo, mas se comportava quase como se nada de incomum estivesse acontecendo. O que foi um alívio para Lilith, uma justificativa de sua escolha por Tate.

— Por que comecei com você? Você parecia menos propensa a me matar, menos propensa a desabar e mais propensa a ser capaz de ajudar com os outros quando fossem Despertados.

Tate parecia estar pensando naquilo. Ela mexeu no jaleco, reexaminando o modo como as abas da frente aderiam uma à outra, o modo como se abriam. Sentiu o material, franzindo a testa.

— Onde raios estamos? — perguntou ela.

— Um pouco além da órbita da lua.

Silêncio. Então, por fim:

— O que era aquela coisa grande verde parecida com lesma que você empurrou na parede?

— Uma… planta. Nossos captores, nossos salvadores, a usam para manter as pessoas em animação suspensa. Você estava naquela que viu. Tirei você de lá.

— Animação suspensa?

— Por mais de 250 anos. A Terra está quase pronta a nos receber de volta agora.

— Então vamos voltar!

— Sim.

Tate percorreu o grande salão vazio com os olhos.

— Voltar para o quê?

— Floresta tropical. Algum lugar na bacia amazônica. Não há mais cidades.

— Não pensei que haveria. — Ela inspirou fundo. — Quando somos alimentadas?

— Coloquei um pouco de comida no seu quarto antes de Despertá-la. Venha.

Tate a seguiu.

— Estou com tanta fome que comeria até aquele lixo de gesso que me serviram quando fui Despertada antes.

— Chega de gesso. Frutas, castanhas, uma espécie de cozido, pão, algo parecido com queijo, leite de coco…

— Carne? Um bife?

— Não se pode ter tudo.

Tate era boa demais para ser de verdade. Por um instante, Lilith temeu que, em algum momento, ela poderia sucumbir, começar a chorar ou ficar enjoada ou gritar ou bater a cabeça na parede, perder aquele aparente controle. Mas o que quer que acontecesse a ela, Lilith tentaria ajudar. Aqueles poucos minutos de evidente normalidade já valeriam muitos problemas. Ela estava realmente falando com outro ser humano e sendo compreendida, depois de tanto tempo.

Tate se atirou sobre a comida, devorando-a até ficar satisfeita, sem perder tempo falando. *Ela ainda não fez uma pergunta muito importante*, pensou Lilith. Evidentemente, havia muita coisa que não tinha perguntado, mas uma em particular fez Lilith pensar.

— Qual o seu nome, aliás? — perguntou Tate, finalmente descansando da ação de comer. Provou o leite de coco com receio, então bebeu tudo.

— Lilith Iyapo.

— Lilith. Lil?

— Lilith. Nunca tive apelido. Nunca quis um. Tem algum, além de seu nome, com o qual você gostaria de ser chamada?

— Não. Tate está bom. Tate Marah. Eles disseram meu nome, não é?

— Sim.

— Foi o que pensei. Todas aquelas malditas perguntas. Eles me deixaram Desperta e solitária por... devem ter sido dois ou três meses. Contaram tudo para você? Você estava observando?

— Eu estava ou dormindo ou na solitária, mas, sim, eu sabia a respeito de seu confinamento. Foram três meses ao todo. O meu durou mais de dois anos.

— Demorou tudo isso para fazerem de você uma assessora de confiança?

Lilith franziu a testa, pegou algumas castanhas e as comeu.

— O que você quer dizer com isso? — perguntou Lilith.

Por um momento, Tate pareceu constrangida, insegura. Aquela expressão apareceu e desapareceu tão depressa que Lilith poderia tê-la perdido com um único instante de desatenção.

— Bem, por que eles manteriam você desperta e sozinha por tanto tempo? — Tate então perguntou.

— No começo, eu não quis falar com eles. Depois, quando comecei a falar, aparentemente vários deles estavam interessados em mim. Não tentaram fazer de mim uma assessora de confiança a essa altura. Estavam decidindo se eu servia para ser uma. Se eu pudesse escolher, ainda estaria dormindo.

— Por que não quis falar com eles? Você era militar?

— Meu Deus, não. Eu só não gostei da ideia de ser trancada, interrogada e de receber ordens de um desconhecido. E, Tate, está na hora de você saber quem são, mesmo que você tenha sido cautelosa em não perguntar.

Ela inspirou fundo, descansou a testa na mão e fixou o olhar na mesa.

— Eu perguntei a eles. Não quiseram me dizer. Depois de algum tempo, fiquei com medo e parei de perguntar.

— É. Eu também fiz isso.

— São... russos?

— Eles não são humanos.

Tate não se moveu nem disse nada por um bom tempo. Por fim, Lilith continuou.

— Eles se chamam Oankali, e parecem criaturas marinhas, embora sejam bípedes. Eles são... Você está compreendendo?

— Estou ouvindo.

Lilith hesitou.

— E está acreditando?

Tate ergueu os olhos para observá-la, sorrindo de leve.

— Como posso acreditar?

Lilith assentiu.

— Sei como é. Mas terá que acreditar, cedo ou tarde. Meu papel é fazer o possível para prepará-la. Oankali são feios. Grotescos. Mas podemos nos acostumar a eles, e não vão nos machucar. Lembre-se disso. Talvez ajude quando chegar a hora.

3

Por três dias, Tate dormiu e comeu muito, e fez perguntas que Lilith respondeu com total honestidade. Tate também falou sobre sua vida antes da guerra. Lilith percebeu que essas conversas a relaxavam, ajudavam a aliviar aquela carapaça de controle emocional que ela costumava usar. O que fazia aquilo valer a pena. Isso significava que Lilith se sentia obrigada a falar um pouco sobre si mesma, sobre seu passado antes da guerra, algo que que normalmente não estava inclinada a fazer. Aprendeu a manter sua sanidade aceitando as coisas como as constatava, a se adaptar às novas circunstâncias colocando de lado coisas antigas cujas lembranças poderiam oprimi-la. Tinha tentado conversar com Nikanj sobre os humanos em geral, trazendo relatos pessoais apenas ocasionalmente. Seu pai, seus irmãos, sua irmã, seu marido, seu filho... Ela decidiu agora falar sobre seu retorno à faculdade.

— Antropologia? — perguntou Tate com desdém. — Por que você queria bisbilhotar a cultura de outros povos? Não conseguia encontrar o que queria em sua própria cultura?

Lilith sorriu e percebeu que Tate franziu a testa como se isso fosse o início de uma resposta equivocada.

— Comecei querendo fazer exatamente isso. Bisbilhotar. Procurar. Para mim, parecia que minha cultura, a nossa, estava rumando depressa para um desfiladeiro. Como se viu depois, estava mesmo. Pensei que deviam existir modos de vida mais sãos, mentalmente falando.

— Encontrou algum?

— Não tive muitas oportunidades. De qualquer maneira, não teria importado muito. Eram as culturas dos Estados Unidos e da União Soviética que contavam.

— Eu me pergunto...

— O quê?

— Os seres humanos são mais semelhantes do que diferentes. Mais parecidos do que eu gostaria de admitir. Eu me pergunto se a mesma coisa não teria acontecido, mais cedo ou mais tarde, sem importar qual das duas culturas conquistasse a habilidade de eliminar a outra juntamente com o resto do mundo.

Lilith deu uma risada amarga.

— Você poderá gostar daqui. Os Oankali pensam muito parecido com você.

Tate se afastou, repentinamente perturbada. Vagueou para olhar os cômodos novos que Lilith havia criado, o terceiro e o quarto, um de cada lado do segundo banheiro. Um deles ficava colado com o seu próprio quarto e era, em parte, uma extensão de uma de suas paredes. Ela observou as paredes crescendo, primeiro com descrença, depois com raiva, recusando-se a acreditar que não estava sendo enganada. Então, ela começou a manter distância de Lilith, a observar Lilith com desconfiança, a ficar inquieta e calada.

Aquilo não durou muito tempo. Tate era adaptável, pelo menos.

— Não entendo — disse ela cautelosamente, embora a essa altura Lilith já tivesse explicado por que conseguia controlar as paredes e como ela conseguia encontrar e Despertar indivíduos específicos.

Então, Tate caminhou de volta e repetiu:

— Não entendo. Nada disso faz sentido.

— Eu tive mais facilidade em acreditar. Um Oankali se trancou comigo em meu quarto de isolamento e se recusou a me deixar até que eu me acostumasse com ele. Você não consegue olhar para eles e duvidar de que são alienígenas.

— Talvez você não consiga.

— Não vou discutir com você sobre isso. Estou Desperta há muito mais tempo que você. Vivi entre os Oankali e os aceitei como são.

— Aquilo que dizem que são.

Lilith deu de ombros.

— Quero começar a Despertar mais pessoas. Mais duas hoje. Você vai me ajudar?

— Quem você vai Despertar?

— Leah Bede e Celene Iver.

— Mais duas mulheres? Por que não acorda um homem?

— Em algum momento, farei isso.

— Você ainda está pensando no seu Paul Titus, não é?

— Ele não era meu.

Desejou não ter contado a Tate sobre ele.

— Desperte um homem da próxima vez, Lilith. Desperte o cara que foi encontrado protegendo as crianças.

Lilith se virou para olhar para ela.

— Com base na teoria de que, se você cair de um cavalo, deve subir nele de novo imediatamente?

— Sim.

— Tate, uma vez que ele estiver Desperto, ele permanecerá Desperto. Ele tem 1,90 metro, pesa 100 quilos, foi policial por sete anos, e está acostumado a dar ordens às pessoas. Ele não pode nos salvar nem nos proteger, mas com toda certeza pode ferrar com a gente. É só ele se recusar a acreditar que estamos em uma nave. Depois disso, tudo que fizer será errado e potencialmente fatal.

— E daí? Você vai esperar até poder Despertá-lo em uma espécie de harém?

— Não. Assim que tivermos Leah e Celene acordadas e razoavelmente estáveis, vou Despertar Curt Loehr e Joseph Shing.

— Por que esperar?

— Primeiro vou tirar Celene. Você pode cuidar dela enquanto tiro Leah. Acho que Celene pode ser alguém para Curt cuidar.

Lilith foi para seu quarto e buscou as imagens das duas mulheres. Estava prestes a começar a trazer Celene quando Tate segurou seu braço.

— Estamos sendo observadas, não estamos? — perguntou ela.

— Sim. Não sei se somos observadas a cada minuto, mas agora que estamos ambas Despertas, tenho certeza de que estão nos observando.

— Se houver problemas, eles vão nos ajudar?

— Se concluírem que é algo ruim o suficiente. Acho que alguns teriam deixado Titus me estuprar. Não creio que deixassem que ele me matasse. Entretanto, poderiam ter sido lentos demais para evitar isso.

— Maravilha! — Tate resmungou em tom amargo. — Estamos por conta própria.

— Exatamente.

Tate balançou a cabeça.

— Não sei se deveria estar me libertando das coerções civilizatórias e me preparando para lutar por minha vida ou as mantendo e intensificando em prol de nosso futuro.

— Faremos o que for necessário — disse Lilith. — Cedo ou tarde, isso provavelmente significará lutar por nossas vidas.

— Espero que você esteja enganada. O que teremos aprendido se tudo que podemos fazer agora é continuar lutando entre nós mesmos? — Ela fez uma pausa. — Você teve filhos, Lilith?

Lilith começou a caminhar devagar junto à parede, de olhos fechados, com a imagem de Celene achatada entre a parede e sua mão. Tate caminhou a seu lado, distraindo-a.

— Espere até que eu chame você — disse Lilith a Tate. — Este tipo de busca exige toda minha atenção.

— Para você, é realmente difícil falar sobre sua vida anterior, não é? — perguntou Tate com uma empatia à qual Lilith não deu confiança.

— É inútil, não difícil. Habitei essas lembranças durante meus dois anos de solitária. No momento em que aquele Oankali apareceu em meu quarto, eu estava pronta para me instalar no presente e permanecer lá. Minha vida anterior teve muito de tatear às cegas, em busca de algo que eu não sabia. E, quanto às crianças, tive um filho. Ele morreu em um acidente de automóvel antes da guerra. — Lilith inspirou profundamente. — Agora, me deixe sozinha um pouco. Chamo você quando encontrar Celene.

Tate se afastou, encostando-se na parede oposta, perto dos banheiros. Lilith fechou os olhos e começou a caminhar devagar novamente. Ela se permitiu perder a noção do tempo e da distância, sentindo-se como se estivesse quase à deriva junto à parede. Aquela ilusão era familiar, fisicamente tão agradável e emocionalmente tão gratificante quanto uma droga, uma droga necessária naquele momento.

— Se precisa fazer algo, que isso também possa trazer uma boa sensação.

Nikanj tinha dito isso a ela. Assim que seus braços sensoriais cresceram por completo, passou a ter grande interesse nos prazeres e nas dores físicas de Lilith. Felizmente, Nikanj prestava mais atenção aos prazeres do que às dores. Tinha estudado Lilith como se estuda um livro, e reescrito certas partes.

O inchaço na parede parecia grande e nítido quando seus dedos o encontraram. Mas quando ela abriu os olhos, não conseguiu ver nenhuma irregularidade.

— Não há nada aí! — Tate exclamou, olhando por cima de seu ombro direito.

Lilith deu um salto e deixou a imagem cair, mas se recusou a virar e olhar para Tate enquanto se abaixava para pegá-la.

— Fique longe de mim — disse em voz baixa.

Contrariada, Tate recuou vários passos. Lilith poderia ter encontrado o local novamente sem qualquer concentração específica, sem que Tate precisasse se afastar, mas ela tinha que aprender a aceitar a autoridade de Lilith em tudo que tivesse relação com o controle das paredes ou a relação com os Oankali e sua nave. O que ela achava que estava fazendo, voltando e bisbilhotando atrás de Lilith? Pelo que estava procurando? Algum truque?

Lilith passou a mão pelo rosto na imagem e a encostou na parede. Encontrou o inchaço imediatamente, embora ainda fosse muito sutil para ser visto. Tinha parado de crescer quando a imagem foi removida, mas ainda não havia desaparecido. Agora, Lilith o friccionou gentilmente com a imagem, estimulando seu crescimento. Quando conseguiu ver a saliência, deu um passo para trás e esperou, fazendo um gesto para que Tate se aproximasse.

Em pé, juntas, elas observaram a parede expelir a grande planta translúcida verde. Tate fez um som de nojo e deu um passo para trás quando o fedor chegou até ela.

— Quer olhar antes que eu a abra? — perguntou Lilith.

Tate se aproximou e contemplou a planta.

— Por que ela está se mexendo?

— Para que seja toda exposta à luz por algum tempo. Se você conseguisse fazer uma marca nela, veria que está se virando bem devagar. O movimento também deve ser bom para a pessoa que está lá dentro, exercita seus músculos e altera sua posição.

— Não se parece realmente com uma lesma. Não quando tem alguém lá dentro. — Ela chegou mais perto da planta, tocou-a com vários dedos e, então, olhou para os dedos.

— Tenha cuidado — Lilith avisou. — Celene não é muito alta. A planta provavelmente não se importaria em engolir alguém.

— Você conseguiria me tirar de lá?

— Sim. — Ela sorriu. — Os primeiros Oankali a me mostrarem isso não me avisaram. Coloquei minha mão na planta e quase entrei em pânico quando percebi que ela estava me segurando e crescendo em volta da minha mão.

Tate tentou fazer aquilo e a planta começou gentilmente a engolir sua mão. Ela a puxou, e então olhou para Lilith, nitidamente amedrontada.

— Faça-a soltar.

Lilith tocou a planta em volta da mão cativa e a planta a soltou.

— Vamos lá — disse Lilith, indo até uma extremidade da planta. Ela passou as mãos por toda a extensão, que se abriu de seu modo normal, lentamente, e soltou Celene, colocando-a no chão onde Tate poderia cuidar dela. — Se conseguir, vista algumas roupas nela antes que acorde.

Quando Celene acordou, Lilith já tinha tirado Leah Bede da parede e de sua planta. Ela vestiu Leah depressa. Lilith só recolocou as plantas na parede quando as duas mulheres estavam completamente acordadas. Feito isso, ela se virou, pretendendo se sentar com Leah e Celene para responder às suas perguntas.

Em vez disso, foi repentinamente surpreendida pelo peso de Leah quando a mulher saltou sobre suas costas e começou a estrangulá-la. Lilith começou a cair. Para ela, o tempo parecia desacelerar.

Se ela caísse sobre Leah, a mulher provavelmente seria ferida nas costas e na cabeça. O ferimento poderia ser apenas superficial, mas também poderia se tornar sério. Seria um equívoco perder uma pessoa potencialmente útil devido a um ato estúpido.

Lilith conseguiu cair de lado de modo que o braço e o ombro de Leah batessem no chão. Com isso, alcançou as mãos de Leah e as tirou de sua garganta. Não foi difícil. Lilith foi ainda mais hábil ao tomar cuidado para não causar ferimentos. Teve o cuidado de não deixar Leah perceber como foi fácil para ela derrotá-la. Ofegou enquanto tirava as mãos de Leah de sua garganta, embora ainda estivesse longe de se sentir desesperada por ar. E permitiu que as mãos de Leah se movessem entre as suas enquanto ela lutava.

— Pare com isso! — gritou. — Sou prisioneira aqui, assim como você. Não posso deixá-la sair. Eu mesma não posso sair. Entende?

Leah parou de lutar. Agora, fuzilava Lilith com os olhos.

— Saia de cima de mim.

Sua voz, que era naturalmente grave e gutural, agora era quase um rosnado.

— É o que pretendo — respondeu Lilith. — Mas não pule em mim de novo. Não sou sua inimiga.

Leah emitiu um ruído sem palavras.

— Guarde sua força. Temos muito trabalho de reconstrução a fazer.

— Reconstrução? — Leah rosnou.

— A guerra, lembra?

— Gostaria de conseguir esquecer. — O rosnado abrandou.

— Se me matar aqui, provará que ainda não se cansou da guerra. Provará que não é adequada para participar da reconstrução.

Leah não falou mais nada. Depois de um instante, Lilith a soltou.

As duas mulheres se levantaram, cautelosas.

— Quem decide se sou ou não adequada? — perguntou Leah. — Você?

— Nossos carcereiros.

De repente, Celene murmurou:

— Quem são eles? — O rosto dela já estava estriado de lágrimas. Tate e ela se levantaram em silêncio para participar da discussão, ou assistir à luta.

Lilith lançou um olhar para Tate, e esta balançou a cabeça.

— E você estava com medo de que Despertar um homem pudesse levar à violência — Tate comentou.

— Ainda estou — respondeu Lilith. Depois olhou para Celene e Leah. — Vamos pegar alguma coisa para comer. Vou responder às perguntas que puder.

Levou-as para o quarto que seria de Celene e observou seus olhos se arregalarem quando, em vez das esperadas tigelas com a papa indefinida, viram comida reconhecível.

Foi fácil falar com elas quando estavam saciadas, relativamente relaxadas e acomodadas. Elas se recusaram a acreditar que estavam em uma nave além da órbita da lua. Leah riu alto quando ouviu que estavam sendo mantidas em cativeiro por extraterrestres.

— Ou você é mentirosa ou maluca.

— É verdade — Lilith sussurrou.

— É bobagem.

— Os Oankali me alteraram — Lilith contou a ela — para que eu possa controlar as paredes e as plantas de animação suspensa. Não consigo fazer isso tão bem quanto eles, mas consigo Despertar pessoas, alimentá-las, vesti-las e dar a elas certa privacidade. Você não deveria ficar tão absorta em duvidar de mim a ponto de ignorar as coisas que me vê fazendo. E lembre-se em especial de duas coisas que eu contei a vocês. Estamos em uma nave. Aja como se acreditasse nisso, mesmo que não acredite. Não há nenhum lugar para onde correr ou se esconder, nenhum lugar onde ser livre. Por outro lado, se suportarmos o tempo que estivermos aqui, teremos nosso mundo de volta. Seremos colocados na Terra como os primeiros colonizadores humanos a retornarem.

— Apenas faça o que mandam e aguarde, não é? — Leah comentou.

— A menos que você goste daqui o suficiente para ficar.

— Não acredito em uma palavra do que você diz.

— Acredite no que quiser! Estou dizendo a você como agir se ainda quiser sentir terra sob os seus pés de novo!

Celene começou a chorar baixo e Lilith franziu a testa para ela.

— Qual é o seu problema?

Celene balançou a cabeça.

— Não sei em que acreditar. Nem quero saber por que ainda estou viva.

Tate suspirou e balançou a cabeça, indignada.

— Você está viva — disse Lilith com frieza. — Não temos nenhum suprimento médico aqui. Se quiser cometer suicídio, pode tentar. Se quiser ficar por aqui e ajudar a dar início às coisas na Terra novamente... Bem, isso parece algo em que vale bem mais a pena ser bem-sucedida.

— Você teve filhos? — perguntou Celene, esperando claramente que a resposta fosse não.

— Sim. — Lilith se forçou a estender o braço e segurar a mão da mulher, embora já antipatizasse com ela. — Todas as pessoas que terei que Despertar estão aqui sem suas famílias. Estamos totalmente sozinhos. Temos umas às outras e mais ninguém. Nos tornaremos uma comunidade, amigos, vizinhos, maridos, esposas... ou não.

— Quando haverá homens? — perguntou Celene.

— Em um ou dos dias. Vou Despertar dois homens em seguida.

— Por que não agora?

— Não. Vou preparar quartos para eles, buscar comida e roupas para eles, como fiz para você e Leah.

— Você constrói os quartos?

— É mais correto dizer que os faço crescer. Você vai ver.

— Também faz a comida crescer? — perguntou Leah, erguendo uma sobrancelha.

— A comida e as roupas estão guardadas ao longo das paredes em cada uma das extremidades do grande salão. São repostas à medida que as consumimos. Consigo abrir os armários, mas não consigo abrir as paredes atrás deles. Apenas os Oankali conseguem fazer isso.

Por um momento, houve silêncio. Lilith começou a recolher as cascas e as sementes das frutas que tinha comido.

— Qualquer tipo de lixo vai para os vasos sanitários. Não precisam se preocupar em entupi-los. São mais do que parecem. Vão digerir qualquer coisa que não esteja viva.

— Digerir! — Celene exclamou, horrorizada. — Eles... eles são vivos?

— Sim. A nave é viva e quase tudo que há nela também. Os Oankali usam matéria viva do mesmo modo como usávamos as máquinas.

Lilith começou a se dirigir ao banheiro e então, parou.

— A outra coisa que eu queria contar a vocês — continuou a dizer, com a atenção em Leah e Celene — é que estamos sendo observadas, exatamente como éramos em nossos quartos de isolamento. Não creio que os Oankali vão nos perturbar desta vez, não até que quarenta ou mais de nós estejamos Despertos e nos dando razoavelmente bem juntos. Porém, eles virão se começarmos a assassinar uns aos outros. E os aspirantes a assassinos ou reais assassinos serão mantidos aqui na nave pelo resto de suas vidas.

— Então, você está protegida contra nós? — perguntou Leah. — Que conveniente.

— Estamos protegidas umas das outras — respondeu Lilith. — Somos uma espécie ameaçada, quase extinta. Para sobrevivermos, precisamos de proteção.

4

ilith não libertou Curt Loehr de sua planta de animação suspensa até que a de Joseph Shing estivesse ao lado. Então, abriu rapidamente as duas plantas, soltou Joseph e puxou Loehr para fora. Atribuiu a Leah e a Tate a tarefa de vestir Curt e vestiu Joseph sozinha, já que Celene não queria tocá-lo enquanto estivesse nu. Os dois homens estavam completamente vestidos quando começaram a recobrar a consciência. Depois do sofrimento inicial do Despertar, sentaram-se e olharam ao redor.

— Onde estamos? — perguntou Curt. — Quem manda aqui?

Lilith franziu a testa.

— Eu — respondeu ela. — Despertei vocês. Somos todos prisioneiros aqui, mas minha tarefa é Despertar pessoas.

— E para quem você trabalha? — perguntou Joseph.

Ele tinha um leve sotaque. Curt, ao ouvi-lo, fuzilou-o com os olhos.

Lilith os apresentou rapidamente.

— Conrad Loehr de Nova York, este é Joseph Shing, de Vancouver. — Então, ela apresentou cada uma das mulheres.

Celene já tinha se posicionado perto de Curt. Assim que foi apresentada, disse:

— No tempo em que tudo corria normalmente, todos me chamavam de Cele.

Tate revirou os olhos e Leah franziu a testa. Lilith conseguiu não sorrir. Tinha acertado a respeito de Celene: ela se colocaria sob a proteção de Curt se ele permitisse. O que manteria Curt ocupado. Lilith flagrou um sorrisinho no rosto de Joseph.

— Temos comida, se estiverem com fome — Lilith informou, caindo no que estava se tornando um discurso padronizado. — Enquanto comemos, vou responder às perguntas de vocês.

— Uma resposta desde já — disse Curt. — Para quem você trabalha? Qual dos lados?

Ele não tinha visto quando Lilith colocou sua planta de animação suspensa de volta na parede. Ela não dera as costas para ele desde que ficara totalmente Desperto.

— Na Terra — respondeu ela, cautelosa —, não restaram pessoas para delinear as linhas dos mapas e dizer quais dos lados dessas linhas são os certos. Não restou nenhum governo. Nenhum governo humano, pelo menos.

Ele franziu a testa e, então, fuzilou-a com os olhos, como tinha feito com Joseph.

— Você está dizendo que fomos capturados por... algo que não é humano?

— Ou resgatados — Lilith sugeriu.

Joseph caminhou até ela.

— Você os viu?

Lilith assentiu com um movimento de cabeça.

— Você acredita que são extraterrestres?

— Sim.

— E você acredita que estamos em algum tipo de... o quê? Nave espacial?

— Uma nave muito, muito grande, quase como um mundo pequeno.

— Que provas você pode nos dar?

— Nada que não possam interpretar como um truque, se quiserem.

— Por favor, mostre assim mesmo.

Ela assentiu, sem se importar. Cada grupo de novas pessoas teria que ser tratado de modo ligeiramente diferente. Ela explicou o que pôde sobre as mudanças que foram feitas em sua química corporal e, então, com os dois homens observando, fez um novo quarto se desenvolver. Por duas vezes, parou para permitir que eles inspecionassem as paredes. Não disse nada quando tentaram controlar as paredes como ela fazia, muito menos quando tentaram destruí-las. O tecido vivo das paredes resistiu a eles e os ignorou. A força deles era insignificante. Por fim, em silêncio, observaram Lilith completar o quarto.

— É igual ao material de que minha cela era feita na outra vez que fui Despertado — Curt sussurrou. — Que diabos é isso? Algum tipo de plástico?

— Matéria viva — respondeu Lilith. — Mais planta do que animal.

Ela deixou que o silêncio de surpresa deles perdurasse por um instante, então os conduziu ao interior do quarto onde Leah e ela tinham deixado a comida. Tate já estava lá, comendo um prato de arroz com feijão.

Celene estendeu a Curt uma das grandes tigelas comestíveis e Lilith oferece uma a Joseph. Mas ele continuava com a atenção voltada para o tema da matéria viva. Recusou-se a comer ou a deixar Lilith comer em paz até saber tudo o que ela sabia sobre o modo como a nave funcionava. Ele pareceu irritado por ela saber tão pouco.

— Você acredita no que ela diz? — perguntou Leah quando ele finalmente desistiu do interrogatório e saboreou a comida, agora fria.

— Acredito que Lilith acredita. Não decidi ainda em que acredito. — Fez uma pausa. — Mas parece mesmo importante nos comportarmos como se estivéssemos em uma nave, exceto se descobrirmos, com certeza, que não estamos. Uma nave no espaço poderia ser uma prisão excelente, mesmo se pudéssemos sair deste salão.

Lilith assentiu, agradecida.

— Isso é importante — disse ela. — Se suportarmos este lugar, nos comportando como se fosse uma nave, não importando o que qualquer um pensa individualmente, podemos sobreviver até sermos mandados para a Terra.

E ela continuou contando a eles sobre os Oankali, sobre o plano de reocupar a Terra com comunidades humanas. Então, contou a eles sobre a permuta genética, porque tinha decidido que deveriam saber. Se ela esperasse muito tempo para lhes contar, o grupo poderia se sentir traído por seu silêncio. Mas contar a eles agora lhes dava muito tempo para rejeitar a ideia, então começar a pensar aos poucos sobre aquilo e perceber o significado que poderia ter.

Tate e Leah riram dela, ambas se recusando a acreditar que qualquer tipo de manipulação de DNA pudesse combinar humanos com alienígenas.

— Ao que me consta — disse Lilith —, não vi nenhuma combinação entre humanos e Oankali. Mas, devido às coisas que vi, devido às alterações que os Oankali fizeram em mim, acredito que podem nos manipular geneticamente e acredito que têm essa intenção. Se vão nos misturar ou nos destruir... isso não sei.

— Bom, eu não vi nada — disse Curt, cético. Ele tinha estado calado por um longo tempo, ouvindo, passando os braços em torno de Celene quando ela se sentou perto dele parecendo assustada. — Até que eu veja algo, e não me refiro a outras paredes se movendo, tudo isso é bobagem.

— Não tenho certeza do que acreditaria, não importando o que eu visse — Tate completou.

— Não é tão difícil acreditar que nossos captores pretendem fazer algum tipo de manipulação genética — Joseph comentou. — Poderiam fazer isso sendo humanos ou extraterrestres. Havia muito trabalho a ser feito na genética antes da guerra. Isso pode ter degenerado para algum tipo de programa de eugenia depois. Hitler poderia ter feito algo assim depois da Segunda Guerra Mundial se tivesse a tecnologia e se tivesse sobrevivido. — Respirou fundo. — Acho que nossa melhor aposta agora é aprender tudo que pudermos. Entender fatos. Manter os olhos abertos. Então, depois, podemos aproveitar ao máximo qualquer oportunidade que tivermos para fugir.

Aprender e fugir, pensou Lilith quase com alegria. Ela poderia ter abraçado Joseph. Em vez disso, pegou um bocado da comida fria.

5

Dois dias depois, quando Lilith viu que Curt não estava disposto a causar problemas, ao menos não imediatamente, ela Despertou Gabriel Rinaldi e Beatrice Dwyer. Pediu a Joseph para ajudá-la com Gabriel e entregou Beatrice a Leah e Curt. Celene ainda era inútil quando chegava a hora de vestir as pessoas e orientá-las. Tate parecia estar ficando entediada com o processo de Despertar pessoas.

— Acho que deveríamos duplicar o número de cada vez — disse a Lilith. — Assim, realizaremos menos repetições, faremos as coisas mais rápido e chegaremos à Terra mais depressa.

Ao menos agora ela estava começando a aceitar a ideia de que ainda não estava na Terra, Lilith pensou. Já era alguma coisa.

— Provavelmente já estou Despertando as pessoas rápido demais — respondeu Lilith. — Precisamos ser capazes de trabalhar juntos antes de chegarmos à Terra. Não basta apenas nos abstermos de matar uns aos outros. Na floresta, seremos mais interdependentes do que a maioria de nós já foi alguma vez. Poderemos ser um pouco melhores nisso se dermos a cada novo grupo de pessoas tempo suficiente para se encaixarem a uma estrutura crescente.

— Que estrutura? — Tate começou a rir. — Você quer dizer como uma família… e você como Mamãe? — Lilith apenas olhou para ela. Depois de algum tempo, Tate deu de ombros. — Simplesmente acorde um grupo, coloque-os sentados, conte a eles o que está acontecendo. Eles não vão acreditar em você, óbvio. Permita que façam perguntas, alimente-os e, no dia seguinte, recomece com o grupo seguinte.

Fácil e rápido. Eles não podem aprender a trabalhar juntos se não estiverem Despertos.

— Sempre ouvi dizer que classes menores funcionavam melhor do que as grandes — disse Lilith. — Isso também é importante para ir depressa.

A conversa acabou como as discussões de Lilith com Tate acabavam: sem uma decisão. Lilith continuou a Despertar as pessoas devagar e Tate continuou desaprovando isso.

Depois de três dias, Beatrice Dwyer e Gabriel Rinaldi pareciam estar se adaptando. Gabriel fez par com Tate. Beatrice evitou os homens sexualmente, mas participou das infindáveis discussões sobre aquela situação, primeiro se recusando a acreditar e, então, finalmente a aceitando, assim como concordou com a filosofia do grupo: aprender e fugir.

Era hora de Despertar mais duas pessoas. Lilith Despertava duas a cada dois ou três dias, sem se preocupar em não Despertar homens, já que, na prática, não houve nenhum problema. Propositalmente, Despertou um pouco mais de mulheres do que homens, na esperança de minimizar a violência.

Mas à medida que o número de pessoas crescia, também crescia o potencial de desentendimentos. Houve várias brigas, curtas e violentas, com socos. Lilith tentou se manter fora delas, permitindo que as pessoas resolvessem as coisas por si mesmas. Sua única preocupação era que as brigas não causassem ferimentos sérios. Apesar de seu cinismo, Curt ajudou nesse aspecto. Uma vez, quando apartaram dois homens que brigavam, ensanguentados, ele disse que ela poderia ter sido uma excelente policial.

Houve uma briga da qual Lilith não conseguiu ficar de fora. Como de costume, começou por um motivo fútil. Uma mulher grande, irritadiça e que não era particularmente brilhante, chamada Jean Pelerin, exigiu o fim da dieta sem carne. Jean queria carne e queria agora, e era melhor que Lilith a produzisse, se soubesse o que era bom para ela.

Todos os demais tinham aceitado, ainda que de má vontade, a falta de carne.

— Os Oankali não comem carne — Lilith explicou a eles. — E como podemos passar sem ela, não nos darão. Dizem que assim que voltarmos à Terra, estaremos livres para criar e matar animais novamente, embora aqueles a que estávamos acostumados estejam quase todos extintos.

Ninguém gostou da ideia. E até o momento ela não tinha Despertado uma única pessoa vegetariana. Mas até Jean Pelerin, ninguém tinha tentado fazer nada a respeito.

Jean se lançou sobre Lilith, desferindo socos e a chutando com a óbvia intenção de dominá-la. Surpresa, mas longe de ser dominada, Lilith contra-atacou. Dois murros curtos e rápidos. Jean desmoronou, inconsciente, sangrando pela boca.

Assustada e ainda com raiva, Lilith verificou se a mulher ainda estava respirando e se não estava gravemente ferida. Ficou com Jean até que ela recobrasse a consciência a ponto de fuzilar Lilith com os olhos. Então, sem dizer uma palavra, Lilith a deixou.

Lilith foi para seu quarto e se sentou, pensando por alguns instantes sobre a força que Nikanj dera a ela. Evitara a violência o máximo que pôde. Não tinha a intenção de deixar Jean inconsciente. Mas não estava mais preocupada com Jean. Incomodava-a o fato de que ela não conhecia mais a própria força. Poderia matar alguém acidentalmente. Poderia mutilar alguém. Jean não sabia a sorte que teve em ficar só com uma dor de cabeça e um lábio rasgado.

Lilith deslizou para o chão, tirou o jaleco e começou a fazer exercícios para queimar o excesso de energia e de emoção. Todos sabiam que ela se exercitava. Várias outras pessoas também tinham começado a fazê-lo. Para Lilith, era uma atividade reconfortante, mecânica, que dava a ela uma ocupação quando não havia nada que pudesse fazer a respeito de sua situação.

Algumas pessoas a atacariam. E Lilith provavelmente ainda não havia visto o que o grupo poderia fazer de pior. Ela seria obrigada a matar? Eles poderiam matá-la? As pessoas que agora a aceitavam poderiam se afastar se ela ferisse seriamente ou matasse alguém.

Por outro lado, o que ela poderia fazer? Precisava se defender. O que as pessoas diriam se ela tivesse batido em um homem com tanta facilidade como bateu em Jean? Nikanj tinha dito que Lilith poderia fazer isso. Quanto tempo demoraria até que alguém a forçasse a ter certeza disso?

— Posso entrar?

Lilith parou de se exercitar e vestiu o jaleco.

— Entre.

Ela ainda estava sentada no chão, respirando fundo, apreciando de um modo perverso a leve dor em seus músculos, quando Joseph Shing passou pela divisória em curva de seu novo corredor de entrada e entrou no quarto. Ela se recostou na cama-plataforma e ergueu os olhos para vê-lo. Por ser ele, ela sorriu.

— Você não se machucou? — perguntou Joseph.

Ela balançou a cabeça.

— Umas duas contusões.

Ele se sentou perto dela.

— Ela está dizendo às pessoas que você é um homem. Diz que apenas um homem conseguiria lutar daquele jeito.

— Para a própria surpresa, Lilith riu alto. — Algumas pessoas não estão rindo. Aquele homem novo, Van Weerden, disse que não achou que você fosse humana.

Ela o encarou, então se levantou para sair, mas ele pegou sua mão e a segurou.

— Está tudo bem. Eles não estão lá fora resmungando entre si e acreditando em fantasias. Na verdade, não acho que Van Weerden acredite de verdade nisso. Eles só querem alguém para ser o foco de sua frustração.

— Não quero ser esse alguém — ela resmungou.

— Que escolha tem?

— Eu sei.

Ela suspirou. Deixou que ele a puxasse para se sentar ao lado dele outra vez. Achava impossível se enganar quando ele estava por perto. Às vezes, isso lhe causava muita dor, a ponto de fazê-la se perguntar por que o encorajava a ficar por perto. Tate, com sua malícia típica, disse:

— Ele é velho, baixo e feio. Você não faz nenhum tipo de discriminação?

— Ele tem 40 anos — Lilith retrucou. — Para mim, não parece feio. E se ele consegue lidar com o meu tamanho, consigo lidar com o dele.

— Você poderia ter coisa melhor.

— Estou satisfeita.

Ela nunca contou a Tate que quase fez de Joseph a primeira pessoa Desperta por ela. Balançava a cabeça diante das tentativas pouco entusiasmadas de Tate para atrair Joseph. Não que Tate o quisesse. Ela queria apenas provar que poderia tê-lo e, nesse processo, testá-lo. Joseph parecia achar toda essa sequência engraçada. Outras pessoas ficavam menos relaxadas em situações parecidas, o que provocava algumas das brigas mais violentas. Um número cada vez maior de humanos entediados e aprisionados não conseguia evitar encontrar coisas destrutivas para fazer.

— Sabe — disse Lilith a ele —, você mesmo poderia se tornar um alvo. Algumas pessoas poderiam decidir descarregar a raiva que têm de mim em você.

— Pratico kung fu — respondeu Joseph, examinando as contusões nos nós dos dedos dela.

— Sério?

Ele sorriu.

— Não, só um pouco de tai chi para me exercitar. Nada que faça suar muito.

Seria aquilo uma insinuação de que ela estava cheirando mal? Bem, ela estava. Lilith começou a se levantar para tomar um banho, mas ele não conseguia deixá-la ir.

— Você consegue falar com eles? — perguntou Joseph.

Ela o encarou. Estava deixando crescer uma barba escura e rala. Todos os homens estavam deixando a barba crescer já que não foram fornecidas lâminas de barbear. Nada afiado foi fornecido.

— Falar com os Oankali? — perguntou ela.

— Sim.

— Eles nos escutam o tempo todo.

— Mas se você pedir algo, eles providenciariam?

— Provavelmente não. Acho que a maior concessão deles foi dar roupas para todos nós.

— É. Achei que você diria isso. Então, você deve fazer o que Tate quer que você faça. Despertar um número maior de pessoas de uma vez. Há muito pouco a se fazer aqui. Faça as pessoas ficarem ocupadas ajudando umas às outras, ensinando umas às outras. Agora somos catorze. Desperte mais dez amanhã.

Lilith balançou a cabeça.

— Dez? Mas...

— Isso vai tirar um pouco da atenção negativa de você. Pessoas ocupadas têm menos tempo para fantasiar e para brigar.

Ela saiu do lado dele para se sentar à sua frente.

— Qual o problema, Joe?

— Pessoas sendo pessoas, só isso. Agora você provavelmente não corre nenhum perigo, mas em breve correrá. Você precisa saber disso.

Ela assentiu.

— Quando formos quarenta, os Oankali vão nos tirar daqui ou...?

— Quando formos quarenta, e os Oankali decidirem que estamos prontos, eles virão para cá. Depois de algum tempo, vão nos levar para sermos ensinados a viver na Terra. Eles têm uma... área da nave que recriaram como um pedaço da Terra. Cultivaram uma pequena floresta tropical ali, como a floresta para a qual seremos mandados na Terra. Seremos treinados.

— Você viu esse lugar?

— Passei um ano lá.

— Por quê?

— Para aprender e testar o que aprendi. Ter o conhecimento e usar esse conhecimento não são a mesma coisa.

— Não. — Ele pensou por um instante. — A presença dos Oankali vai uni-los, mas pode deixá-los ainda mais contra você. Especialmente se os Oankali realmente os assustarem.

— Os Oankali vão assustá-los.

— São tão ruins assim?

— São alienígenas. Feios e poderosos.

— Então... não venha para a floresta conosco. Tente sair de lá.

Ela deu um sorriso triste.

— Falo a língua deles, Joe, mas nunca fui capaz de convencê-los a mudar uma de suas decisões.

— Tente, Lilith!

A intensidade dele a surpreendeu. Será que ele tinha realmente visto algo que passou despercebido para ela, algo que não queria contar? Ou estava simplesmente compreendendo pela primeira vez a posição em que ela se encontrava? Lilith sabia há muito tempo que poderia estar fadada ao fracasso. Teve tempo para se acostumar a essa ideia e para entender que devia lutar, não contra os alienígenas não humanos, mas contra a própria espécie.

— Você vai falar com eles? — perguntou Joseph.

Ela precisou pensar por um instante para perceber que ele se referia aos Oankali. Assentiu.

— Vou fazer o que puder. Você e Tate também podem estar certos sobre Despertar as pessoas com mais rapidez. Acho que estou pronta para tentar.

— Ótimo. Você está cercada por um grupo central fiel. Os outros que você Despertar devem resolver as coisas na floresta. Lá eles terão mais o que fazer.

— Ah, terão muito a fazer. A monotonia de algumas dessas coisas, entretanto... Espere até eu ensinar vocês a trançar um cesto ou uma rede ou a fazer seus próprios instrumentos de horticultura e a usá-los para cultivar a própria comida.

— Faremos o que for necessário. Se não conseguirmos, então não sobreviveremos. — Ele fez uma pausa e evitou olhá-la. — Fui um homem da cidade a vida toda. Talvez eu não sobreviva.

— Se eu sobreviver, você sobreviverá — disse Lilith, de modo pouco amigável.

Ele quebrou o gelo rindo baixinho.

— Isso é tolice, mas é uma tolice adorável. Sinto-me da mesma forma em relação a você. Você viu o que acontece ao ficarmos em silêncio juntos e com tão pouca coisa a fazer. Coisas boas e também ruins. Quantas pessoas você vai Despertar amanhã?

Ela tinha vergado o corpo praticamente em três, com os braços abraçando os joelhos dobrados, onde pousava a cabeça. Seu corpo tremia em uma risada sem humor. Ele a tinha acordado uma noite, aparentemente sem motivo, e perguntado se podia ficar na cama com ela. Lilith tinha feito tudo que podia para evitar agarrá-lo e puxá-lo para si.

Mas eles nunca haviam discutido seus sentimentos até aquele momento. Todos sabiam. Todos sabiam de tudo. Ela sabia, por exemplo, que as pessoas diziam que ele dormiu com ela para ter privilégios ou para escapar da prisão em que estavam. Ele certamente não era alguém que Lilith teria notado na Terra antes da guerra. E ele não a teria notado. Mas ali houve uma atração entre eles a partir do momento em que ele Despertou: intensa, inelutável, correspondida e, agora, verbalizada.

— Vou Despertar dez pessoas, como você falou. Parece um bom número. Manterá ocupados todos em quem eu ousaria confiar para cuidar de uma pessoa recém-Desperta. Quando aos demais... Não os quero livres para perambular por aí e causar problemas ou para se reunir e causar problemas. Vou colocá-los em duplas com você, Tate, Leah e eu.

— Leah? — perguntou ele.

— Leah é ótima. Rude, mal-humorada, teimosa. E trabalhadora, leal e difícil de assustar. Gosto dela.

— Acho que ela gosta de você. Isso me surpreende, eu esperava que ela estivesse ressentida com você.

A parede atrás dele começou a se abrir.

Lilith ficou paralisada, então suspirou e conscientemente olhou para o chão. Quando ergueu os olhos de novo, viu Nikanj entrando pela abertura.

6

Ela se afastou de Joseph que, recostado na cama-plataforma, não percebeu nada. Pegou a mão dele e a segurou por um instante entre as suas, se perguntando se estava prestes a perdê-lo. Será que ficaria com ela depois daquela noite? Será que, no dia seguinte, Joseph falaria com ela mais do que o absolutamente necessário? Será que ele se uniria aos seus inimigos, confirmando para eles o que agora apenas suspeitavam? Em todo caso, o que Nikanj queria? Por que ele não podia ficar fora daquilo, como dissera que ficaria? Pronto: ela finalmente o flagrou em uma mentira. Não perdoaria Nikanj se aquela mentira destruísse os sentimentos de Joseph por ela.

— O que é? — Joseph estava dizendo enquanto Nikanj atravessava o quarto em completo silêncio e fechava a passagem na parede.

— Não sei o motivo, mas os Oankali decidiram se apresentar a você em primeira mão — disse ela, em tom baixo e amargo. — Você não corre perigo. Não será ferido.

Nikanj que ousasse tornar isso mentira e ela faria com que a colocasse de volta em animação suspensa.

Joseph olhou ao redor de modo pouco amigável e ficou paralisado quando viu aquele ser. Após um instante do que Lilith suspeitou ser um terror absoluto, ele se colocou em pé com um solavanco e cambaleou para trás encostando na parede, acuando-se entre a parede e a cama-plataforma.

— O que é isso? — perguntou Lilith em Oankali. Ela se levantou para encarar Nikanj. — Por que você está aqui?

Nikanj falou em inglês.

— Para que ele possa suportar o próprio medo agora, pessoalmente, e servir de ajuda a você mais tarde.

Um momento depois de ouvir a voz baixa, andrógina, que soava como voz humana, falando em inglês, Joseph saiu de seu canto. Foi para o lado de Lilith e ficou parado, sem tirar os olhos de Nikanj. Estava visivelmente trêmulo. Disse alguma coisa em chinês – era a primeira vez que Lilith o ouvia falando aquela língua – e depois, de algum modo, aplacou seu tremor.

— Você conhece esse ser? — perguntou Joseph.

— Kaalnikanj oo Jdahyatediinkahguyaht aj Dinso — disse Lilith, notando seus braços sensoriais e se lembrando de como ele se parecia bem mais humano sem eles. — Nikanj.

Joseph franziu a testa.

— Eu não acreditava — Joseph sussurrou. — Não conseguia acreditar, mesmo com você dizendo.

Ela não sabia o que dizer. Ele estava lidando melhor com a situação do que ela havia lidado. Obviamente, ele tinha sido prevenido e não estava isolado de outros humanos. Ainda assim, estava se saindo bem. Era tão adaptável quanto ela tinha imaginado.

Movendo-se lentamente, Nikanj chegou à cama e subiu nela com o impulso de uma mão, dobrando as pernas sobre si ao se acomodar. Os tentáculos de sua cabeça se voltaram nitidamente para Joseph.

— Não há pressa. Vamos conversar um pouco. Se você estiver com fome, pego alguma coisa para você.

— Não estou com fome — respondeu Joseph. — Mas os outros podem estar.

— Eles terão que esperar. Precisam passar algum tempo esperando por Lilith, entendendo que ficam indefesos sem ela.

— Ficam igualmente indefesos comigo — Lilith comentou em voz baixa. — Você os tornou dependentes de mim. Podem não conseguir me perdoar por isso.

— Torne-se a líder deles e não haverá nada a perdoar.

Joseph olhou para ela como se Nikanj tivesse finalmente dito algo que o distraísse da estranheza de seu corpo.

— Joe — Lilith explicou —, Nikanj não quis dizer líder. Quis dizer "cabra que guia o rebanho".

— Você pode tornar suas vidas mais fáceis — Nikanj comentou. — Pode ajudá-los a aceitar o que vai acontecer. Algo que, liderando-os ou não, você não pode evitar. Aconteceria mesmo se você morresse. Caso os lidere, um número maior deles sobreviverá. Caso contrário, talvez você mesma não sobreviva.

Ela fixou o olhar em Nikanj, lembrando-se de quando deitara a seu lado em seus momentos de fraqueza e desamparo, do alimento que partira em pedaços pequenos para dar-lhe de comer, vagarosa e cuidadosamente.

Depois de algum tempo, os tentáculos de sua cabeça e de seu corpo se fecharam em nós inchados e Nikanj abraçou o próprio corpo com seus braços sensoriais.

— Quero que viva! — disse ele em Oankali. — Seu parceiro está certo! Algumas dessas pessoas já estão conspirando contra você.

— Eu falei para você que elas iriam conspirar contra mim. Avisei que provavelmente iriam me matar.

— Mas você não me falou que iria ajudá-las!

Ela se recostou na plataforma da mesa, com a cabeça abaixada.

— Estou tentando viver — ela murmurou. — Você sabe que estou.

— Vocês poderiam nos clonar — disse Joseph. — Certo?

— Sim.

— Vocês poderiam retirar nossas células reprodutivas e desenvolver embriões humanos em úteros artificiais?

— Sim.

— Vocês podem até nos recriar a partir de algum mapa ou impressão genética?

— Também podemos fazer isso. Já fizemos essas coisas. Precisamos fazer as pessoas entenderem melhor a nova espécie. Devemos compará-la à concepção e ao nascimento humanos normais. Devemos comparar as crianças que produzimos com aquelas que trouxemos da Terra. Temos extrema cautela para evitar prejudicar novas espécies parceiras.

— É assim que vocês chamam? — Joseph resmungou, com uma repulsa amarga.

Nikanj falou em tom muito baixo.

— Nós reverenciamos a vida. Temos de ter certeza de que encontramos maneiras para vocês viverem com esta parceria, não apenas de morrer por causa dela.

— Vocês não precisam de nós! — Joseph exclamou. — Vocês criaram seus próprios seres humanos. Pobres coitados. Façam deles seus parceiros.

— Nós... precisamos de vocês. — Nikanj falou tão baixo que Joseph se inclinou para a frente para ouvir. — Um parceiro deve ser biologicamente interessante, atraente para nós, e vocês são fascinantes. Vocês são horror e beleza em uma combinação rara. De uma maneira muito concreta, vocês nos cativaram, e não conseguimos fugir. Mas vocês são mais do que apenas a composição e o funcionamento de seus corpos.

Vocês são suas personalidades, suas culturas. Também temos interesse nelas. É por isso que resgatamos tantos de vocês quanto pudemos.

Joseph estremeceu.

— Vimos como vocês nos resgataram: suas celas de prisão e suas plantas de animação suspensa e agora isso.

— Essas são as coisas mais simples que fazemos. E elas os deixaram relativamente intactos. São o que eram na Terra, mas sem qualquer doença ou ferimento. Com um pouco de treino, vocês podem voltar à Terra e se manter sem dificuldade.

— Sim. Quem sobreviver a este salão e ao salão de treinamento.

— Quem sobreviver.

— Vocês podiam ter feito isso de outra maneira!

— Tentamos outras maneiras. Esta é a melhor. Eis o incentivo a não prejudicar os outros: ninguém que matou ou feriu seriamente outra pessoa colocará os pés na Terra novamente.

— Serão mantidos aqui?

— Pelo resto de suas vidas.

— Mesmo… — Joseph lançou um olhar a Lilith e, então, dirigiu-se novamente a Nikanj. — Mesmo se o assassinato for em legítima defesa?

— Ela está isenta — disse Nikanj.

— O quê?

— Ela sabe. Demos a ela habilidades que ao menos um de vocês deve ter. Elas a tornam diferente e, portanto, a transformam em alvo. Para nós, seria autodestrutivo proibi-la de se defender.

— Nikanj — Lilith chamou e, quando ela viu que tinha sua atenção, falou em Oankali. — Isente-o.

Recusa categórica. Era assim, e ela sabia disso. Mas não conseguia evitar a tentativa.

— Ele é um alvo por minha causa. Ele poderia ser morto por minha causa.

Nikanj falou em Oankali:

— E quero que ele viva por sua causa. Mas não fui eu que decidi manter os humanos que matam longe da Terra e não fui eu que isentei você. Foi um consenso. Não posso isentá-lo.

— Então... torne-o mais forte, como fez comigo.

— E depois ele estaria mais propenso a matar.

— E menos propenso a morrer. O que eu quero dizer é: dê a ele maior resistência a ferimentos. Ajude-o a cicatrizar mais depressa caso seja ferido. Dê a ele uma chance!

— O que está falando? — perguntou Joseph, irritado. — Fale em inglês!

Ela abriu a boca, mas Nikanj falou primeiro.

— Ela está falando a seu favor. Quer que você seja protegido.

Ele olhou para Lilith em busca de confirmação. Ela assentiu.

— Temo por você. Queria que fosse isento também. Nikanj diz que não pode fazer isso. Então eu pedi que... — Ela parou e desviou o olhar para Joseph. — Pedi para que fortaleça você, dê a você ao menos uma chance.

Ele franziu a testa para ela.

— Lilith, não sou grande, mas sou mais forte do que você pensa. Posso tomar conta de mim mesmo.

— Não falei em inglês porque não quis ouvir você dizer isso. É óbvio que você não pode tomar conta de si mesmo. Nenhuma pessoa poderia se proteger contra o que poderá acontecer aqui. Só quis dar a você uma chance maior do que a que você tem agora.

— Mostre sua mão a ele — Nikanj sugeriu.

Ela hesitou, temendo que ele começasse a vê-la como uma alienígena ou como muito próxima aos alienígenas, muito alterada por eles. Mas agora que Nikanj tinha atraído a atenção para sua mão, não podia mais escondê-la. Ela ergueu os nós de seus dedos, que já não estavam mais feridos, e os mostrou a Joseph.

Ele examinou a mão dela minuciosamente, e então olhou para a outra mão, apenas para ter certeza de não ter cometido um erro.

— Eles fizeram isso? Possibilitaram que você se curasse assim depressa?

— Sim.

— O que mais?

— Eles me tornaram mais forte do que eu era, e eu era forte antes, além de me capacitar a controlar as paredes internas e as plantas de animação suspensa. Só isso.

Ele se voltou para Nikanj.

— Como você fez isso?

Nikanj agitou seus tentáculos.

— Quanto às paredes, alterei levemente a química corporal dela. Quanto à força, dei a ela um uso mais eficiente do que ela já tem. Ela deveria ter sido mais forte. Os ancestrais dela eram mais fortes, os ancestrais não humanos dela em especial. Ajudei-a a realizar esse potencial.

— Como?

— Como você move ou coordena os dedos das suas mãos? Sou um indivíduo ooloi criado para trabalhar com humanos. Posso ajudá-los a fazer qualquer coisa que seus corpos forem capazes de fazer. Fiz alterações bioquímicas que induziram seus exercícios regulares a serem muito mais eficientes do que seriam normalmente. Há também uma leve alteração genética. Não adicionei ou subtraí nada, mas trouxe à tona uma habilidade latente. Lilith é tão forte e tão rápida quanto eram seus animais ancestrais mais próximos. — Nikanj fez uma pausa, percebendo talvez o modo como Joseph estava olhando para Lilith. — As alterações que fiz não são hereditárias.

— Você disse que alterou os genes dela — Joseph acusou.

— Apenas das células corporais. Não das células reprodutivas.

— Mas se você a clonar...

— Não vou cloná-la.

Fez-se um longo silêncio. Joseph olhou para Nikanj, depois fixou o olhar em Lilith. Quando pensou ter suportado aquele olhar por tempo suficiente, ela falou:

— Se você quer sair e se juntar aos demais, abro a parede.

— É isso que você acha?

— É o que temo — ela murmurou.

— Você podia ter evitado o que foi feito com você?

— Não tentei evitar. — Ela engoliu em seco. — Eles me dariam este trabalho, não importando o que eu falasse. Disse a eles que seria melhor que me matassem. Nem isso os deteve. Então, quando Nikanj e seus parceiros me ofereceram o máximo que podiam oferecer, eu não tive que pensar a respeito. Aceitei.

Depois de algum tempo, ele assentiu.

— Darei a você um pouco do que dei a ela — disse Nikanj. — Não vou aumentar sua força, mas vou possibilitar que você se cure mais depressa, se recupere de ferimentos que normalmente o matariam. Você quer que eu faça isso?

— Você está me dando uma escolha?

— Sim.

— A alteração é permanente?

— A menos que você peça para ser alterado de novo.

— Efeitos colaterais?

— Psicológicos.

Joseph franziu a testa.

— O que você quer dizer com efeitos psico... Ah! Então é por isso que você não vai me dar a força.

— Sim.

— Mas você confiou... em Lilith.

— Ela está Desperta e viveu com minha família por anos. Nós a conhecemos. E, obviamente, a observamos sempre.

Depois de algum tempo, Joseph segurou as mãos de Lilith.

— Viu? — perguntou ele com delicadeza. — Entendeu por que eles escolheram você, alguém que não quer essa responsabilidade desesperadamente, que não quer liderar, que é mulher?

De início, a condescendência em sua voz a surpreendeu, depois a enfureceu.

— Será que vi, Joe? Ah, sim. Tive tempo suficiente para ver.

Ele pareceu perceber como soou aquilo que disse.

— Teve, sim. Não que ajude a saber.

A atenção de Nikanj tinha se deslocado entre um e outro. Agora, estava centrada em Joseph.

— Devo alterá-lo? — perguntou Nikanj.

Joseph soltou as mãos de Lilith.

— O que é? Uma cirurgia? Algo que tem a ver com o sangue ou a medula óssea?

— Você será colocado para dormir. Quando acordar, a alteração terá sido feita. Não haverá dor ou mal-estar. Não é uma cirurgia no sentido habitual da palavra.

— Como você vai fazer?

— Esses são meus instrumentos. — Ele estendeu os dois braços sensoriais. — Por meio deles, vou estudá-lo e fazer os ajustes necessários. Meu corpo e o seu vão produzir todas as substâncias de que eu preciso.

Joseph estremeceu nitidamente.

— Eu... Acho que não consigo deixar você tocar em mim.

Lilith puxou o rosto de Joseph para si.

— Fiquei trancada com um deles por dias antes de conseguir tocá-lo — Lilith comentou. — Houve momentos em que... eu preferiria ser espancada a passar por algo assim outra vez.

Joseph se aproximou dela, com uma postura protetora. Era mais fácil para ele oferecer conforto do que pedir por ele. Agora conseguiu fazer as duas coisas de uma vez.

— Por quanto tempo você vai ficar aqui? — perguntou a Nikanj.

— Não muito tempo. Mas vou voltar. Você provavelmente terá menos medo quando me reencontrar. — Fez uma pausa. — Mais cedo ou mais tarde, terá que tocar em mim. Terá ao menos que demonstrar ter esse controle antes que eu altere você.

— Não sei. Talvez eu não queira que você me altere. Não compreendo o que você vai fazer com... esses tentáculos.

— Braços sensoriais. É como chamamos em sua língua. São mais do que braços, muito mais, mas o termo é conveniente.

Nikanj voltou sua atenção para Lilith e falou em Oankali.

— Você acha que ajudaria se ele visse uma demonstração?

— Acho que lhe causaria nojo — respondeu ela.

— Ele é um homem atípico. Acho que pode surpreendê-la.

— Não.

— Você deveria confiar em mim. Sei muito sobre ele.

— Não! Deixe comigo.

Nikanj se levantou de forma teatral. Quando Lilith percebeu que ele estava prestes a partir, quase relaxou. Então, em um movimento amplo e rápido, Nikanj andou até ela e envolveu um braço sensorial em torno de seu pescoço, formando um laço estranhamente cômodo. Ela não estava com medo. Tinha passado por isso com frequência suficiente para estar acostumada. Seus primeiros pensamentos eram de preocupação com Joseph e raiva de Nikanj.

Joseph não se mexeu. Ela ficou parada entre os dois.

— Certo — disse a Joseph. — Nikanj quer que você veja. Este é todo o contato necessário.

Joseph olhou fixo para o anel formado pelo braço sensorial, desviou o olhar para Nikanj, então novamente para o braço, no ponto em que pousava na carne de Lilith. Depois de um instante, estendeu uma mão na direção de Nikanj. Parou. Sua mão se contorceu, recuou e então, lentamente, se estendeu novamente. Com hesitação apenas momentânea, ele tocou a pele fria e rija do braço sensorial. Seus dedos permaneceram na ponta do braço, semelhante a um chifre, e aquela ponta se revirou para agarrar seu pulso.

Agora Lilith não era mais a intermediária entre ambos. Joseph ficou parado, imóvel e calado. Suava, mas não tremia. Sua mão rígida, seus dedos parecendo garras, um laço de tentáculo sensorial em volta de seu pulso, em um aperto indolor e inquebrantável.

Emitindo um som que poderia ter sido o início de um grito, Joseph desmoronou.

Lilith caminhou até ele depressa, mas Nikanj o segurou. Estava inconsciente. Ela não disse nada até colocá-lo na cama, ajudando Nikanj, a quem agarrou pelos ombros depois, fazendo com que a encarasse.

— Por que você não o deixou em paz? Eu deveria ser responsável por eles. Por que você simplesmente não o deixou por minha conta?

— Você sabia que nenhum ser humano fez isso sem antes estar sob o efeito de drogas? Alguns nos tocaram acidentalmente logo depois de nos encontrarem, mas nenhum fez isso por vontade própria. Eu disse a você que ele era atípico.

— Por que não o deixou em paz?

Nikanj abriu o jaleco de Joseph e começou a tirá-lo.

— Porque já há dois humanos do sexo masculino falando mal dele, tentando fazer os outros se voltarem contra ele. Um deles decidiu que ele é algo chamado viadinho e o outro não gosta do formato dos olhos dele. Na verdade, ambos estão com raiva pelo modo como Joseph se aliou a você. Eles prefeririam você sem aliados. Seu parceiro precisa da proteção extra que posso oferecer.

Ela escutou, horrorizada. Joseph tinha falado sobre o perigo que ela corria. Será que sabia do risco imediato que ele mesmo corria?

Nikanj dispensou o jaleco e se deitou ao lado de Joseph. Envolveu um tentáculo sensorial em torno do pescoço dele e o outro em volta de sua cintura, puxando o corpo de Joseph para perto do seu.

— Você o dopou ou ele desmaiou? — ela quis saber, perguntando-se por que se importava.

— Eu o dopei assim que agarrei seu braço. Mas ele tinha atingido o ponto de colapso. Teria desmaiado sozinho. Desse modo, ele pode ficar furioso comigo por ter injetado drogas nele, mas não por tê-lo feito parecer fraco diante de você.

Ela assentiu.

— Obrigada.

— O que é um viadinho? — perguntou Nikanj.

Ela explicou.

— Mas sabem que ele não é isso. Sabem que ele acasalou com você.

— É. Bom, também houve dúvidas a meu respeito, pelo que eu ouvi.

— Nenhum deles realmente acreditou nisso.

— Ainda.

— Beneficie-os sendo a líder deles, Lilith. Ajude-nos a mandar para casa o maior número que puder.

Ela se virou para Nikanj e o fitou por um longo tempo, sentindo-se assustada e vazia. Nikanj parecia tão sincero, mas como ela poderia ser a líder de pessoas que a viam como sua carcereira? Uma líder tinha que ser confiável em algum nível. No entanto, cada uma das atitudes que tomara a fim de provar que dizia a verdade também colocara sua lealdade, e até mesmo sua humanidade, sob suspeita.

Ela se sentou no chão, cruzou as pernas e, no início, contemplou o nada. Por fim, seus olhos foram atraídos para Nikanj abraçando Joseph na cama. O par não se movia, embora Lilith tivesse ouvido Joseph suspirar uma vez. Será que ele não estava mais completamente inconsciente? Será que já estava aprendendo a lição que, em algum momento, todo indivíduo ooloi adulto ensinava? Tanta coisa para um dia só.

— Lilith?

Ela deu um salto. Tanto Joseph quanto Nikanj tinham dito seu nome, embora fosse nítido que apenas Nikanj estava suficientemente acordado para saber o que estava dizendo. Joseph, sob o efeito de drogas e sob a influência de múltiplas conexões neurais, seguiria tudo que Nikanj fizesse ou dissesse, a menos que Nikanj dissociasse sua atenção o suficiente para interromper Joseph.

Nikanj não se deu a esse trabalho.

— Eu o ajustei e até o fortaleci um pouco, embora ele tenha que se exercitar para ser capaz de usar isso em benefício próprio. Será mais difícil machucá-lo, vai se curar mais rápido e será capaz de se recuperar e de sobreviver a ferimentos que antes poderiam matá-lo.

Inconsciente, Joseph repetiu cada palavra, em uníssono com Nikanj.

— Acabe com isso! — disse Lilith enfaticamente.

Nikanj alterou sua ligação sem perder o ritmo.

— Deite-se aqui conosco — Nikanj falou, desta vez sozinho. — Por que ficar aí sozinha?

Ela pensou que não podia haver nada mais sedutor do que uma criatura ooloi falando naquele tom específico, fazendo aquela insinuação específica. Percebeu que tinha ficado em pé sem querer e dado um passo em direção à cama. Parou e os contemplou. A respiração de Joseph agora se transformou em um ronco tranquilo. Ele parecia dormir confortavelmente recostado em Nikanj, da mesma maneira como ela encontrara diversas vezes o ooloi ao acordar. Ela não fingiu, externamente ou para si mesma, que resistiria ao convite, nem que queria resistir. Nikanj podia oferecer a ela uma intimidade com Joseph que estava além da experiência humana comum. E o que Nikanj oferecia, também vivenciava. Foi isso que cativou Paul Titus, ela pensou. Isso, não o desgosto pelas perdas que teve ou o medo de uma Terra primitiva.

Ela cerrou os punhos, contendo-se.

— Isso não vai me ajudar. Só vai tornar mais difícil para mim quando você não estiver por perto.

Nikanj soltou um braço sensorial da cintura de Joseph e o estendeu em direção a ela.

Ela permaneceu onde estava por mais um instante, provando a si mesma que ainda estava no controle de suas ações. Então tirou seu jaleco e segurou aquele feíssimo órgão feito tromba de elefante, deixando-o se enroscar nela enquanto subia na cama.

Ela posicionou o corpo de Nikanj entre o seu e o de Joseph, colocando-o pela primeira vez na posição de ooloi entre dois humanos. Por um instante, aquilo a assustou. Era daquele modo que ela talvez ficasse grávida algum dia de uma criança que seria algo além de humana. Não agora, enquanto Nikanj queria dela outra tarefa, mas algum dia. Nikanj conseguiria controlá-la e fazer o que quisesse assim que estivesse conectado dentro do sistema nervoso central dela.

Sentiu que Nikanj tremia contra seu corpo, e soube que estava lá dentro.

7

ilith não perdeu a consciência. Nikanj não quis se privar das próprias sensações. Até Joseph estava consciente, embora completamente controlado e sem medo porque Nikanj o mantinha tranquilizado. Lilith não foi controlada.

Ela conseguiu mover a mão que estava livre além de Nikanj para segurar a mão fria e aparentemente sem vida de Joseph.

— Não — disse Nikanj baixinho em seu ouvido, ou talvez tenha estimulado seu nervo auditivo diretamente. Podia dar aquele estímulo individual a seus sentidos ou a qualquer combinação deles para criar alucinações perfeitas. — Apenas através de mim. — Sua voz era insistente.

A mão de Lilith ficou entorpecida. Ela soltou a mão de Joseph e imediatamente o sentiu como se fosse uma camada de calor e segurança, uma presença cativante e estável.

Nunca soube se o que estava sentindo era a apreciação que Nikanj fazia de Joseph, a verdadeira transmissão do que Joseph estava sentindo, uma combinação das duas coisas ou apenas uma invenção prazerosa.

Como Joseph sentia a presença dela?

Parecia que ela sempre esteve com ele. Não tinha a sensação de uma mudança de marcha, de um contraste entre o "tempo em que esteve só" e o "tempo em que estavam juntos". Ele sempre esteve ali, como parte dela. Sua essência.

Nikanj se concentrou na intensidade da atração e na união entre eles. Não deixou em Lilith nenhuma outra sensação. Parecia ter desaparecido. Ela percebia apenas Joseph, e sentia que ele só tinha consciência da presença dela.

Agora, o prazer que sentiam um com o outro se inflamava e ardia. Moveram-se juntos, mantendo uma intensidade impossível, ambos incansáveis, perfeitamente unidos, sentindo-se incendiados, perdidos um no outro. Pareciam se lançar para o alto. Muito tempo depois, pareceram ser puxados para baixo, devagar, gradualmente, saboreando mais alguns momentos de completa união.

Tarde, crepúsculo, noite, escuridão.

A garganta dela doía. Sua primeira sensação solitária foi de dor, como se ela tivesse gritado, berrado. Engoliu em seco, com dor, e levou a mão à garganta, mas o braço sensorial de Nikanj chegou antes dela e repeliu sua mão. Colocou sua mão sensorial exposta sobre sua garganta e ela a sentiu se fixando, seus dedos sensoriais se alongando e se fechando. Não sentiu as gavinhas que a compunham penetrando em sua carne, mas em um instante a dor em sua garganta tinha sumido.

— Tudo isso e você só gritou uma vez — disse Nikanj a ela.

— Como você deixou que eu fizesse isso? — ela perguntou.

— Você me surpreendeu. Eu nunca a tinha feito gritar antes. — Ela deixou que soltasse sua garganta e então se moveu languidamente para acariciá-la.

— Que parte dessa vivência foi minha e de Joseph? Que parte foi você que produziu?

— Nunca produzi uma vivência para você — respondeu Nikanj. — Nem para ele. Vocês dois têm lembranças repletas de vivências.

— Essa foi nova.

— Uma combinação. Você teve suas próprias vivências e as dele. Ele teve as dele e as suas. Vocês dois tiveram a mim para tornar isso mais duradouro do que seria normalmente. O conjunto foi... avassalador.

Ela olhou ao redor.

— E Joseph?

— Está dormindo. Dormindo muito profundamente. Não fui eu que o induzi a isso. Ele está cansado. Mas está bem.

— Ele... sentiu tudo que eu senti?

— No nível sensorial. Intelectualmente, ele fez a interpretação dele e você, a sua.

— Eu não as chamaria de intelectuais.

— Você me entendeu.

— Sim. — Ela levou a mão ao peito de Nikanj, experimentando um prazer perverso em sentir seus tentáculos se contorcendo e, então, se aplanando sob sua mão.

— Por que fez isso? — perguntou Nikanj.

— Incomoda você? — perguntou ela, detendo a mão.

— Não.

— Então, deixe eu fazer isso. Não estava acostumada a ser capaz de fazê-lo.

— Preciso ir. Você precisa tomar um banho e alimentar seu povo. Tranque-o. E esteja certa de ser a primeira a conversar com seu parceiro quando ele acordar.

Ela observou Nikanj passar sobre ela, com as articulações todas arqueadas ao contrário, e descer até o chão. Segurou sua mão antes que chegasse até a parede. Os tentáculos de sua cabeça apontavam para ela, frouxamente, em uma pergunta não dita.

— Você gostou dele? — perguntou ela.

A atenção dos tentáculos se voltou brevemente para Joseph.

— Ahajas e Dichaan estão perplexos — respondeu Nikanj. — Eles achavam que você iria escolher um dos homens grandes e negros porque são como você. Eu disse que você escolheria este, porque ele é como você.

— O quê?

— Durante os testes, as respostas dele eram mais próximas das suas do que as de qualquer outro de quem tomei conhecimento. Ele não se parece com você, mas é como você.

— Talvez ele... — Ela se forçou a expressar o pensamento em voz alta. — Talvez ele não queira mais nada comigo quando perceber o que eu ajudei você a fazer com ele.

— Ele ficará furioso e assustado e ansioso pela próxima vez, e determinado a garantir que não haja uma próxima vez. Confie em mim. Este eu conheço.

— Como o conhece tão bem?

A cabeça e o corpo de Nikanj relaxaram de um modo que, mesmo com seus braços sensoriais, sua aparência lembrava um humano esguio, sem pelos, assexuado.

— Ele foi o objeto de meus primeiros atos de responsabilidade adulta — Nikanj explicou. — Eu já a conhecia a essa altura e comecei a procurar alguém para você. Não outro Paul Titus, mas alguém que você desejaria. Alguém que desejaria você. Examinei os registros das memórias de milhares de homens. Este deveria ter sido treinado para gerar outro grupo, mas quando mostrei a combinação para o grupo de ooloi, concordaram que vocês deveriam ficar juntos.

— Você... você o escolheu para mim?

— Eu os apresentei. Vocês dois fizeram as próprias escolhas. Nikanj abriu a parede, deixando-a só.

8

s pessoas a cercaram em silêncio, irradiando hostilidade, quando Lilith as chamou para comer. A maioria já estava do lado de fora, esperando por ela, com ressentimento, impaciência e fome. Lilith ignorou a irritabilidade delas.

— Até que enfim — Peter Van Weerden resmungou enquanto ela abria vários armários nas paredes e as pessoas começavam a se apresentar para pegar comida.

Aquele era o homem que afirmava que ela não era humana, ela se lembrou.

— Quer dizer, se você terminou de trepar — Jean Pelerin acrescentou.

Lilith se virou para olhar para Jean e conseguiu examinar o rosto machucado e inchado da mulher antes que ela virasse para o outro lado.

Os criadores de caso. Até o momento, apenas aqueles dois. Quanto tempo aquilo duraria?

— Amanhã vou Despertar mais dez pessoas — ela informou, antes que alguém conseguisse ir embora. — Todos vocês vão ajudar, isoladamente ou em pares.

Ela caminhou de um lado para o outro junto à parede da comida, passando os dedos automaticamente pelas aberturas circulares dos armários, evitando que fechassem enquanto as pessoas escolhiam o que queriam.

Até mesmo os recém-chegados estavam acostumados com isso, mas Gabriel Rinaldi reclamou pacificamente:

— É ridículo você ter que fazer isso, Lilith. Faça os armários ficarem abertos.

— A ideia é essa. Eles ficam abertos por dois ou três minutos, então se fecham, a menos que os toque novamente.

Ela parou, olhou para a última tigela de feijão apimentado em um armário e deixou que ele se fechasse. O armário não começaria a se reabastecer a menos que estivesse fechado. Ela colocou os feijões de canto no chão, para a própria refeição. As pessoas se sentaram por ali, no chão, se alimentando nos pratos comestíveis. Era reconfortante comer em grupo, um dos poucos confortos que tinham. Grupos se formaram e as pessoas conversavam em voz baixa. Lilith estava pegando frutas para si mesma quando Peter falou em um grupo próximo. Seu grupo tinha Jean, Curt Loehr e Celene Ivers.

— Se você quiser saber minha opinião, as paredes foram ajustadas dessa maneira para nos impedir de pensar no que fazer com nossa carcereira.

Lilith esperou, imaginando se alguém iria defendê-la. Ninguém fez isso, embora o silêncio tivesse se espalhado pelos grupos.

Ela inspirou profundamente e andou até o grupo de Peter.

— As coisas podem mudar — disse ela calmamente. — Talvez você consiga virar todo mundo aqui contra mim. Isso faria de mim um fracasso. — Ela elevou levemente a voz, ainda que mesmo suas palavras ditas em voz baixa se propagassem. — Isso significaria que todos vocês seriam colocados de volta em animação suspensa de modo que pudessem ser separados e submetidos a tudo isso de novo com outras pessoas. — Ela fez uma pausa. — Se é o que desejam: recomeçarem sozinhos, passarem por isso não importa quantas vezes sejam necessárias até que vocês permitam a si mesmos chegarem até o fim, continuem tentando. Talvez sejam bem-sucedidos.

Ela o deixou de lado, pegou sua comida e se juntou a Tate, Gabriel e Leah.

— Nada mal — disse Tate quando as pessoas retomaram as próprias conversas. — Um aviso claro para todo mundo. Até que enfim!

— Não vai funcionar — Leah comentou. — Essas pessoas não se conhecem. Por que se importariam em ter que recomeçar?

— Elas se importam — Gabriel explicou a ela. Mesmo com sua barba negra, ele era um dos homens mais bonitos que Lilith já tinha visto. E ainda estava dormindo apenas com Tate. Lilith gostava dele, mas estava ciente de que ele não confiava completamente nela. Pôde ver isso em sua expressão algumas vezes, quando o flagrou a observando. Ainda assim, ele era cauteloso em conservar a boa vontade dela e deixar as próprias opções em aberto. — Elas estabeleceram laços íntimos aqui. Pense no que tinham antes: guerra, caos, família e amigos mortos. E depois a solitária. Uma cela de prisão e uma comida de merda. Elas se importam muito. E você também.

Ela se virou para encará-lo, furiosa, a boca já entreaberta, mas o rosto bonito a desarmou. Suspirou e assentiu, com tristeza. Por um momento, ela pareceu estar a ponto de chorar.

— Quantas vezes você consegue suportar que todas as pessoas sejam tiradas de você e ainda ter a determinação de recomeçar? — Tate resmungou.

Tantas vezes quanto fossem necessárias, pensou Lilith, esgotada. Tantas vezes quanto o medo humano, a desconfiança e a teimosia fizessem necessárias. Os Oankali eram tão pacientes quanto a Terra, que estava à espera. Ela percebeu que Gabriel a estava contemplando.

— Você ainda está preocupada com eles, não está? — perguntou ele.

Ela assentiu.

— Acho que acreditaram em você. Todos, não apenas Van Weerden e Jean.

— Eu sei. Eles vão acreditar em mim por um tempo. Então, alguns deles vão decidir que eu estou mentindo ou que alguém mentiu para mim.

— Você tem certeza de que isso não aconteceu? — perguntou Tate.

— Tenho certeza de que aconteceu — respondeu Lilith, em tom amargo. — Por omissão, ao menos.

— Mas então…

— Eis o que sei: nossos salvadores/captores são extraterrestres. Estamos a bordo da nave deles. Vi e senti o suficiente, inclusive a ausência de gravidade, para estar convencida de que isso é uma nave. Estamos no espaço. E estamos nas mãos de pessoas que manipulam o DNA com tanta naturalidade quanto nós manipulamos lápis e pincéis. Isso é o que sei. Isso é o que eu expliquei a todos vocês. E se qualquer um decidir se comportar como se isso não fosse verdade, todos teremos sorte se formos apenas separados e colocados para dormir. — Ela olhou para os três rostos e forçou um sorriso cansado. — Acabou o discurso. Melhor pegar alguma coisa para o Joseph.

— Você deveria tê-lo trazido aqui fora — disse Tate.

— Não se preocupe com isso.

— Você poderia me levar uma refeição de vez em quando — Gabriel comentou para Tate enquanto Lilith saía.

— Viu o que você fez?! — Tate gritou para ela.

Lilith se viu dando um sorriso genuíno enquanto pegava mais comida nos armários. Era inevitável que algumas pessoas que ela tinha Despertado não acreditassem nela, não gostassem dela e não confiassem nela. Ao menos havia outras com quem ela conseguia conversar e relaxar.

E havia esperança, caso ela conseguisse evitar que os céticos se autodestruíssem.

9

Durante algum tempo, Joseph não quis falar nem pegar a comida das mãos dela. Assim que Lilith entendeu isso, se sentou com ele e esperou. Ela não o tinha despertado quando voltou, tinha apenas fechado o quarto e dormido ao lado dele até que, com seus movimentos, ele a acordou. Agora, ela estava sentada ao lado dele, preocupada, mas não sentia uma hostilidade verdadeira. Ele não parecia se irritar com sua presença.

Joseph deve estar avaliando seus sentimentos, pensou ela. Estava tentando entender o que tinha acontecido. Ela havia colocado alguns pedaços de fruta na cama entre eles. Mesmo sabendo que ele não iria responder, explicou:

— Foi uma ilusão neurossensorial. Nikanj estimulou nossos nervos e nos lembramos ou criamos experiências para combinar com as sensações. No nível físico, isso faz com que sinta o que sentimos, mas não consegue ler nossos pensamentos. Não consegue nos machucar, a menos que queira sentir a mesma dor. — Ela hesitou. — Nikanj disse que fortaleceu você um pouco. Você terá que ser cuidadoso no início e se exercitar. Não vai se ferir com facilidade. Se algo acontecer com você, irá se curar como eu.

Ele não tinha falado nem tinha olhado para ela, mas Lilith sabia que escutara. Não havia nada de inexpressivo nele.

Sentou-se com ele e esperou, estranhamente à vontade, beliscando as frutas de vez em quando. Depois de algum tempo, recostou-se, com os pés no chão e o corpo estirado sobre a cama. O movimento o atraiu.

Ele se virou e fixou os olhos nela, como se tivesse se esquecido de que ela estava ali.

— Você deve se levantar — disse Joseph. — A luz está retornando. É de manhã.

— Converse comigo.

Ele coçou a cabeça.

— Não foi real? Nada daquilo?

— Nós não encostamos um no outro.

Ele tomou a mão dela e a segurou.

— Aquela criatura... fez tudo aquilo?

— Estimulação neural.

— Como?

— Eles se conectam ao interior de nosso sistema nervoso de alguma forma. São mais sensíveis do que nós. Tudo o que sentimos vagamente eles sentem intensamente, e sentem praticamente antes de tomarmos consciência. Isso os ajuda a parar de fazer algo doloroso antes de percebermos que começaram a fazer.

— Fizeram isso com você antes?

Ela assentiu.

— Com... outros homens?

— Sozinha ou com os parceiros de Nikanj.

Ele levantou de repente e começou a andar de um lado para o outro.

— Eles não são humanos — Lilith observou.

— Então, como eles podem...? O sistema nervoso deles não pode ser como o nosso. Como conseguem nos fazer sentir... aquilo?

— Apertando os botões eletroquímicos certos. Não estou afirmando que entendo. É como uma língua para a qual eles têm um dom especial. Eles conhecem nossos corpos melhor do que nós.

— Por que deixou que eles… tocassem em você?

— Eles fizeram alterações. A força, a capacidade de cura rápida…

Ele parou diante dela e a encarou.

— Isso foi tudo?

Ela o contemplou, vendo a acusação em seus olhos, recusando-se a se defender.

— Eu gostei. Você não?

— Se tenho algo a dizer sobre isso, é que aquela criatura nunca mais vai tocar em mim de novo.

Ela não contestou isso.

— Nunca senti nada como aquilo em minha vida — ele gritou.

Ela deu um salto, mas não disse nada.

— Se uma criatura como aquela pudesse ser colocada em uma garrafa, venderia mais do que qualquer droga ilegal disponível no mercado.

— Vou Despertar dez pessoas esta manhã. Você vai me ajudar?

— Você ainda vai fazer isso?

— Sim.

Ele respirou fundo.

— Então, vamos. — Mas ele não se mexeu. Ficou a observando, imóvel. — É… como uma droga?

— Você quer saber se estou viciada?

— Sim.

— Acho que não. Estava muito feliz com você. Não queria Nikanj aqui.

— Também não quero que ele volte.

— Nikanj não é do sexo masculino, e duvido que se importe realmente com o que qualquer um de nós quer.

— Não deixe que ele toque em você! Se você tem opção, afaste-se dele.

Sua recusa em aceitar o sexo de Nikanj a assustou, porque a fez se lembrar de Paul Titus. Ela não queria enxergar Paul Titus em Joseph.

— Não é um ser do sexo masculino, Joseph.

— Que diferença isso faz?

— Que diferença qualquer autoilusão faz? Precisamos conhecê-los como são, mesmo que não existam paralelos com os humanos. E acredite em mim: no caso de ooloi, não há nenhum.

Ela se levantou, sabendo que não havia feito a promessa que ele queria, sabendo que ele se lembraria do silêncio dela. Abriu a passagem da porta e saiu do quarto.

10

Dez pessoas novas.

Todos ficaram ocupados tentando mantê-las longe de confusão e dando a elas alguma ideia da situação em que estavam.

A mulher que Peter estava ajudando riu na cara dele e o chamou de louco quando ele mencionou "a possibilidade de que nossos captores possam ser, de alguma forma, extraterrestres...".

O protegido de Leah, um homem loiro e baixo, agarrou-a com firmeza, e poderia tê-la estuprado se fosse maior do que ela. Leah o impediu de causar qualquer dano, mas Gabriel teve que ajudá-la a tirá-lo de cima dela. Ela foi surpreendentemente tolerante aos esforços daquele homem. Parecia estar mais entretida do que irritada.

Nada do que as pessoas novas fizeram nos primeiros minutos foi levado a sério ou repreendido. O agressor de Leah foi simplesmente detido. Depois ficou quieto, olhou para os muitos rostos humanos à sua volta e começou a chorar.

Seu nome era Wray Ordway e, alguns dias depois de seu Despertar, ele estava dormindo com Leah com o total consentimento dela.

Dois dias depois disso, Peter Van Weerden e seis de seus aliados agarraram Lilith e a seguraram enquanto um sétimo aliado, Derrick Wolski, pegou mais ou menos uma dúzia de biscoitos de um dos armários de comida, subiu e depois entrou nele antes que se fechasse.

Quando Lilith percebeu o que Derrick estava fazendo, parou de lutar. Não havia necessidade de machucar ninguém. Os Oankali tomariam conta dele.

— O que acha que está fazendo? — perguntou a Curt. Ele participava, segurando-a, mas Celene não, claro. Ele ainda segurava um de seus braços.

Olhando para ele, ela se soltou dos outros. Agora que Derrick tinha desaparecido de vista, eles não tentavam mais segurá-la com força. Lilith sabia agora que, se estivesse disposta a machucá-los ou matá-los, eles não teriam conseguido segurá-la. Ela não era mais forte do que os seis juntos, mas era mais forte do que dois deles. E mais rápida do que qualquer um.

Esse conhecimento não era tão reconfortante quanto deveria ser.

— O que acha que está fazendo? — repetiu ela.

Curt soltou o braço que ela havia deixado entre as mãos dele.

— Descobrindo a verdade. Há pessoas reabastecendo aqueles armários e pretendemos descobrir quem são. Queremos vê-las e acabar com essa história de que são marcianas.

Ela suspirou. Foi dito a ele que os armários eram reabastecidos automaticamente. Era só mais uma coisa em que ele tinha decidido não acreditar.

— Não são marcianas.

Ele entortou a boca formando algo que não chegava a ser um sorriso.

— Eu sabia! Nunca acreditei nos seus contos de fada!

— Elas são de outro sistema solar. Não sei qual. E não importa. Eles o deixaram há muito tempo e nem sabem se ainda existe.

Ele a xingou e lhe deu as costas.

— O que vai acontecer? — perguntou outra voz.

Lilith olhou à sua volta, viu Celene e suspirou. Onde quer que Curt estivesse, Celene estava por perto, tremendo. Lilith os tinha unido assim como Nikanj a tinha unido a Joseph.

— Não sei. Os Oankali não vão deixar que ele se machuque, mas não sei se ele vai voltar.

Joseph caminhou até ela com passos largos, obviamente preocupado. Ao que parecia, alguém tinha ido até o quarto dele contar o que estava acontecendo.

— Está tudo certo — Lilith o tranquilizou. — Derrick saiu para olhar os Oankali. — Ela encolheu os ombros diante de seu olhar assustado. — Espero que o tragam de volta. Essas pessoas terão que ver por si mesmas.

— Isso poderia dar início a um estado de pânico! — ele murmurou.

— Não me interessa. Eles vão se recuperar. Mas se continuarem fazendo coisas estúpidas como essa, vão acabar se machucando em algum momento.

Derrick não foi mandado de volta.

Por fim, nem mesmo Peter e Jean contestaram quando Lilith foi até a parede e abriu o armário para provar que Derrick não tinha se asfixiado lá dentro. Ela teve que abrir cada um dos armários nas proximidades daquele que ele tinha usado, porque a maioria dos demais não conseguia identificar o local do armário específico, na grande extensão da parede, livre de marcas.

No início, Lilith se surpreendeu com sua própria capacidade de localizar cada um com facilidade e precisão. Depois de localizá-los pela primeira vez, ela se lembrou da distância entre os armários e o chão, o teto e as paredes da direita e da esquerda. Como não conseguiam fazer isso, algumas pessoas achavam aquela capacidade suspeita.

— O que aconteceu com Derrick? — Jean Pelerin quis saber.

— Ele fez algo estúpido — Lilith explicou a ela. — E, enquanto estava fazendo aquilo, você ajudou a me segurar para que eu não pudesse impedi-lo.

Jean recuou um pouco e falou mais alto.

— O que aconteceu com ele?

— Não sei.

— Mentirosa! — O volume aumentou de novo. — O que seus amigos fizeram com ele? Eles o mataram?

— O que quer que tenha acontecido com ele, você é parcialmente culpada — respondeu Lilith. — Lide com a própria culpa.

Ela olhou para os demais, igualmente culpados e acusadores. Jean nunca fazia suas reclamações em particular. Ela precisava de público.

Lilith virou as costas e foi para seu quarto. Estava prestes a fechá-lo quando Tate e Joseph se juntaram a ela. Um instante depois, Gabriel os acompanhou e entrou. Sentou-se no canto da mesa de Lilith, de frente para ela.

— Você está perdendo — disse ele, sem rodeios.

— Vocês estão perdendo — ela contra-atacou. — Se eu perder, todos perdem.

— É por isso que estamos aqui.

— Se vocês têm alguma ideia, quero ouvi-la.

— Dê a eles uma demonstração melhor. Faça com que seus amigos os impressionem.

— Meus amigos?

— Veja, eu não me importo. Você diz que eles são extraterrestres. Tudo bem. Eles são extraterrestres. O que eles têm a ganhar se aqueles imbecis lá fora matarem você?

— Eu concordo. Estava esperando que eles mandassem ou trouxessem Derrick de volta. Talvez ainda façam isso. Mas a ideia que eles têm de momento adequado é péssima.

— Joe disse que você pode falar com eles.

Ela se virou para encarar Joseph, sentindo-se traída e surpresa.

— Seus inimigos estão reunindo aliados. Por que você não?

Ela olhou para Tate e a mulher encolheu os ombros.

— Aquelas pessoas lá fora são imbecis — disse ela. — Se tivesse um ser pensante entre elas, ficariam caladas e abririam os olhos e os ouvidos até que fizessem alguma ideia do que realmente está acontecendo.

— Essa era a minha esperança — Lilith concordou. — Eu não supunha que seria assim, mas tinha esperança.

— São pessoas amedrontadas buscando alguém para salvá-las — Gabriel apontou. — Elas não querem razão, lógica, esperanças ou suposições. Querem Moisés ou alguém que venha e as conduza para vidas que elas conseguem compreender.

— Van Weerden não é essa pessoa — Lilith observou.

— Óbvio que ele não é. Mas neste exato momento as pessoas acham que é e o estão seguindo. Em seguida, ele dirá a elas que a única maneira de sair daqui é agredir você até que conte todos os seus segredos. Ele dirá que você sabe como fugir. E quando ficar claro que você não sabe, já será tarde demais.

Será? Ele não fazia ideia de quanto tempo de tortura seria necessário até ela morrer. Ela e Joseph. Apática, ela trocou olhares com ele.

— Victor Dominic — Joseph sugeriu. — E Leah. E aquele cara que ela escolheu. E Beatrice Dwyer e…

— Potenciais aliados? — perguntou Lilith.

— Sim, e é melhor corrermos. Vi Beatrice com um dos caras do outro lado esta manhã.

— As lealdades podem mudar em função de quem está dormindo com quem — disse Lilith.

— E daí? — perguntou Gabriel. — Então você não confia em ninguém? Então você acaba despedaçada no chão?

Lilith balançou a cabeça.

— Eu sei o que deve ser feito. É tão estúpido, não é? Parece que vamos brincar de americanos contra russos. De novo.

— Converse com seus amigos — Gabriel apontou. — Talvez eles a ajudem a reescrever o roteiro.

Ela franziu a testa.

— Você fala desse jeito sempre?

— Eu faço o que posso — respondeu ele.

11

Os Oankali não escolheram interpretar o papel de amigos de Lilith. Quando ela se trancou em seu quarto e pediu para falar com eles, não responderam aos seus chamados. E continuaram detendo Derrick. Lilith pensou que ele provavelmente tinha sido colocado para dormir de novo.

Nada daquilo a surpreendia. Ou ela organizava os seres humanos em um grupo coerente ou serviria de bode expiatório para quem os organizasse. Nikanj e seus parceiros salvariam sua vida se pudessem, se parecesse que sua vida corria risco imediato. Mas, fora isso, ela estava por conta própria.

Mas ela tinha poderes. Ou era isso que as pessoas pensavam das coisas que ela conseguia fazer com as paredes e as plantas de animação suspensa. Peter Van Weerden não tinha nada. Algumas pessoas acreditavam que ele havia provocado o desaparecimento de Derrick, talvez sua morte. Felizmente Peter não era eloquente o suficiente nem carismático o suficiente para transferir a culpa daquilo para Lilith, embora tivesse tentado.

O que ele conseguiu fazer mesmo foi retratar Derrick como um herói, um mártir que tinha agido pelo grupo a fim de descobrir o que Lilith estava fazendo. Ele questionou o que o grupo dela estava fazendo, afinal de contas, além de ficar sentados de braços cruzados, falando sem parar, esperando que os captores dissessem a eles o que fazer.

As pessoas que defendiam a ação ficaram do lado de Peter. Pessoas como Leah e Wray, Tate e Gabriel, que hesitavam, aguardando mais informações ou uma oportunidade real de fugir, ficaram do lado de Lilith.

Também existiam pessoas como Beatrice Dwyer, que tinham medo de qualquer tipo de ação, porque haviam perdido a esperança de um dia controlar os próprios destinos. Essas ficaram do lado de Lilith com a esperança de continuidade da vida. Elas queriam apenas ser deixadas em paz. Era tudo que muitas pessoas tinham desejado antes da guerra. Era a única coisa que não podiam ter, fosse naquela época ou agora.

Mesmo assim, Lilith também as recrutou. E, quando Despertou mais dez pessoas, usou apenas seus recrutas para ajudá-la. O grupo de Peter foi reduzido à interpelação e à zombaria. As pessoas novas os viam como os primeiros criadores de caso.

Talvez fosse por isso que Peter decidiu impressionar seus aliados ajudando um deles a conseguir uma mulher.

A mulher, Allison Zeigler, ainda não havia encontrado um homem de quem gostasse, mas tinha escolhido o lado de Lilith em detrimento do grupo de Peter. Ela gritou o nome de Lilith quando Peter e o homem, Gregory Sebates, pararam de discutir com ela e decidiram arrastá-la para o quarto de Gregory.

Lilith, sozinha no próprio quarto, franziu a testa, em dúvida sobre o que tinha ouvido. Outra briga? Exausta, colocou de lado a pilha de dossiês que estava examinando em busca de mais alguns aliados. Saiu e imediatamente viu a confusão.

Dois homens segurando uma mulher que se debatia entre eles. O trio era impedido de chegar a qualquer um dos quartos pelas pessoas do grupo de Lilith, que se postavam para bloquear o caminho. E o grupo de Lilith era impedido de chegar ao trio por várias pessoas do grupo de Peter.

Um confronto potencialmente mortal.

— Para que ela está se guardando? — Jean estava perguntando. — É obrigação dela se unir a alguém. Não restaram tantos de nós.

— É minha obrigação descobrir onde estou e como ficar livre — Allison gritou. — Talvez você queira dar um bebê humano a quem quer que esteja nos mantendo prisioneiros, mas eu não quero!

— Nós nos organizamos em duplas — Curt bradou, abafando a voz dela. — Um homem, uma mulher. Ninguém tem o direito de resistir. Isso só causa confusão.

— Confusão para quem? — perguntou alguém.

— Quem você pensa que é para nos dizer quais são nossos direitos? — desafiou outra pessoa.

— O que ela é para você? — Gregory usou sua mão livre para arremessar alguém para longe de Allison. — Consiga sozinho sua maldita mulher!

Nesse instante, Allison bateu nele. Ele a xingou e bateu nela. Ela gritou, virando o corpo com violência. O sangue escorria de seu nariz.

Lilith se aproximou do círculo de pessoas.

— Parem — ela ordenou. — Soltem a Allison! — Mas a voz dela se perdeu entre tantas. — Maldição, parem! — gritou, com uma voz que surpreendeu até a ela.

As pessoas a seu lado ficaram paralisadas, mas o grupo próximo a Allison estava envolvido demais para notá-la, até que ela se aproximou.

Aquilo era familiar demais, parecido demais com o que Paul Titus tinha dito e feito.

Ela avançou até o emaranhado de pessoas que cercavam Allison, furiosa demais para se preocupar com o modo como a bloqueavam. Duas pessoas agarraram seus braços. Ela as empurrou para o lado sem sequer ver seus rostos. Pela primeira vez, ela não se preocupou com o que lhes acontecia. Trogloditas. Tolos.

Lilith agarrou o braço de Peter que estava livre e ele tentou bater nela. Ela segurou o braço dele e o torceu. Peter gritou e caiu de joelhos, soltando a mão que apertava Allison. Por um instante, Lilith olhou para ele. Era um lixo humano. Como ela cometera o erro de Despertá-lo? E o que ela podia fazer com ele agora?

Ela o empurrou para o lado, sem se importar se ele se chocaria contra a parede próxima. O outro homem, Gregory Sebastes, não cedeu terreno. Curt ficou ao lado dele, desafiando Lilith. Eles tinham visto o que ela fez com Peter, mas não pareciam acreditar naquilo. Deixaram que ela se aproximasse deles.

Ela socou Curt na barriga, fazendo-o se dobrar de dor.

Gregory soltou Allison e arremeteu contra Lilith.

Ela o socou, pegando-o no ar, jogando sua cabeça para trás e o largando no chão, inconsciente.

De repente, tudo ficou em silêncio, exceto pela respiração ofegante de Curt e pelos gemidos de Peter:

— Meu braço! Ai, Deus, meu braço!

Lilith olhou para cada pessoa do grupo de Peter, desafiando-as a atacá-la, quase querendo que a atacassem. Cinco delas se encontravam feridas enquanto Lilith continuava intacta. Mesmo as pessoas de seu próprio grupo se afastaram dela.

— Aqui não haverá estupro — disse ela, em tom equilibrado. Ergueu a voz. — Ninguém aqui é uma propriedade. Ninguém aqui tem o direito de usar o corpo de outra pessoa.

Não haverá essa bobagem de voltar aos trogloditas da Idade da Pedra. — Ela deixou a voz cair para seu tom normal. — Vamos permanecer humanos. Tratar uns aos outros como pessoas e passar por isso como pessoas. Qualquer um que queira ser menos do que isso terá essa oportunidade na floresta. Haverá espaço suficiente para fugir e brincar de ser um gorila.

Ela se virou e caminhou em direção a seu quarto. Seu corpo tremia com o que lhe restava de raiva e frustração. Ela não quis que os outros a vissem assim. Nunca tinha chegado tão perto de perder o controle, de matar pessoas.

Joseph disse seu nome baixinho. Ela se voltou, pronta para lutar, então se obrigou a relaxar ao reconhecer a voz dele. Ansiava ir até ele, mas se conteve. O que ele achava que ela deveria ter feito?

— Sei que aqueles caras não merecem — disse ele —, mas alguns deles precisam de ajuda. O braço de Peter está quebrado. Os outros... Você consegue fazer com que os Oankali os ajudem?

Amedrontada, ela olhou de novo para a carnificina que causou. Respirou fundo e conseguiu conter seu tremor. Então, falou calmamente em Oankali.

— Quem quer que esteja nos observando, venha e examine essas pessoas. Algumas delas podem ter ferimentos graves.

— Não tão graves — respondeu uma voz sem corpo em Oankali. — As que estão no chão vão se curar sem ajuda. Estou em contato com elas através do chão.

— E aquele de quem quebrei o braço?

— Vamos cuidar dele. Devemos ficar com ele?

— Eu adoraria que ficassem com ele. Mas, não. Deixem-no aqui. Vocês já estão sob a suspeita de serem assassinos.

— Derrick está dormindo novamente.

— Foi o que pensei. O que devemos fazer com Peter?

— Nada. Deixem que ele pense um pouco a respeito de seu comportamento.

— Ahajas?

— Sim?

Lilith respirou fundo novamente.

— Estou surpresa em perceber como é bom ouvir sua voz.

Não houve resposta. Nada mais havia a ser dito.

— O que ele disse? — Joseph quis saber.

— Ela disse que ninguém está seriamente ferido. Explicou que os Oankali vão cuidar de Peter depois que ele tiver tempo para pensar sobre seu comportamento.

— O que fazemos com ele até lá?

— Nada.

— Pensei que eles não iriam falar com você — disse Gabriel, com a voz cheia de uma evidente desconfiança. Ele, Tate e alguns outros vieram até ela. Ficaram afastados, cautelosos.

— Eles falam quando querem — respondeu Lilith. — Isso é uma emergência, então decidiram falar.

— Você conhecia quem falou, não conhecia?

Ela olhou para Gabriel.

— Sim, eu a conhecia.

— Foi o que pensei. Seu tom e o modo como você olhava quando falou com ela... Você relaxou mais, parecia quase saudosa.

— Ela sabe que eu nunca quis essa tarefa.

— Ela era uma amiga?

— Tanto quanto é possível ser amiga de alguém de uma espécie diferente. — Ela deu uma risada sem graça. — Já é difícil o suficiente para os seres humanos serem amigos uns dos outros.

Ainda que ela pensasse em Ahajas como amiga... Ahajas, Dichaan, Nikanj... O que ela era para eles? Um instrumento? Uma perversão prazerosa? Um membro aceito no núcleo familiar? Aceito como o quê? Estava dando voltas. Teria sido melhor não se importar. Na Terra, isso não teria importância. Os Oankali a usavam implacavelmente para seus próprios propósitos, e ela se preocupava com o que pensavam dela.

— Como você pode ser tão forte assim? — perguntou Tate. — Como você conseguiu fazer tudo aquilo?

Lilith esfregou uma mão contra o rosto, cansada.

— Da mesma forma que consigo abrir as paredes. Os Oankali me alteraram um pouco. Sou forte. Eu me movimento rápido. Eu me curo rápido. E tudo isso deveria me ajudar a levar o maior número possível de vocês a passar por esta experiência e voltar à Terra. — Ela olhou ao redor. — Onde está Allison?

— Aqui. — A mulher deu um passo à frente.

Ela já tinha limpado a maior parte do sangue de seu rosto e agora parecia estar tentando demonstrar que nada tinha acontecido. Aquela era Allison. Ela não seria vista aparentando menos do que seu melhor por um instante a mais do que o necessário.

Lilith assentiu.

— Posso ver que você está bem.

— Sim. Obrigada. — Allison hesitou. — Olha, estou realmente grata a você, não importa qual venha a ser a verdade, mas...

— Mas?

Allison olhou para baixo e, então, pareceu se forçar a encarar Lilith.

— Não há nenhuma forma agradável de dizer isso, mas preciso perguntar. Você é realmente humana?

Lilith fixou os olhos nela, tentou trazer a indignação à tona, mas tudo que conseguiu foi o cansaço. Quantas vezes ela teria que responder a essa pergunta? E por que se dava a esse trabalho? As palavras dela iriam diminuir as suspeitas de alguém?

— Isso tudo seria infernalmente mais fácil se eu não fosse humana. Pense. Se eu não fosse humana, por que eu me preocuparia se você fosse estuprada?

Ela se dirigiu mais uma vez para seu quarto, então parou e se virou.

— Vou Despertar mais dez pessoas amanhã. As dez últimas.

12

Houve um rearranjo entre as pessoas. Algumas evitaram Lilith porque tinham medo dela, receio de que ela não fosse humana, ou não suficientemente humana. Outras vieram para o lado dela, porque acreditavam que ela venceria. Não sabiam o que aquilo poderia significar, mas achavam que era melhor estar com ela do que tê-la como inimiga. Seu grupo central – Joseph, Tate e Gabriel, Leah e Wray – não foi alterado. O grupo central de Peter mudou. Victor foi adicionado. Ele tinha uma personalidade forte e esteve Desperto por mais tempo do que a maioria das pessoas. Aquilo encorajou algumas dentre as recém-chegadas a segui-lo.

O próprio Peter foi substituído por Curt. O braço quebrado de Peter o manteve reservado, cabisbaixo e sozinho em seu quarto. De qualquer maneira, Curt era mais inteligente e fisicamente mais imponente. Provavelmente teria liderado o grupo desde o início se tivesse agido um pouco mais depressa.

O braço de Peter permaneceu quebrado, inchado, dolorido e imprestável por dois dias. Na noite do segundo dia, ele foi curado. Dormiu até tarde, perdeu o café da manhã, mas quando acordou seu braço não estava mais quebrado e ele era um homem extremamente amedrontado.

Os dois dias de dor debilitante não podiam ter sido ilusão ou armadilha. Os ossos de seu braço foram quebrados, gravemente quebrados. Todos que o examinaram viram seu deslocamento, inchaço e sua descoloração. Todos tinham visto que ele não conseguia utilizar a mão. E agora o braço não estava mais retorcido. Sua mão funcionava bem e com facilidade. As pessoas do próprio grupo de Peter o olhavam com desconfiança.

Após o almoço do dia em que foi curado, Lilith contou às pessoas histórias cautelosamente censuradas de sua vida entre os Oankali. Peter não ficou para ouvir.

— Você, mais do que os outros, precisa ouvir essas coisas — disse ela. — Os Oankali serão um choque, mesmo que você esteja preparado. Eles curaram seu braço enquanto você estava dormindo porque não queriam que se assustasse e lutasse com eles enquanto tentavam ajudá-lo.

— Diga a eles o quanto estou grato — ele resmungou.

— Eles querem sanidade, não gratidão. Querem, assim como eu, que você seja inteligente o suficiente para sobreviver.

Ele a encarou com um desprezo tão grande que tornou seu rosto quase irreconhecível. Lilith balançou a cabeça.

— Machuquei você porque estava tentando machucar outra pessoa. Ninguém mais feriu você de nenhuma maneira. — Ela fez uma pausa. — Um pouco de reflexão, Pete. Um pouco de sanidade.

Ela se levantou para deixá-lo. Ele apenas a observou com ódio e desdém.

— Agora somos 43 — ela informou. — Os Oankali podem se apresentar a qualquer momento. Não faça nada que os leve a mantê-lo aqui sozinho.

Ela partiu, com esperança de que ele começasse a reconsiderar certas escolhas. Com esperança, mas não com convicção.

Cinco dias depois de Peter ser curado, foram colocadas drogas na refeição da noite.

Lilith não tinha sido avisada. Comeu com os outros, sentada em um canto com Joseph. Enquanto comia, deu-se conta de um relaxamento crescente, uma espécie particular de conforto que a fez pensar em... Endireitou a postura. O que estava sentindo era algo que só tinha sentido antes, com Nikanj, no momento em que a criança estabeleceu uma conexão neural com ela.

E a doce névoa de expectativa se dissipou. Seu corpo parecia tê-la dispersado e ela ficou alerta de novo. A seu lado, as outras pessoas ainda conversavam umas com as outras, rindo um pouco mais do que antes. O riso nunca desaparecera completamente do grupo, embora em alguns momentos fosse raro. Tinham ocorrido mais brigas, mais sexo casual e menos risos nos últimos dias.

Agora, homens e mulheres começavam a se dar as mãos e a se sentar mais próximos uns dos outros. Abraçavam-se e sentiam provavelmente a melhor sensação que tinham desde que foram Despertados. Era pouco provável que qualquer um deles pudesse se desvencilhar daquele sentimento do modo como Lilith havia feito. Eles não tinham sido modificados por ooloi.

Ela olhou à sua volta para ver se os Oankali estavam por perto. Não havia sinal deles. Virou-se para Joseph, que estava sentado a seu lado franzindo a testa.

— Joe?

A expressão de seu rosto se suavizou e ele estendeu o braço para ela.

Lilith deixou que ele a puxasse para perto de si e então falou em seu ouvido:

— Os Oankali estão prestes a entrar. Fomos dopados.

Ele conseguiu superar o efeito das drogas.

— Achei... — Ele coçou o rosto. — Achei que algo estava errado. — Respirou fundo, então olhou ao redor. — Ali — sussurrou.

Ela seguiu a direção de seu olhar e viu que a parede entre os armários de comida estava ondulando e se abrindo, em pelo menos oito pontos. Os Oankali estavam entrando.

— Ah, não — Joseph exclamou, desviando o olhar. — Por que você não me deixou continuar sob o efeito reconfortante das drogas?

— Desculpe — respondeu Lilith, e pousou a mão no braço dele. Ele tivera apenas por uma breve experiência com um Oankali. O que quer que acontecesse poderia ser quase tão difícil para ele quanto para os outros. — Você foi modificado. Não acho que as drogas poderiam conter você assim que as coisas ficassem interessantes.

Mais Oankali passaram pelas aberturas. Lilith contou 28 ao todo. Seriam o suficiente para lidar com 43 humanos aterrorizados quando as drogas perdessem o efeito?

As pessoas pareceram reagir em câmera lenta àquela presença não humana. Tate e Gabriel se levantaram juntos, apoiando-se um no outro, olhando para os Oankali. Uma criatura ooloi se aproximou deles e eles recuaram. Não ficaram aterrorizados como poderiam ter ficado, mas estavam amedrontados. O ooloi falou com eles e Lilith percebeu que era Kahguyaht.

Ela ficou parada, contemplando o trio. Não conseguia distinguir cada uma das palavras daquilo que Kahguyaht estava dizendo, mas sua voz não tinha o tom que ela associaria a Kahguyaht. O tom era baixo, calmo, estranhamente convincente. O tom que Lilith tinha aprendido a associar a Nikanj.

Em outro ponto do salão, surgiu uma briga. Curt, apesar da droga, tinha atacado o ooloi que se aproximou dele. Todos os Oankali presentes eram ooloi.

Peter tentou partir em socorro a Curt, mas, atrás dele, Jean gritou e ele voltou para ajudá-la. Beatrice fugiu de sua companhia ooloi. Conseguiu dar vários passos correndo antes que a capturasse, envolvendo-a com um braço sensorial. Ela caiu, inconsciente.

Por toda a sala, outras pessoas caíram, todos os lutadores, todos os fugitivos. Nenhuma forma de pânico foi tolerada.

Tate, Gabriel e Leah ainda permaneciam acordados, mas Wray estava inconsciente. Uma figura ooloi parecia estar acalmando Leah, garantindo a ela que Wray estava bem.

Jean ainda estava consciente, apesar de seu pânico momentâneo, mas Peter estava caído no chão.

Celene estava paralisada no mesmo lugar. Um ooloi tinha tocado nela e, então, se contraído como se sentisse dor. Celene desmaiou.

Victor Dominic e Hilary Ballard estavam juntos, abraçados, embora não tivessem demonstrado nenhum interesse no outro até aquele momento.

Allison gritou e jogou a comida em alguém do grupo de ooloi, depois correu. Seu par ooloi a capturou, mas a manteve consciente, provavelmente porque ela não foi agressiva. Ficou paralisada, mas pareceu ouvir quando o ser ooloi falou em tom tranquilizador.

Em outro lugar do salão, pequenos grupos de pessoas, dando apoio umas às outras, confrontaram ooloi sem pânico. As drogas tinham as acalmado o suficiente. O salão era o cenário de um caos silencioso e estranhamente moderado.

Lilith observou Kahguyaht com Tate e Gabriel. Sentava-se de frente para eles, conversando e até dando a eles tempo para contemplarem o modo como suas articulações se dobravam e o modo como seus tentáculos sensoriais acompanhavam os movimentos. Quando Kahguyaht se mexeu, fez isso devagar. Quando falou, Lilith não conseguiu ouvir nada do desprezo intimidador ou da tolerância satisfeita a que ela estava acostumada.

— Você conhece aquele ali? — perguntou Joseph.

— Sim. É um dos progenitores de Nikanj. Nunca nos entendemos.

Do outro lado do salão, os tentáculos da cabeça de Kahguyaht se estenderam na direção dela por um instante e Lilith soube na hora que tinha sido ouvida. Pensou em dizer mais coisas, literalmente enchendo os ouvidos de Kahguyaht. Mas antes que pudesse começar, Nikanj chegou. Parou diante de Joseph e olhou para ele com seriedade.

— Você está se saindo muito bem. Como se sente?

— Estou bem.

— Você vai ficar bem. — Olhou para Tate e Gabriel. — Mas seus amigos, acho que não. Não os dois, pelo menos.

— O quê? Por que não?

Nikanj agitou seus tentáculos.

— Kahguyaht vai tentar. Adverti Kahguyaht, que admite que tenho talento com seres humanos, mas ainda assim os deseja intensamente. A mulher sobreviverá, o homem talvez não.

— Por quê? — perguntou Lilith.

— Talvez ele escolha não sobreviver. Mas Kahguyaht é hábil. Aqueles dois humanos são os mais calmos neste salão, além de vocês dois.

Nikanj desviou a atenção de Joseph. Seu instinto era de ajudar, curar feridas, interromper a dor. Ainda assim, tinha conhecimento suficiente para deixar que Joseph continuasse sentindo dor por ora.

— O que você está fazendo, prevendo o futuro? — perguntou Joseph. Sua voz era um murmúrio áspero. — Gabe vai se matar?

— Indiretamente, pode ser que sim. Espero que não. Não consigo prever nada. Talvez Kahguyaht os salve. Vale a pena salvá-lo. Mas seu comportamento prévio diz que será difícil lidar com ele.

Nikanj se aproximou e pegou as mãos de Joseph, que aparentemente era incapaz de continuar suportando a corrosão.

— Colocamos uma droga fraca na comida, neutra para ooloi — disse a ele. — Posso ajudá-lo com algo melhor.

Joseph tentou se desvencilhar, mas Nikanj ignorou seu esforço. Examinou a mão que ele havia machucado e deu a ele mais tranquilizantes, enquanto conversava em voz baixa:

— Você sabe que não vou machucá-lo. Você não tem medo de ferimentos ou dor. E seu medo de meu caráter estranho acabará passando. Não, não se mexa. Deixe seu corpo ficar mole. Deixe-o relaxar. Assim será mais fácil lidar com seu medo. Isso. Recoste-se na parede. Posso ajudá-lo a manter esse estado sem turvar sua mente, está vendo?

Joseph virou a cabeça a fim de olhar para Nikanj e depois desviou o olhar, em movimentos lentos, quase lânguidos, contrariando as emoções que estavam por trás deles. Nikanj se deslocou, para se sentar ao lado dele e mantê-lo imobilizado.

— Seu medo é menor do que era. E até mesmo o que você sente agora passará depressa.

Lilith observou Nikanj agindo, sabendo que só doparia Joseph levemente, talvez estimulando a liberação de suas próprias endorfinas e deixando que ele se sentisse relaxado e um pouco eufórico. Suas palavras, ditas com uma certeza tranquila, apenas reforçavam novas sensações de segurança e bem-estar.

Joseph suspirou.

— Não entendo por que sua imagem deveria me assustar tanto — Joseph confessou. Ele não parecia amedrontado. — Você não parece uma ameaça. Parece apenas... muito diferente.

— Para a maioria das espécies, o diferente é ameaçador — respondeu Nikanj, relaxando seus tentáculos. — O diferente é perigoso e vai matar você. Era assim com seus ancestrais animais e seus parentes animais mais próximos. E é assim com vocês. É mais seguro para seu povo superar esse sentimento individualmente do que como membros de um grupo amplo. É por isso que lidamos com essa situação do modo que lidamos. — Olhou para os indivíduos e casais humanos ali perto, cada um com uma companhia ooloi. Voltou sua atenção para Lilith. — Teria sido mais fácil ser tratada dessa forma, com drogas e um ooloi adulto.

— Por que não fui?

— Você estava sendo preparada para mim, Lilith. Os adultos acreditaram que você se uniria melhor comigo no estágio pré-adulto. Jdahya acreditava que poderia trazê-la para mim sem usar drogas, e ele estava certo.

Lilith deu de ombros.

— Eu não gostaria de passar por nada daquilo novamente.

— Você não vai. Olhe para sua amiga Tate.

Lilith se virou e viu que Tate tinha estendido a mão a Kahguyaht. Gabriel agarrou sua mão e a puxou, discutindo. Tate disse apenas algumas palavras, enquanto Gabriel disse várias, mas depois de algum tempo, ele a soltou. Kahguyaht não tinha se mexido nem falado. Esperou. Deixou que Tate examinasse novamente seu corpo, talvez criando coragem de novo. Quando ela estendeu a mão de novo, Kahguyaht a prendeu em uma espiral de seu braço sensorial, fazendo um movimento que pareceu inacreditavelmente ágil, ainda que gentil e nada ameaçador. O braço se moveu como uma cobra pronta para o ataque, ainda que houvesse uma gentileza estranha. Tate não pareceu sequer se surpreender.

— Como Kahguyaht consegue se mover daquela maneira? — Lilith murmurou.

— Kahguyaht estava com medo de que ela não teria coragem de concluir o gesto — respondeu Nikanj. — Acho que tinha razão.

— Quantas e quantas vezes retrocedi...

— Jdahya teve que obrigá-la a fazer todo o trabalho sozinha. Não podia ser diferente.

— O que vai acontecer agora? — perguntou Joseph.

— Vamos ficar com vocês por vários dias. Quando estiverem acostumados conosco, vamos levá-los para o campo de treinamento que criamos, a floresta. — Nikanj se dirigiu a Lilith. — Por um breve período, você não terá nenhuma obrigação. Eu poderia levá-la, e a seu parceiro, lá para fora por algum tempo, para mostrar a ele algo mais da nave.

Lilith percorreu o salão com os olhos. Nenhuma briga, nenhum terror manifesto. As pessoas que não conseguiam se controlar estavam inconscientes. As outras estavam totalmente concentradas em suas companhias ooloi e sofriam devido a uma confusa combinação de medo e bem-estar induzido por drogas.

— Sou o único ser humano que tem alguma ideia do que está acontecendo — Lilith considerou. — Alguns deles podem querem conversar comigo.

Silêncio.

— É. O que você acha, Joe? Quer dar uma olhada lá fora?

Ele franziu a testa.

— O que não está sendo dito?

Ela suspirou.

— Os humanos não vão nos querer por perto por algum tempo. Na verdade, você pode não querer que eles fiquem perto de você. É uma reação às drogas ooloi. Por isso, temos duas escolhas: ficar aqui e sermos ignorados ou sair.

Nikanj enrolou a extremidade de um de seus braços sensoriais em torno do pulso dela, induzindo-a a considerar uma terceira possibilidade. Ela não disse nada, mas o entusiasmo que brotou subitamente nela era tão intenso que se tornou suspeito.

— Solte!

Nikanj a soltou, mas agora estava completamente concentrado nela. Sentia o sobressalto de seu corpo em reação à sua insinuação silenciosa – ou à sua insinuação química.

— Você fez isso? — ela questionou. — Você... injetou algo?

— Nada. — Envolveu seu braço sensorial livre em volta do pescoço dela. — Ah, mas vou "injetar algo". Podemos sair depois.

O ooloi se levantou, erguendo-os consigo.

— O quê? — Joseph exclamou enquanto era puxado para ficar em pé. — O que está acontecendo? — Ninguém respondeu, mas ele não resistiu ao ser guiado para o quarto de Lilith. Enquanto Lilith fechava a passagem de entrada, ele perguntou de novo. — O que está acontecendo?

Nikanj escorregou seu braço sensorial, soltando-o do pescoço de Lilith.

— Espere — disse a Lilith.

Então, concentrou-se em Joseph, soltando-o, mas sem se afastar.

— A segunda vez será mais difícil para você. Não lhe dei escolha da primeira vez. Você poderia não entender o que havia para escolher. Agora você faz uma pequena ideia. E pode escolher.

Agora ele compreendia.

— Não! — respondeu ele enfaticamente. — De novo, não! — Silêncio. — Prefiro a coisa real!

— Com Lilith?

— Óbvio. — Ele parecia prestes a dizer mais alguma coisa, mas vislumbrou Lilith e ficou em silêncio.

— Mais exatamente, com qualquer humano do que comigo — Nikanj complementou, com brandura. — Ainda assim, eu agradei você. Agradei você, e muito.

— Com uma ilusão!

— Interpretação. Estimulação eletroquímica de certos nervos, certas partes de seu corpo... O que aconteceu foi real. Seu corpo sabe o quanto foi real. Suas interpretações foram a ilusão. As sensações foram completamente reais. Você pode tê-las de novo, ou pode ter outras.

— Não!

— E tudo que você tiver poderá compartilhar com Lilith. — Silêncio. — Tudo que ela sente, ela irá compartilhar com você. — Aproximou-se e segurou sua mão com uma espiral de seu braço sensorial. — Não vou machucá-lo. E ofereço uma integração pela qual seu povo aspira, com a qual sonha, mas não consegue realmente alcançar sozinho.

Ele puxou o braço, desvencilhando-se.

— Você disse que eu poderia escolher. Fiz minha escolha!

— Sim, você fez. — Nikanj abriu o jaleco de Joseph com suas mãos cheias de dedos e despiu seu traje. Quando ele quis se afastar, segurou-o. Conseguiu se deitar na cama com ele, sem parecer forçá-lo a se deitar. — Vê. Seu corpo fez uma escolha diferente.

Ele lutou violentamente por vários segundos e então parou.

— Por que está fazendo isso? — Joseph o questionou.

— Feche os olhos.

— O quê?

— Deite-se aqui comigo por um instante e feche os olhos.

— O que você vai fazer?

— Nada. Feche os olhos.

— Não confio em você.

— Você não está com medo de mim. Feche os olhos.

Silêncio.

Depois de um longo tempo, ele fechou os olhos e se deitaram lado a lado. No início, Joseph manteve o corpo rígido, mas como nada acontecia, lentamente começou a relaxar. Algum tempo depois, sua respiração serenou e ele pareceu dormir.

Lilith se sentou na mesa e esperou, observando. Paciente e interessada. Aquela poderia ser sua única chance de observar de perto enquanto um ser ooloi seduzia alguém. Pensou que deveria incomodá-la o fato de que esse "alguém", no caso, era Joseph. Ela sabia mais do que gostaria sobre os sentimentos descontroladamente conflituosos a que ele estava sendo submetido agora.

Ainda assim, quanto a esse assunto, ela confiava completamente em Nikanj, que estava se divertindo com Joseph. Não iria estragar seu divertimento o machucando ou o apressando. Provavelmente, mas de uma maneira perversa, Joseph também estava se divertindo, embora não pudesse confessar isso.

Lilith estava cochilando quando Nikanj acariciou os ombros de Joseph, acordando-o. E a voz de Joseph a acordou.

— O que está fazendo? — perguntou ele.

— Acordando você.

— Eu não estava dormindo! — Silêncio. — Meu Deus. Caí no sono, não foi? Você deve ter me dopado.

— Não.

Ele coçou os olhos, mas não fez nenhum esforço para se levantar.

— Por que você... simplesmente não fez o que queria?

— Eu disse. Desta vez você pode escolher.

— Escolhi. E você me ignorou.

— Seu corpo disse uma coisa. Suas palavras disseram outra. — Nikanj moveu seu braço sensorial para a nuca de Joseph, enlaçando seu pescoço em uma espiral folgada. — É essa a posição. Paro agora se desejar.

Houve um instante de silêncio e então Joseph deu um longo suspiro.

— Não posso dar a você, ou a mim mesmo, permissão para isso. Não importa o que eu sinta, não posso.

A cabeça e o corpo de Nikanj ficaram lisos como um espelho. A mudança foi tão drástica que Joseph deu um salto e se afastou.

— Agora isso... diverte você? — perguntou ele, em tom amargo.

— Isso me agrada. Era o que eu esperava.

— Então... o que acontece agora?

— Você é muito decidido. Pode se machucar tão profundamente quanto imagina ser necessário a fim de alcançar um objetivo ou manter uma convicção.

— Desista de mim.

Nikanj alisou novamente os tentáculos.

— Seja grato, Joseph. Não vou desistir de você.

Lilith viu o corpo de Joseph endurecer, se debater e então relaxar, e ela soube que Nikanj o tinha analisado corretamente. Ele não lutou nem discutiu enquanto Nikanj o colocava em uma posição mais confortável encostado em seu próprio corpo. Lilith viu que ele havia fechado os olhos de novo, com uma expressão pacífica no rosto. Agora estava pronto para aceitar o que tinha desejado desde o começo.

Em silêncio, Lilith se levantou, despiu seu jaleco e se aproximou da cama. Ficou em pé ao lado dos dois. Por um instante, viu Nikanj como tinha visto Jdahya no passado: um ser totalmente alienígena, grotesco, repulsivo não apenas por sua feiura mas também pelos tentáculos pelo corpo que pareciam minhocas e os tentáculos na cabeça que pareciam cobras, e sua tendência a mantê-los em movimento, indicando atenção e emoção.

Ela ficou paralisada e fez tudo que pôde para evitar dar as costas e sair correndo.

O instante passou, deixando-a quase sem fôlego. Ela deu um salto quando Nikanj tocou nela com a ponta de um de seus braços sensoriais. Ela olhou para aquele ser por um instante mais longo, perguntando-se como tinha perdido o horror de tal criatura.

Então se deitou, ansiando perversamente por aquilo que Nikanj tinha a oferecer. Acomodou-se encostada em seu corpo e não ficou satisfeita até sentir o toque enganadoramente leve de sua mão sensorial e o tremor do corpo ooloi contra o seu.

13

Os humanos foram mantidos sob o efeito de drogas por dias. Cada indivíduo ou casal era vigiado por um acompanhante ooloi.

— Impressão é a melhor palavra para o que estão fazendo — Nikanj explicou a Joseph. — Impressão química e social.

— O mesmo que você está fazendo comigo! — Joseph o acusou.

— O que estou fazendo com você, o que fizemos com Lilith... Isso precisa ser feito. Ninguém será colocado de volta na Terra sem isso.

— Por quanto tempo ficarão sob o efeito de drogas?

— Alguns não estão sob o efeito de drogas pesadas agora. Tate Marah não está. Gabriel Rinaldi está. — Nikanj se voltou para Joseph. — Você não está. E sabe disso.

Joseph desviou o olhar.

— Ninguém deveria estar.

— No fim, ninguém estará. Nós entorpecemos seu medo natural dos estranhos e da diferença. Vamos evitar que vocês machuquem ou matem a si mesmos ou a nós. Ensinaremos formas mais prazerosas de fazer as coisas.

— Isso não é suficiente!

— É um começo.

14

A companhia ooloi de Peter provou que ooloi não eram infalíveis. Sob o efeito de drogas, Peter era um homem diferente, já que, talvez pela primeira vez desde seu Despertar, estava em paz, sem lutar nem consigo mesmo, sem tentar provar nada, fazendo piadas com Jean e seu par ooloi sobre seu braço e a briga.

Lilith, ao ouvir isso mais tarde, se perguntou o que havia de engraçado naquele incidente. Mas as drogas produzidas por ooloi podiam ser potentes. Sob sua influência, Peter poderia ter rido de qualquer coisa. Sob sua influência, ele aceitou a união e o prazer. Quando foi permitido que aquela influência diminuísse e Peter começou a pensar, ele aparentemente decidiu que tinha sido humilhado e escravizado. A droga, para ele, não pareceu um modo indolor para se acostumar a não humanos assustadores, mas um modo de voltá-lo contra si mesmo, levando-o a se rebaixar às perversões alienígenas. Sua humanidade fora profanada. Sua masculinidade fora retirada.

A figura ooloi que acompanhava Peter deveria ter percebido que, em algum momento, o que ele dizia e a expressão que apresentava pararam de concordar com o que seu corpo expressava. Talvez não soubesse o suficiente sobre seres humanos para lidar com alguém como Peter. Era mais velho do que Nikanj, tinha mais ou menos a idade de Kahguyaht. Mas não era tão sagaz e talvez não fosse tão inteligente.

Trancado no quarto de Peter, a sós com ele, sua companhia ooloi se deixou atacar e espancar pelos punhos desprotegidos de Peter.

Para a infelicidade de Peter, ele golpeou um ponto sensível em seu primeiro golpe e desencadeou os reflexos defensivos de seu par ooloi, que o atingiu com uma ferroada letal antes de conseguir recobrar o controle de si. Peter caiu, sofrendo convulsões. Contraindo-se, seus próprios músculos quebraram vários de seus ossos, e ele entrou em choque.

Seu parceiro ooloi tentou ajudá-lo assim que se recuperou do momento mais intenso da própria dor, mas era tarde demais. Ele estava morto. A criatura se sentou ao lado do cadáver, com os tentáculos de sua cabeça e de seu corpo enrolados formando nós duros. Não se moveu nem falou. Sua carne fria se tornou ainda mais fria e tinha a aparência de estar tão sem vida quanto o humano a quem aparentemente velava.

Não havia Oankali observando do alto. Peter poderia ter sido salvo se houvesse. Mas o grande salão estava repleto de ooloi. Qual era a necessidade de manter a observação?

Quando um dos ooloi notou Jean sentada sozinha e desamparada do lado de fora do quarto fechado, era tarde demais. Não havia nada a fazer, a não ser levar o corpo de Peter para fora e providenciar um novo parceiro para aquela criatura ooloi, que estava catatônica.

Jean, ainda levemente sob o efeito das drogas, assustada e sozinha, isolou-se das pessoas reunidas no salão. Manteve-se afastada e observou quando o corpo de Peter foi carregado para fora. Lilith a viu e se aproximou dela sabendo que não poderia ajudar, mas com esperança de, ao menos, confortá-la.

— Não! — Jean gritou, recuando na direção da parede. — Vá embora!

Lilith suspirou. Jean estava passando por um período prolongado de reclusão induzida por ooloi. Todos os humanos que foram mantidos sob forte efeito de drogas estavam assim, incapazes de tolerar a proximidade de qualquer um, exceto de seu parceiro humano e da companhia ooloi que os havia dopado. Nem Lilith nem Joseph haviam sentido essa reação extrema. Lilith mal havia notado qualquer reação além da aversão mais intensa a Kahguyaht na época em que Nikanj amadureceu, vinculando-a a si. Mais recentemente, Joseph reagiu ficando perto de Lilith e de Nikanj por alguns dias. Então, sua reação passou. A de Jean estava longe de passar. O que aconteceria com ela agora?

Lilith procurou por Nikanj. Notou que estava em um grupo de ooloi. Aproximou-se e colocou uma mão em seu ombro. Nikanj se voltou para ela sem se afastar ou interromper os contatos de seus vários tentáculos sensoriais e de seus braços sensoriais com os demais. Ela falou com a extremidade de um fino cone de tentáculos de sua cabeça.

— Você não pode ajudar Jean?

— A ajuda para ela está vindo.

— Olhe para ela! Ela vai sucumbir antes que a ajuda chegue aqui.

O cone se voltou para Jean. Ela tinha se enfiado em um canto. Agora estava chorando baixinho e olhando à sua volta, confusa. Era uma mulher alta, de constituição forte. Entretanto, naquele instante, parecia uma criança grande.

Nikanj se separou do grupo de ooloi, aparentemente colocando fim a qualquer comunicação que estivesse acontecendo. O grupo se dispersou e os ooloi foram até seus respectivos protegidos humanos que esperavam, distantes entre si, a sós ou em duplas. No momento em que a notícia da morte se espalhou, todos os humanos, exceto Lilith e Jean, estavam sob efeito pesado das drogas.

Nikanj tinha se recusado a drogar Lilith. Confiava nela

para controlar o próprio comportamento. E ooloi confiavam em Nikanj. Quanto a Jean, não havia ninguém presente que pudesse lhe administrar drogas sem lhe causar algum dano. Nikanj se aproximou a cerca de três metros de Jean. Parou ali e esperou até que ela notasse sua presença. Ela tremeu, mas não tentou se encolher ainda mais em seu canto.

— Não vou chegar mais perto — disse Nikanj calmamente. — Outros virão ajudá-la. Você não está só.

— Mas... Mas estou só — ela murmurou. — Eles morreram. Eu vi.

— Um deles está morto — Nikanj corrigiu, mantendo seu tom de voz baixo. Ela escondeu o rosto entre as mãos e balançou a cabeça de um lado para o outro. — Peter está morto — explicou a ela —, mas Tehjaht tem apenas... um ferimento. E você tem irmãos e irmãs vindo para ajudá-la.

— O quê?

— Eles vão ajudá-la.

Ela se sentou no chão, cabisbaixa, com a voz abafada enquanto falava.

— Nunca tive irmãos ou irmãs. Nem mesmo antes da guerra.

— Tehjaht tem parceiros. Eles vão cuidar de você.

— Não. Eles vão me culpar... porque Tehjaht sofreu um ferimento.

— Eles vão ajudá-la. Vão ajudar os dois, você e Tehjaht.

Ela franziu a testa, parecendo mais infantil do que nunca, enquanto tentava compreender. Então seu rosto mudou. Curt, sob forte efeito de drogas, avançava devagar junto à parede em sua direção. Ele se manteve a uma distância cômoda de Nikanj, mas se aproximou um pouco demais de Jean. Ela se encolheu, afastando-se dele.

Curt balançou a cabeça e deu um passo para trás.

— Jeanie? — ele chamou. Sua voz pesada soou alta demais, como se ele estivesse bêbado.

Jean deu um salto, mas não disse nada.

Curt encarou Nikanj.

— Ela é uma das nossas! Deveríamos ser nós a cuidar dela!

— Isso não é possível — respondeu Nikanj.

— Deveria ser possível! Deveria! Por que não é?

— O vínculo que ela tem com seu par ooloi é forte demais, extremamente reforçado, como o seu com seu parceiro ooloi. Depois, quando o vínculo for mais atenuado, vocês serão capazes de se aproximar dela novamente. Agora, não.

— Desgraçado, ela precisa de nós agora!

— Não.

A companhia ooloi de Curt veio até ele e o puxou pelo braço. Curt teria se desvencilhado, mas de repente sua força pareceu tê-lo abandonado. Ele cambaleou e caiu de joelhos. Ali ao lado, Lilith desviou o olhar. Curt era tão pouco propenso a perdoar qualquer humilhação quanto Peter fora. E não estaria sempre dopado. Ele se lembraria daquilo.

O par ooloi de Curt o ajudou a ficar em pé e o conduziu ao quarto que agora ambos compartilhavam com Celene. Enquanto saía, a parede se abriu na extremidade mais distante do salão e um Oankali do sexo masculino e outro do sexo feminino entraram.

Nikanj fez um gesto ao casal e eles vieram em sua direção. Agarravam-se um ao outro, caminhando como se estivessem feridos, como se sustentassem um ao outro. Eram dois, quando deveriam ser três, faltava-lhes uma parte essencial.

O macho e a fêmea avançaram. Passando por Nikanj, foram até Jean. Amedrontada, ela enrijeceu. Então, franziu a testa como se algo tivesse sido dito e ela não tivesse ouvido completamente.

Lilith observava com tristeza, sabendo que os primeiros sinais que Jean recebeu foram olfativos. O macho e a fêmea tinham um cheiro bom, um cheiro familiar, todos estavam unidos por uma mesma parceria ooloi. Quando eles seguraram as mãos dela, sentiram-se bem. Houve uma afinidade química real.

Jean ainda parecia estar com medo dos dois estranhos, mas também estava aliviada. Eram o que Nikanj disse que seriam: pessoas que podiam ajudar. Sua família.

Ela permitiu que eles a conduzissem ao quarto onde Tehjaht se sentava, imóvel. Nenhuma palavra foi dita. Estranhos de diferentes espécies haviam sido aceitos como membros da família. Um amigo e aliado humano fora rejeitado. Lilith ficou parada observando Jean, sem estar sequer ciente da aproximação de Joseph. Ele estava sob o efeito de drogas, mas as drogas o deixavam apenas imprudente.

— Peter estava certo — disse ele, irritado.

Ela franziu a testa.

— Peter? Certo em tentar matar? Certo em morrer?

— Ele morreu como um ser humano! E quase conseguiu levar um deles junto!

Lilith olhou para ele.

— E daí? O que mudou? Na Terra, poderemos mudar as coisas. Não aqui.

— Até lá, vamos querer mudá-las? Eu me pergunto: o que seremos? Não seres humanos. Não mais.

IV
CAMPO DE
TREINAMENTO

1,

O salão de treinamento era marrom, verde e azul. O solo marrom, lamacento, era visível por baixo de uma fina camada de folhas dispersas. A água marrom, lamacenta, corria além do terreno, cintilando sob a luz do que parecia ser o sol. A água tinha sedimentos demais para ser azul. No entanto, o céu era de um azul profundo e intenso. Não havia vapor nem neblina, apenas algumas nuvens remanescentes de uma chuva recente.

Do outro lado do vasto rio, a cor predominante era verde. Na parte de cima havia uma cobertura de copas bastante realista, de árvores de todos os tamanhos, muitas delas carregadas com uma profusão de outras formas de vida: bromélias, orquídeas, samambaias, musgos, líquens, lianas, trepadeiras parasitas, além de uma generosa variedade de insetos e alguns sapos, lagartos e cobras.

Uma das primeiras coisas que Lilith tinha aprendido durante seu treinamento era a não encostar nas árvores.

Havia algumas flores, principalmente bromélias e orquídeas, que ficavam no alto das árvores. No solo, qualquer objeto colorido e estático era provavelmente uma folha ou algum tipo de fungo. O verde estava por toda parte. A vegetação de arbustos era rala o suficiente para se caminhar por ela sem dificuldade, exceto nas proximidades do rio, onde, em alguns pontos, uma machete era essencial, embora proibida.

— As ferramentas virão depois — Nikanj explicou a Lilith. — Agora, vamos deixar que os humanos se acostumem a estar aqui. Deixe que explorem à vontade e vejam por si mesmos que estão em uma floresta ou uma ilha. Queremos que comecem a sentir como é viver aqui. — Hesitou. — Que se estabeleçam mais firmemente em suas casas com suas companhias ooloi. Agora podem tolerar uns aos outros. Precisam aprender que não é vergonhoso estarem juntos.

Nikanj foi com Lilith à margem do rio, em um local onde uma grande porção de terra tinha desbarrancado e caído dentro da água, levando várias árvores e grande parte dos arbustos. Ali, não havia dificuldade para chegar até a água, embora houvesse um declive acentuado a cerca de três metros. Na beirada do declive estava um dos colossos da ilha, uma enorme árvore com raízes aéreas que se estendiam bem acima da cabeça de Lilith e que separavam o terreno do entorno em quartos individuais. Apesar da grande variedade de formas de vida que a árvore sustentava, Lilith estava entre duas dessas raízes aéreas, dois terços dela cobertos pela árvore. Ela se sentia envelopada em algo solidamente terreno. Algo que em breve seria solapado, como seus vizinhos foram, que em breve cairia no rio e morreria.

— Eles vão derrubar as árvores, sabe? — ela sussurrou. — Vão fazer barcos e jangadas. Acham que estão na Terra.

— Alguns deles acreditam no contrário — Nikanj comentou. — Acreditam porque você acredita.

— Isso não vai impedi-los de construir barcos.

— Não. E não vamos tentar impedir isso. Vamos deixar que remem seus barcos até as paredes e voltem. Não há saída para eles exceto a que oferecemos: aprenderem a se alimentar e se abrigar neste ambiente para se tornarem autossustentáveis. Quando tiverem feito isso, vamos levá-los à Terra e libertá-los.

Nikanj sabe que eles vão fugir, pensou Lilith. Tinha que saber. Ainda assim, falava sobre assentamentos mistos, de humanos e Oankali, assentamentos de parceria para permuta nos quais ooloi controlariam a fertilidade e a "miscigenação" de crianças dos dois grupos.

Ela olhou para cima, para as raízes aéreas, inclinadas e cuneiformes. Semienclausurada como estava, ela não conseguia ver nem Nikanj nem o rio. Havia apenas a floresta marrom e verde, a ilusão de vida selvagem e isolamento.

Nikanj a deixou com aquela ilusão por algum tempo. Não disse nada e não fez nenhum som. Os pés dela estavam cansados e ela olhou ao redor em busca de algo onde se sentar. Não queria retornar para junto dos outros tão cedo.

Agora eles conseguiam tolerar uns aos outros novamente; a fase mais difícil, de formação dos vínculos, tinha terminado. Havia pouca administração de drogas ainda em curso. Curt e Gabriel ainda estavam sob o efeito de drogas, assim como alguns outros. Lilith estava preocupada com eles. Curiosamente, ela também os admirava por serem capazes de resistir ao condicionamento. Eram fortes? Ou simplesmente incapazes de se adaptar?

— Lilith? — perguntou Nikanj em voz baixa.

Ela não respondeu.

— Vamos voltar, Lilith — disse Nikanj.

Ela tinha encontrado uma raiz grossa e seca de liana para se sentar. Estava pendurada como em um balanço, descendo da copa da árvore, então se curvando novamente para cima, prendendo-se nos galhos de uma árvore vizinha e menor antes de cair no solo e se enraizar. A raiz era mais grossa do que algumas árvores e os poucos insetos que residiam nela pareciam inofensivos. Era um assento sem conforto, retorcido e duro, mas Lilith ainda não estava pronta para deixá-lo.

— O que vocês vão fazer com os seres humanos que não conseguirem se adaptar? — perguntou Lilith.

— Se não forem violentos, vamos levá-los para a Terra com o restante de vocês.

Nikanj se aproximou das raízes aéreas, destruindo sua sensação de estar sozinha e em casa. Nada que se parecesse e se movesse como Nikanj poderia vir de casa. Ela se levantou, esgotada, e caminhou a seu lado.

— As formigas picaram você? — perguntou a ela.

Ela balançou a cabeça. Nikanj não gostava que escondesse pequenos ferimentos. Considerava que sua saúde era, em grande medida, de sua conta e cuidava de suas picadas de insetos, especialmente de mosquitos, ao fim de cada dia. Lilith pensou que teria sido mais fácil ter deixado os mosquitos fora dessa pequena Terra simulada. Mas os Oankali não pensavam dessa forma. A simulação de uma floresta tropical da Terra precisava ser completa, com cobras, centopeias, mosquitos e outras criaturas com as quais Lilith preferiria não ter que conviver. *Por que os Oankali se preocupam?*, pensou ela, com cinismo. Nada os picaria.

— Vocês são tão poucos — disse Nikanj enquanto caminhavam. — Ninguém quer desistir de nenhum de vocês. — Ela teve que pensar retroativamente para entender sobre o que estava falando. — Alguns de nós achávamos que deveríamos ter adiado a formação de vínculos com vocês até que fossem trazidos para cá. Aqui teria sido mais fácil para vocês se unirem e se tornarem uma família.

Lilith olhou para Nikanj com relutância, mas não disse nada. Famílias tinham crianças. Estaria dizendo que as crianças deveriam ser concebidas e nascer ali?

— Mas a maioria de nós não conseguiu esperar — Nikanj continuou. Envolveu um braço sensorial em torno do pescoço dela sem apertar. — Talvez seria melhor para nossos dois povos se não fôssemos tão fortemente atraídos por vocês.

2

As ferramentas, quando finalmente distribuídas, eram: lona encerrada, facões, machados, pás, enxadas, panelas de metal, cordas, redes, cestos e esteiras. Lilith conversou em particular com cada um dos humanos mais perigosos antes de receberem suas ferramentas.

Vocês não terão uma segunda chance, pensou ela, farta.

— Não me importo com o que você pensa de mim — disse a Curt. — Você é o tipo de homem que a humanidade vai precisar lá na Terra. Foi por isso que acordei você. Quero que viva para que possa voltar para lá. — Ela hesitou. — Não siga o caminho de Peter, Curt.

Ele a olhou. Apenas recentemente ficara livre do efeito das drogas, apenas recentemente era capaz de usar a violência.

— Faça-o dormir de novo! — Lilith pediu a Nikanj. — Deixe que ele esqueça! Não vá dar uma machete para ele e esperar até que ele a use em alguém.

— Yahjahyi acha que ele vai ficar bem. — Yahjahyi era o parceiro ooloi de Curt.

— Acha? — perguntou Lilith. — E o que o par ooloi de Peter achava?

— Nunca disse a ninguém o que achava. Resultado: ninguém percebeu que estava com problemas. Comportamento inacreditável. Como disse, teria sido melhor se não fôssemos tão atraídos por vocês.

Ela fez que não com a cabeça.

— Se Yahjahyi acha que Curt ficará bem, está se iludindo.

— Ficaremos de olho em Curt e Yahjahyi — disse Nikanj. — Curt vai atravessar um período perigoso agora, mas Yahjahyi se preparou. Até mesmo Celene se preparou.

— Celene! — Lilith exclamou com desdém.

— Você fez um bom trabalho unindo os dois. Bem melhor do que com Peter e Jean.

— Eu não uni Peter e Jean. Os temperamentos deles levaram a isso, como fogo e gasolina.

—... certo. De qualquer maneira, Celene não está preparada para perder outro parceiro. Ela vai se agarrar a ele. E Curt, assim que a enxergar como muito mais vulnerável do que ela é, terá um bom motivo para não se arriscar, para não correr o risco de deixá-la sozinha. Eles vão ficar bem.

— Não vão, não — disse Gabriel a ela depois.

Ele também estava, finalmente, livre do efeito das drogas, mas agora lidava melhor com isso.

Kahguyaht, que tinha sido tão ávido por pressionar Lilith, coagi-la, ridicularizá-la, parecia infinitamente paciente com Tate e Gabriel.

— Veja as coisas do ponto de vista de Curt — disse Gabriel.

— Ele não está sequer no controle do que seu corpo faz ou sente. Foi subjugado como uma mulher e... Não, não precisa explicar! — Levantou a mão para impedi-la de interrompê-lo. — Ele sabe que ooloi não são do sexo masculino. Sabe que todo o sexo se passa em sua cabeça. Não importa. Não importa, porra! Tem alguém acionando todos os seus botões. Ele não pode deixar esse alguém sair livre disso.

Francamente amedrontada, Lilith perguntou:

— Como você... ficou em paz com isso?

— Quem disse que estou em paz?

Ela o encarou.

— Gabe, não podemos perder você também.

Ele sorriu. Dentes lindos, perfeitos, brancos. Fizeram Lilith pensar em algum predador.

— Não dou o próximo passo até entender o momento em que estou agora. Você sabe que ainda não acredito que isto não é a Terra.

— Eu sei.

— Uma floresta tropical em uma nave espacial. Quem acreditaria nisso?

— Mas os Oankali... Você consegue perceber que não são da Terra.

— Claro. Mas estão aqui agora no que certamente tem a aparência, os sons e os cheiros da Terra.

— Mas não é.

— É o que você diz. Cedo ou tarde vou descobrir por mim mesmo.

— Kahguyaht pode mostrar coisas a você que o fariam ter certeza agora. E poderiam até convencer Curt.

— Nada vai convencer Curt. Nada vai atingi-lo.

— Você acha que ele vai fazer o mesmo que Peter fez?

— Com muito mais eficiência.

— Ah, Deus. Você sabia que eles colocaram Jean novamente em animação suspensa? Ela nem mesmo vai se lembrar de Peter quando acordar.

— Ouvi dizer. Isso facilitará para ela quando a colocarem com outro cara, imagino.

— É isso que você iria querer para Tate?

Ele deu de ombros, virou as costas e saiu andando.

3

L
ilith ensinou todos os humanos a fazerem telhas de palha e as colocarem em fileiras sobrepostas sobre os abrigos para que não tivessem vazamentos. Ela mostrou as melhores árvores de corte para pisos e estruturas. Todos trabalharam por vários dias para construir uma grande palafita com telhado de palha, bem acima da marca do nível de cheia do rio. A cabana era análoga àquela em que todos eles se comprimiam até o momento, que Lilith e o grupo de ooloi tinham construído e que, depois, ooloi tinham levado através dos quilômetros de corredores ao salão de treinamento.

Ooloi deixaram essa segunda construção exclusivamente para seres humanos. Observavam ou se sentavam para conversar entre si ou desapareciam realizando suas próprias tarefas. Mas, quando o trabalho foi concluído, trouxeram um pequeno banquete para celebrar.

— Não vamos mais fornecer comida por um longo tempo — disse um deles ao grupo. — Vocês vão aprender a se alimentar do que cresce aqui e a cultivar hortas.

Ninguém ficou surpreso. Já vinham cortando pencas de bananas verdes das árvores, pendurando-as em vigas ou nas cercas das varandas. À medida que as bananas amadureciam, os humanos descobriam que tinham que competir com os insetos por elas.

Algumas poucas pessoas começaram a cortar abacaxis e a colher mamões e frutas-pão. A maioria das pessoas não gostava da fruta-pão até que Lilith mostrou a variedade da fruta com caroço. Quando assaram e comeram as sementes como ela orientou, perceberam que tinham comido aquilo o tempo todo, desde o grande salão.

Tinham arrancado mandioca da terra e descoberto o inhame que Lilith havia plantado durante o próprio treinamento. Agora era hora de começarem a plantar suas próprias safras.

E talvez agora fosse a hora de os Oankali começarem a ver o que iriam colher do cultivo humano.

Dois homens e uma mulher pegaram as ferramentas que lhes foram atribuídas e desapareceram floresta adentro. Na verdade, não sabiam o suficiente para ficarem sozinhos, mas desapareceram. Seus parceiros ooloi não foram atrás deles.

Unindo seus tentáculos de cabeça e braços sensoriais por um instante, o grupo de ooloi pareceu chegar a um rápido consenso. Ninguém do grupo daria atenção às três pessoas desaparecidas.

— Ninguém fugiu — Nikanj explicou a Joseph e Lilith quando eles perguntaram o que seria feito. — As pessoas desaparecidas ainda se encontram na ilha. E estão sendo observadas.

— Observadas através de todas essas árvores? — Joseph questionou.

— A nave as está acompanhando. Se forem feridas, serão ajudadas.

Outros humanos deixaram o assentamento. À medida que os dias passavam, algumas de suas companhias ooloi pareciam nitidamente perturbadas. Mantinham-se em seus cantos, sentadas, imóveis como rochas, com os tentáculos de suas cabeças e corpos enrolados em nós duros e escuros que pareciam, como Leah disse, tumores grotescos. Podia-se gritar com aquelas criaturas ooloi, tropeçar nelas, podia chover sobre elas: nunca se mexiam. Quando os tentáculos de suas cabeças pararam de seguir os movimentos de quem estava à sua volta, seus parceiros chegaram para cuidar deles.

Oankali machos e fêmeas saíram da floresta e se encarregaram do grupo de ooloi. Lilith nunca viu nenhum deles ser chamado, mas viu um casal chegando.

Ela partiu sozinha a um ponto do rio onde havia uma árvore de fruta-pão extremamente carregada. Tinha escalado a árvore, não apenas para pegar as frutas, mas para aproveitar a beleza da árvore e a solidão. Nunca foi uma grande escaladora, nem mesmo quando criança, mas durante seu treinamento desenvolvera habilidades de escalada e confiança, além da paixão por estar tão próxima a algo tão terrestre.

De cima da árvore, viu dois Oankali saindo da água. Não pareciam nadar em direção ao solo. Simplesmente ficaram em pé perto da margem e caminharam. Os dois se voltaram para ela por um instante, então se dirigiram para o interior da ilha, rumo ao assentamento.

Ela os observou em completo silêncio, mas eles sabiam que estava ali. Mais um macho e uma fêmea, vindos para salvar uma pessoa ooloi doente e abandonada.

Saber que poderiam fazer seus parceiros ooloi se sentirem doentes e abandonados daria aos humanos uma sensação de poder? Ooloi não resistiam bem à privação da companhia daqueles que carregavam seu cheiro específico, seu marcador químico específico. Viviam. Seu metabolismo desacelerava e eles se isolavam profundamente até serem chamados de volta por suas famílias ou, o que era menos satisfatório, por outro ooloi que se comportava como uma espécie de médico. Então, por que eles não voltaram para seus parceiros quando os humanos partiram? Por que ficaram e adoeceram?

Lilith caminhou de volta para o assentamento, com um grande cesto cheio de fruta-pão nas costas. Ela encontrou o macho e a fêmea cuidando de seu parceiro ooloi, segurando-o entre si, entrelaçando os tentáculos de suas cabeças e corpos. Onde quer que os três se encostassem, os tentáculos se uniam. Era uma posição íntima, vulnerável, e outros ooloi vagavam por perto, vigiando sem parecer vigiar. Também havia alguns poucos humanos observando. Lilith passou os olhos pelo assentamento, perguntando-se quantos dos humanos que não estavam presentes não voltariam de seu dia de perambulação e colheita de alimentos. Será que aqueles que saíram tinham se reunido em outra parte da ilha? Será que construíram um abrigo? Estavam construindo um barco? Um pensamento insano lhe ocorreu: e se estivessem certos? E se, de algum modo, estivessem na Terra? E se fosse possível remar um barco rumo à liberdade? E se, apesar de tudo que Lilith havia visto e sentido, aquilo fosse algum tipo de trote? Como seria executado? Por que os Oankali se submeteriam a tanto transtorno?

Não. Ela não entendia por que os Oankali tinham feito algumas das coisas que fizeram, mas acreditava no básico. A nave. A Terra, esperando para ser recolonizada por sua população. O preço que os Oankali cobravam para salvar os poucos fragmentos remanescentes da humanidade.

Porém, mais pessoas estavam abandonando o assentamento. Onde estavam? E se… aquele pensamento não a deixasse em paz, independentemente dos fatos que ela sentia que sabia. E se os outros estivessem certos?

De onde vinha aquela dúvida?

Naquele fim de tarde, enquanto trazia uma braçada de lenha, Tate obstruiu seu caminho.

— Curt e Celene se foram — disse ela em voz baixa. — Celene deixou escapar para mim que estavam partindo.

— Estou surpresa que tenham demorado tanto.

— Estou surpresa que Curt não tenha esmagado a cabeça de um Oankali antes de partir.

Assentindo, Lilith se afastou um pouco e colocou a braçada de lenha no chão.

Tate a seguiu e se pôs novamente no caminho de Lilith.

— O que foi? — perguntou Lilith.

— Nós também vamos. Hoje à noite. — Ela mantinha o tom de voz muito baixo, embora não houvesse dúvida de que mais de um Oankali a tinha ouvido.

— Para onde?

— Não sabemos. Ou nos encontraremos com os outros ou não. Encontraremos algo, ou faremos algo.

— Só vocês dois.

— Seremos quatro. Talvez mais.

Lilith franziu a testa, sem saber o que sentir. Tate e ela tinham se tornado amigas. Para onde quer que Tate estivesse indo, não escaparia. Se ela ou outra pessoa não se machucassem, ela provavelmente voltaria.

— Ouça, não estou contando isso por contar. Queremos que você venha conosco.

Lilith a guiou para fora do centro do acampamento. Os Oankali ouviriam, não importa o que fizessem, mas não havia necessidade de envolver outros humanos.

— Gabe já falou com Joe. Queremos…

— Gabe fez o quê?!

— Cale a boca! Quer que todo mundo saiba? Joe disse que iria. E você?

Lilith olhou para ela com hostilidade.

— E eu?

— Preciso saber agora. Gabe quer sair logo.

— Se eu for com vocês, partiremos amanhã cedo depois do café da manhã.

Tate, agindo como Tate, não respondeu. Apenas sorriu.

— Eu não disse que vou. Tudo o que eu quis dizer é que não há motivo para escapulir no meio da noite e pisar em uma cobra-coral ou coisa assim. À noite será escuro como breu.

— Gabe acha que teremos mais tempo até descobrirem que partimos.

— Onde ele está com a cabeça? E você? Se partirem hoje à noite eles perceberão que vocês sumiram amanhã de manhã, se vocês não acordarem todo mundo tropeçando em alguma coisa ou em alguém quando estiverem saindo. Se partirem amanhã cedo, não vão perceber que sumiram até amanhã à noite, no jantar. — Ela balançou a cabeça. — Não que eles se importem. Até agora, não se importaram. Mas se vocês querem escapulir, ao menos façam isso de uma forma que lhes dará a chance de encontrar abrigo antes do cair da noite ou caso chova.

— Quando chover — disse Tate. — Cedo ou tarde, vai chover. Pensamos que... talvez assim que desaparecermos deste lugar, vamos cruzar o rio, seguir para o norte e continuar rumo ao norte até encontrarmos um clima mais seco e mais frio.

— Tate, considerando o que foi feito com a Terra, especialmente ao hemisfério norte, o sul seria uma direção mais adequada.

Tate encolheu os ombros.

— Você não pode opinar a menos que venha conosco.

— Vou falar com o Joe.

— Mas...

— E você precisa fazer Gabe ajudar com sua atuação. Eu não disse nada que você e Gabe já não tenham pensado. Nenhum de vocês é burro. E você, ao menos, não é boa em enganar as pessoas.

Como era típico de Tate, ela riu.

— Eu era. — Ela ficou séria. — Ok, certo. Nós já decidimos, mais ou menos, a melhor maneira de fazer isso: amanhã cedo e rumo ao sul com alguém que provavelmente sabe como sobreviver nessa região melhor do que qualquer um, exceto os Oankali.

— Estamos de fato em uma ilha, sabe?

— Não, não sei — respondeu Tate. — Mas estou disposta a confiar na sua palavra. Teremos que cruzar o rio.

— E, apesar de vermos o outro lado, acredito que vamos encontrar uma parede ali.

— Apesar do sol, da lua e das estrelas? Apesar da chuva e das árvores que obviamente estão aqui há centenas de anos?

Lilith suspirou.

— Sim.

— Tudo isso porque os Oankali disseram.

— E por causa do que eu vi e senti antes de Despertar vocês.

— O que os Oankali deixaram você ver e fizeram você sentir. Você não acreditaria em algumas das coisas que Kahguyaht me fez sentir.

— Será que não?

— Quer dizer, você não pode confiar no que eles fazem com seus sentidos!

— Conheci Nikanj quando era jovem demais para fazer qualquer coisa com meus sentidos sem que eu estivesse ciente.

Tate olhou para o outro lado, para o rio, onde ainda podia ser visto o brilho da água. O sol, artificial ou real, ainda não tinha desaparecido totalmente e o rio parecia mais amarronzado do que nunca.

— Não pretendo dar nenhum significado a isso, mas preciso dizer. Você e Nikanj... — Ela deixou a voz morrer e olhou para Lilith de repente como se exigisse uma resposta. — Então?

— Então, o quê?

— Você é mais próxima dele... de Nikanj, do que nós de Kahguyaht. Você...

Lilith fixou os olhos nela em silêncio.

— O que eu quero dizer é que... se você não for conosco, não tente nos impedir.

— Alguém tentou impedir alguém de partir?

— Simplesmente não diga nada. Só isso.

— Talvez você seja burra — disse Lilith calmamente.

Tate olhou para o outro lado mais uma vez e encolheu os ombros.

— Prometi ao Gabe que faria você prometer.

— Por quê?

— Ele acha que se você der sua palavra, irá mantê-la.

— Caso contrário, vou sair correndo e contar, certo?

— Estou começando a não me importar com o que você fizer.

Lilith encolheu os ombros, deu-lhe as costas e começou a voltar em direção ao acampamento. Aparentemente, Tate levou alguns segundos para perceber que ela tinha a intenção de voltar. Então, correu atrás de Lilith, puxando-a de volta para longe do acampamento.

— Certo, me desculpe por ter insultado você — disse Tate em tom áspero. — Você vem ou não?

— Sabe a árvore de fruta-pão perto da margem, a maior?

— Sim?

— Se formos, vamos encontrá-los lá depois do café da manhã.

— Não vamos esperar muito tempo.

— Ok.

Lilith se virou e caminhou de volta para o acampamento. Quantos Oankali tinham ouvido o diálogo? Um? Alguns? Todos? Não importava. Nikanj saberia em poucos minutos. Então, teria tempo de convocar Ahajas e Dichaan. Não sofreria de catatonia como os demais.

Na verdade, ela ainda se perguntava por que os outros não tinham feito aquilo. Com certeza ficaram sabendo que seus humanos escolhidos estavam partindo. Kahguyaht saberia. O que faria?

De repente, algo aconteceu com ela, a lembrança de um povo tribal mandando seus filhos embora para viverem por algum tempo na floresta ou no deserto ou não importa onde como uma prova de masculinidade.

Meninos de uma certa idade que tinham sido ensinados a sobreviver nos arredores eram enviados para mostrar o que haviam aprendido.

Será que era isso? Treinar os humanos no básico e então deixá-los partir sozinhos quando estivessem prontos?

Então, para que ooloi sofrendo de catatonia?

— Lilith?

Ela deu um pulo, então parou e deixou Joseph alcançá-la. Caminharam juntos até a fogueira, onde as pessoas dividiam o inhame assado e as castanhas-do-pará de uma árvore que alguém tinha descoberto.

— Você falou com a Tate? — perguntou ele. Ela fez que sim com a cabeça. — O que você disse a ela?

— Que ia conversar com você. — Silêncio. — O que você quer fazer?

— Ir.

Ela se virou para olhar para ele, mas seu rosto não lhe dizia nada.

— Você me abandonaria?

— Por que você continuaria aqui? Para ficar com Nikanj?

— Você me abandonaria?

— Por que você continuaria aqui?

As palavras sussurradas tinham o impacto de um grito.

— Porque isso é uma nave. Não há para onde ir.

Ele olhou para cima, para a meia-lua brilhante e para as primeiras estrelas dispersas.

— Preciso ver por mim mesmo — disse ele brandamente. — Aqui me sinto em casa. Mesmo que nunca tenha estado em uma floresta tropical antes em minha vida, mas isso tem cheiros e sabores e aparência de casa.

— Eu sei.

— Preciso ver!

— Sim.

— Não me faça abandonar você.

Ela segurou a mão dele como se fosse um animal prestes a fugir.

— Venha conosco! — sussurrou ele.

Ela fechou os olhos, fazendo desaparecer a floresta e o céu, as pessoas conversando baixinho em volta da fogueira, os Oankali, vários fisicamente unidos, conversando. Quantos Oankali tinham escutado o que ela e Joseph estavam dizendo? Nenhum deles se comportava como se estivesse ouvindo.

— Certo. Eu vou.

4

Na manhã seguinte, Joseph e Lilith não encontraram ninguém esperando na árvore de fruta-pão. Mas Lilith viu Gabriel saindo do acampamento carregando um grande cesto, seu machado e sua machete como se tivesse a intenção de cortar árvores. As pessoas faziam aquilo quando viam necessidade, assim como Lilith o fez para colher comida na floresta. Ela levava pessoas quando queria ensinar e ia sozinha quando queria pensar.

Naquela manhã, apenas Joseph estava com ela. Tate havia deixado o acampamento antes do café da manhã. Lilith desconfiava que ela podia ter ido a uma das hortas que ela e a família de Nikanj tinham plantado. Lá ela poderia colher mandioca ou inhame, mamão, banana ou abacaxi. Não ajudaria muito. Eles logo teriam que se alimentar daquilo que achassem na floresta.

Lilith levou caroços de fruta-pão assados, não só porque gostava deles como também por serem uma boa fonte de proteína. Também levou inhame, feijão e mandioca. No fundo de seu cesto ela levava uma muda de roupa, uma rede feita de um tecido oankali, leve e resistente, e alguns gravetos secos para fazer fogo.

— Não vamos esperar muito — disse Joseph. — Eles deveriam estar aqui. Talvez tenham vindo e ido embora.

— O mais provável é que estarão aqui assim que concluírem que não fomos seguidos. Querem ter certeza de que não os entreguei, que não contei aos Oankali.

Joseph olhou para ela, franzindo a testa.

— Tate e Gabriel?

— É.

— Não acredito nisso.

Ela deu de ombros.

— Gabe disse que você deveria sair para seu próprio bem. Disse que ouviu pessoas começando a falar mal de você de novo, agora que voltaram a pensar por si mesmas.

— Eu vou em direção aos que são perigosos, Joe. Não me afastar deles. Você também.

Ele fixou o olhar no rio por um instante, então colocou o braço em torno dela.

— Você quer voltar?

— Sim, mas não vamos.

Ele não discutiu. Lilith se ressentiu com seu silêncio, mas o aceitou. Ele queria desesperadamente ir. Sua intuição de que estavam na Terra era muito forte.

Algum tempo depois, Gabriel conduziu Tate, Leah, Wray e Allison até a árvore. Parou e analisou Lilith por um instante.

Ela estava certa de que ele tinha ouvido tudo o que ela dissera.

— Vamos — disse Lilith.

Seguiram rio acima, após o consentimento de todos, já que ninguém queria realmente seguir na direção do acampamento. Permaneceram perto do rio, para evitar se perderem. Isso às vezes significava abrir caminho entre os arbustos e as raízes aéreas, mas ninguém pareceu se importar.

Com o calor e a umidade, todos transpiravam abundantemente. Depois começou a chover. Além de caminhar com mais cuidado na lama, ninguém deu muita atenção. Os mosquitos incomodavam menos. Lilith deu um tapa em um, persistente. Não haveria Nikanj esta noite para curar as picadas de insetos, nem os toques múltiplos e gentis de seus tentáculos e de suas mãos sensoriais. Será que ela era a única que ia sentir falta deles?

Com o tempo, a chuva parou. O grupo continuou andando até que o sol estivesse bem acima de suas cabeças. Então, sentaram-se no tronco molhado de uma árvore caída, ignorando fungos e espantando os insetos.

Comeram caroços de fruta-pão e as bananas mais maduras que Tate trouxe. Beberam direto do rio – há muito tempo tinham aprendido a ignorar os sedimentos, que não podiam ser vistos na água que bebiam com as mãos e que eram inofensivos.

Estranhamente, conversavam pouco. Lilith se isolou para fazer suas necessidades. Quando saiu de trás da árvore que a escondia, todos os olhos estavam voltados para ela. Então, de repente, todo mundo achou outra coisa para observar: uns aos outros, uma árvore, um punhado de comida, as próprias unhas.

— Meu Deus — Lilith murmurou. E, em voz mais alta:

— Precisamos conversar, gente. — Ela se colocou diante da árvore caída em que eles estavam ou sentados ou recostados.

— O que foi? Vocês estão esperando que eu deserte e volte para os Oankali? Ou talvez vocês achem que tenho alguma forma mágica de fazer sinais para eles daqui? Do que estão desconfiados? — Silêncio. — O que foi, Gabe?

Apesar de tudo, ele sustentou o olhar dela.

— Nada. — Ele estendeu as mãos. — Estamos nervosos e assustados. Não sabemos o que vai acontecer. Você não deveria ter que suportar o peso dos nossos sentimentos... mas você é a diferente do grupo. Ninguém sabe quão diferente.

— Ela está aqui! — Joseph exclamou, ficando ao lado dela. — Isso deveria dizer a vocês o quanto ela é como nós. Qualquer que seja o risco, Lilith também está se arriscando.

Allison escorregou para fora do tronco.

— O que é que estamos arriscando? — ela questionou. Falou diretamente com Lilith. — O que vai acontecer conosco?

— Não sei. Tenho um palpite, mas palpites não valem muito.

— Diga!

Lilith olhou para os outros, e viu que todos esperavam.

— Acho que são nossos últimos testes. As pessoas deixam o acampamento quando acham que estão preparadas. Sobrevivem da melhor forma possível. Se conseguirem se manter aqui, podem se manter na Terra. É por isso que eles têm permitido que as pessoas saiam. É por isso que ninguém está sendo perseguido.

— Não temos certeza disso — disse Gabriel.

— Ninguém está atrás de nós.

— Nem isso nós sabemos.

— Quando você vai finalmente aceitar isso?

Ele não respondeu. Em vez disso, olhou para o alto do rio com um ar de impaciência.

— Por que você me quis nesta viagem, Gabe? Por que você me quis aqui?

— Eu não quis. Eu só...

— Mentiroso.

Ele franziu a testa.

— Só achei que você merecia uma chance de fugir dos Oankali, caso quisesse.

— Você achou que eu poderia ser útil! Achou que comeria melhor e seria capaz de sobreviver melhor. Não achou que estava me fazendo um favor, achou que estava fazendo um favor a si mesmo. Desse jeito, poderia dar certo. — Ela olhou à sua volta, para os outros. — Mas não vai. Não se todo mundo estiver sentado esperando que eu faça o papel de Judas. — Ela suspirou. — Vamos!

— Esperem — disse Allison enquanto as pessoas se levantavam. — Você ainda acha que estamos em uma nave, não acha?

Lilith assentiu.

— Estamos em uma nave.

— Mais alguém aqui acha isso? — Allison quis saber.

Silêncio.

— Não sei onde estamos — Leah opinou. — Não entendo como tudo isso pode ser parte de uma nave, mas seja lá o que for, vamos explorar e descobrir. Logo saberemos.

— Mas ela já sabe — Allison insistiu. — Lilith sabe que isto é uma nave, não importa qual seja a verdade. Então, o que ela está fazendo aqui?

Lilith abriu a boca para responder, mas Joseph falou primeiro:

— Ela está aqui porque eu a quero aqui. Quero explorar este lugar tanto quanto vocês. E a quero comigo.

Lilith desejou ter saído de trás da árvore e fingido não ter percebido todos os olhares e o silêncio. Toda a desconfiança.

— Então é isso? — perguntou Gabriel. — Você veio porque Joe pediu?

— Sim — respondeu ela calmamente.

— Caso contrário, você teria ficado com os Oankali?

— Eu teria ficado no acampamento. Afinal de contas, sei que consigo sobreviver aqui. Se esses forem nossos últimos testes, já passei.

— E que tipo de nota os Oankali deram a você? — Era provavelmente a pergunta mais honesta que ele já tinha feito a ela, cheia de hostilidade, desconfiança e desprezo.

— Era um curso para passar ou ser reprovado, Gabe. Um curso para sobreviver ou morrer.

Ela virou de costas e começou a caminhar rio acima, abrindo a trilha. Depois de algum tempo, ouviu o grupo segui-la.

5

A parte alta do rio era a mais antiga da ilha, o trecho com um maior número de árvores grandes e antigas, muitas com raízes aéreas largas. No passado, aquele terreno era ligado ao continente e tinha se tornado primeiro uma península, depois uma ilha, quando o rio mudou de curso e cortou o braço de terra. Ao menos, aquilo era o que deveria ter acontecido. Era a ilusão dos Oankali. Ou não era?

Lilith percebeu que seus momentos de dúvida vinham com mais frequência quando caminhava. Ela não tinha estado nessa margem do rio. Como os Oankali, não se preocupava em se perder. Nikanj e ela andaram pelo interior muitas vezes e ela achava mais fácil olhar para o verde do conjunto de copas no alto e acreditar que estava dentro de um amplo salão.

Mas o rio parecia tão largo. À medida que seguiam a margem, a margem oposta mudou, parecia mais próxima, parecia mais densamente coberta pela floresta aqui, mais profundamente erodida ali, passando dos barrancos baixos às orlas planas que entravam no rio, misturando-se organicamente com o próprio reflexo. Ela conseguia distinguir as árvores. Suas copas, ao menos. Aquelas que se elevavam acima do conjunto.

— Devemos parar durante a noite — ela sugeriu quando o sol marcou o fim de tarde. — Devemos montar acampamento aqui e amanhã começar a construir um barco.

— Você já esteve neste local? — perguntou Joseph.

— Não, mas estive aqui perto. É nesta área que a margem oposta do rio fica mais próxima da que estamos. Vamos ver o que conseguimos fazer como abrigo. Vai chover de novo.

— Espere um minuto — disse Gabriel.

Lilith olhou para ele e soube o que estava para vir. Por força do hábito, ela tinha assumido o comando. Agora, teria que ouvir.

— Não a convidei para nos dizer o que fazer — disse ele.

— Não estamos mais em uma cela de prisão. Não recebemos ordens suas.

— Você me trouxe porque eu tenho o conhecimento que você não tem. O que quer fazer? Continuar andando até que seja tarde demais para providenciar um abrigo? Dormir na lama esta noite? Achar uma parte mais larga do rio para atravessar?

— Quero achar os outros, se ainda estiverem livres.

Lilith hesitou por um instante, surpresa.

— E se estiverem juntos.

Ela suspirou.

— É isso que o resto de vocês quer?

— Quero ficar o mais longe dos Oankali que eu puder — disse Tate. — Quero esquecer o que sinto quando eles tocam em mim.

Lilith apontou.

— Se aquilo ali é um terreno em vez de algum tipo de ilusão, então aquele é nosso objetivo. Nosso primeiro objetivo, pelo menos.

— Vamos primeiro achar os outros! — Gabriel insistiu.

Lilith olhou para ele com interesse. Ele estava se expondo. Provavelmente considerava que havia um conflito entre eles. Gabriel queria liderar. Ela não queria, mas tinha. Ou alguém acabaria morto por causa dele.

— Se construirmos um abrigo agora — Lilith sugeriu —, vou encontrar os outros amanhã, se estiverem em algum lugar próximo. — Ela ergueu a mão, para impedir as interrupções óbvias. — Um de vocês, ou todos, pode vir comigo e observar. Só que eu sou incapaz de me perder. Se eu deixá-los e vocês não se deslocarem, serei capaz de encontrá-los novamente. Se todos nós formos juntos, posso trazê-los de volta a este ponto. Afinal de contas, é bem possível que alguns ou todos os outros já tenham cruzado o rio. Eles tiveram tempo.

As pessoas estavam assentindo com a cabeça.

— Onde vamos acampar? — perguntou Allison.

— Ainda é cedo para pensar nisso — Leah se queixou.

— Para mim, não é — disse Wray. — Os mosquitos estão me atacando. Meus pés estão me matando. Fico feliz em parar.

— Os mosquitos serão terríveis hoje à noite — Lilith explicou a ele. — Dormir com ooloi era melhor do que qualquer repelente de mosquitos. Esta noite eles provavelmente vão nos comer vivos.

— Eu consigo aguentar — disse Tate.

Ela tinha odiado Kahguyaht tanto assim? Ou só estava começando a sentir falta dele e tentando se defender dos próprios sentimentos?

— Podemos limpar este local — disse ela em voz alta.

— Não cortem aquelas duas árvores novas. Esperem um minuto. — Ela olhou para ver se as duas árvores jovens eram abrigo de colônias de formigas que picavam. — Isso, elas são boas. Encontrem mais duas desse tamanho ou um pouco maiores e cortem. E cortem raízes aéreas. As finas, para usar como corda. Cuidado. Se alguma coisa picar ou morder vocês... Estamos por conta própria. Vocês podem morrer. E não percam de vista esta área. É mais fácil se perder do que imaginam.

— Mas você é tão boa que nem consegue se perder — disse Gabriel.

— Isso não tem nada a ver com ser boa. Tenho uma memória fotográfica e tive mais tempo para me acostumar com a floresta. — Ela nunca contou de onde veio a memória fotográfica. Mas toda vez que revelava uma alteração feita pelos Oankali, perdia credibilidade entre eles.

— Bom demais para ser verdade — Gabriel sussurrou.

Eles escolheram a parte mais alta que conseguiram encontrar no terreno e construíram um abrigo. Acreditaram que iriam usá-lo por alguns dias, no mínimo. O abrigo não tinha paredes, não era mais do que uma armação com um telhado. Podiam pendurar redes ou espalhar esteiras sob ele, colocadas sobre colchões de folhas e galhos. Tinha apenas o tamanho suficiente para mantê-los protegidos da chuva. Eles o telharam com a lona que alguns deles trouxeram. Depois, usaram galhos para limpar o chão varrendo folhas, ramos e fungos.

Wray conseguiu acender o fogo com um arco que Leah trouxe, mas jurou não fazer aquilo nunca mais.

— É muito trabalho — disse.

Leah tinha levado milho da horta. Estava escuro quando o grupo o assou com alguns dos inhames de Lilith. Comeram isso junto com os últimos caroços de fruta-pão. A refeição foi substancial, embora não satisfatória.

— Amanhã podemos pescar — Lilith sugeriu a eles.

— Sem nem mesmo um alfinete de gancho, uma linha e uma vara? — perguntou Wray.

Lilith sorriu.

— Pior do que isso. Os Oankali também não quiseram me ensinar como matar nada, por isso os únicos peixes que peguei foram aqueles encalhados em algum dos pequenos riachos. Cortei uma haste jovem, fina e reta, afiei uma ponta, endureci-a no fogo e aprendi sozinha a pesca com arpão. Na verdade, consegui cravar a lança em vários deles.

— Alguma vez tentou com arco e flecha? — perguntou Wray.

— Sim. Mas eu era melhor com a lança.

— Vou tentar — disse Wray. — Ou, talvez, eu possa montar uma versão selvagem de gancho e de linha. Amanhã, enquanto o resto de vocês procura os outros, vou começar a aprender a pescar.

— Nós vamos pescar — disse Leah.

Ele sorriu e segurou a mão dela, e a soltou quase no mesmo movimento. Seu sorriso desapareceu e ele voltou sua atenção ao fogo. Leah desviou o olhar para a escuridão da floresta.

Lilith os observou, franzindo a testa. O que estava acontecendo? Era só uma confusão entre eles ou havia algo mais?

Começou a chover de repente e eles se sentaram sob o abrigo, secos e unidos pela escuridão e pelo barulho do lado de fora. A chuva era torrencial e os insetos se abrigaram com eles, picando-os e, às vezes, voando para o fogo, que tinha sido aceso outra vez pela luz e pelo conforto, já que o preparo de comida tinha terminado.

Lilith amarrou sua rede em duas colunas transversais e se deitou. Joseph amarrou a própria rede ao lado, perto demais para que uma terceira pessoa se deitasse entre eles. Porém, não a tocou. Não havia privacidade. Ela não esperava que fizessem sexo. Mas estava incomodada com a cautela que ele teve em não tocá-la. Ela estendeu o braço e o tocou no rosto para fazê-lo se virar em sua direção.

Em vez disso, ele virou de costas. Pior, se não tivesse virado de costas, ela teria. De algum modo, a pele dele tinha um toque ruim, estranhamente repulsivo. Não tinha sido assim quando ele veio até ela antes de Nikanj se colocar no meio. O toque de Joseph era mais do que bem-vindo. Ele tinha sido a água que vem depois de uma seca muito prolongada. Mas então Nikanj veio para ficar. Criou para eles a poderosa tríplice união que era uma das estruturas mais alienígenas da vida oankali. Será que aquela união era agora uma estrutura necessária de suas vidas humanas? Se fosse, o que iriam fazer? O efeito desapareceria?

Cada ooloi precisava de um par de macho e fêmea para ser capaz de cumprir seu papel na reprodução, mas não precisava nem desejava o contato recíproco entre aquele macho e aquela fêmea. Machos e fêmeas Oankali nunca se tocavam sexualmente. Aquilo funcionava bem para eles. Mas não podia de modo algum funcionar para seres humanos. Lilith estendeu a mão e pegou a de Joe. Como em um reflexo, ele tentou puxá-la, mas então pareceu perceber que alguma coisa estava errada. Ele segurou a mão dela por um longo e cada vez mais constrangedor momento. Por fim, foi ela que se virou de costas, encolhendo os ombros com repulsa e alívio.

6

N a manhã seguinte, logo após o amanhecer, Curt e seu grupo encontraram o abrigo.

Lilith começou a acordar sabendo que alguma coisa não estava certa. Sentou-se desajeitada na rede e colocou os pés no chão. Perto de Joseph, viu Victor e Gregory. Ela se virou para eles, aliviada. Agora, não havia necessidade de procurar pelos outros. Podiam todos se ocupar com a construção do barco ou da jangada que precisariam para atravessar o rio. Todo mundo descobriria com certeza se o outro lado era uma floresta ou uma ilusão.

Ela olhou à sua volta para ver quem mais tinha chegado. Foi quando viu Curt.

Um minuto depois, Curt a atingiu na lateral da cabeça com a parte achatada de sua machete.

Ela foi ao chão, aturdida. Ouviu Joseph chamar seu nome ali perto. Houve o som de outras pancadas.

Ouviu Gabriel xingando, ouviu Allison gritando.

Tentou desesperadamente se levantar, mas algo a atingiu de novo. Desta vez, ela perdeu a consciência.

Lilith acordou sentindo dor e solidão. Estava sozinha no pequeno abrigo que tinha ajudado a construir.

Levantou-se, ignorando, da melhor maneira que pôde, a cabeça que doía. Pararia logo.

Onde estavam todos?

Onde estava Joseph? Ele não a abandonaria mesmo se os outros a abandonassem.

Será que ele fora levado à força? Se sim, por quê? Será que havia sido ferido e abandonado, como ela?

Saiu do abrigo e olhou em volta. Não havia ninguém. Nada.

Procurou algum sinal de onde tinham ido. Não sabia nada sobre seguir rastros, mas o solo lamacento de fato mostrava marcas de pés humanos. Ela as seguiu desde o acampamento. Mas, em algum momento, as perdeu.

Fixou o olhar à frente, tentando imaginar que caminho tinham seguido e se perguntando como proceder se os encontrasse. A essa altura, tudo que desejava era rever Joseph. Se ele tivesse visto Curt atingi-la, certamente teria feito algo.

Ela se lembrou então do que Nikanj tinha dito sobre Joseph ter inimigos. Curt nunca gostou dele. Nada aconteceu entre os dois no grande salão ou no assentamento. Mas e se algo tivesse acontecido agora?

Precisava voltar ao assentamento e conseguir a ajuda dos Oankali. Precisava fazer com que os não humanos a ajudassem contra seu próprio povo em um lugar que poderia ou não ser a Terra.

Eles não podiam ter deixado Joseph? Tinham levado sua machete, seu machado, seus cestos... tudo, exceto sua rede e sua muda de roupa. Podiam, ao menos, ter deixado Joseph para garantir que ela estava bem. Ele teria ficado para fazer isso, se tivessem deixado.

Andou de volta até o abrigo, recolheu a roupa e a rede, bebeu água de um riacho límpido que desembocava no rio e saiu em direção ao assentamento.

Se ao menos Nikanj estivesse ali... Talvez conseguisse espiar o acampamento humano sem que os humanos soubessem, sem violência. Então, se Joseph estivesse lá, poderia ser libertado... se quisesse. Será que queria? Ou escolheria ficar com os outros que estavam tentando fazer as coisas que ela sempre quis que todos fizessem? Aprender e fugir. Aprender a viver na região, então se perder nela, irem além do alcance dos Oankali. Aprender a se tocarem como seres humanos novamente.

Se estivessem na Terra, como acreditavam, poderiam ter uma chance. Se estivessem a bordo de uma nave, nada que fizessem importaria.

Se estivessem a bordo de uma nave, Joseph seria decididamente restituído a ela. Mas se estivessem na Terra...

Ela caminhou depressa, aproveitando o caminho aberto no dia anterior.

Ouviu-se um som atrás dela, e Lilith se virou rapidamente. Ooloi emergiram da água e se arrastaram para a margem, trilhando seu caminho pelos densos arbustos à beira do rio.

Ela correu até eles, reconhecendo Nikanj e Kahguyaht no grupo.

— Vocês sabem para onde eles foram? — perguntou Lilith.

— Sabemos — respondeu Nikanj. E colocou um braço sensorial em volta do pescoço dela.

Ela colocou a mão no braço, segurando-o onde estava, acolhendo-o.

— Joe está bem?

Nikanj não respondeu, e aquilo a amedrontou. Soltou-a e a conduziu entre as árvores, se movendo depressa.

O grupo de ooloi os seguia, em silêncio, sabendo claramente para onde estavam indo e o que provavelmente iriam encontrar lá.

Lilith não queria mais saber.

Acompanhou a marcha acelerada do grupo com facilidade, ficando perto de Nikanj.

Quase se chocou com Nikanj, que parou sem avisar perto de uma árvore caída.

A árvore tinha sido gigante. Mesmo caída, era difícil de escalar. Estava podre e coberta de fungos.

Nikanj saltou sobre ela e saiu do outro lado com uma agilidade que Lilith não poderia reproduzir.

— Espere — disse quando ela começou a subir no tronco. — Fique aí. — Então, se dirigiu a Kahguyaht. — Vá em frente. Poderia haver mais confusão enquanto você espera aqui comigo.

Nem Kahguyaht nem qualquer ooloi se moveu. Lilith notou a presença dos ooloi que acompanhavam Curt e Allison e...

— Agora venha, Lilith.

Ela subiu no tronco e pulou do outro lado. E lá estava Joseph. Ele tinha sido atacado com um machado.

Lilith ficou sem fala, e então correu para ele. Tinha sido atingido mais de uma vez... com pancadas na cabeça e no pescoço. Sua cabeça quase tinha sido separada do corpo. E ele já estava frio.

O ódio que alguém devia ter sentido por ele...

— Curt? — perguntou a Nikanj. — Foi o Curt?

— Fomos nós — respondeu com muito cuidado.

Depois de algum tempo, ela conseguiu dar as costas ao cadáver assustador e encarar Nikanj.

— O quê?

— Nós — repetiu. — Queríamos mantê-lo em segurança, você e eu. Ele estava levemente ferido e inconsciente quando o levaram. Ele lutou por você. Mas os ferimentos dele sararam. Curt viu a carne sarando. Ele acreditou que Joe não era humano.

— Por que você não o ajudou?! — berrou Lilith e começou a chorar.

Virou-se de novo para ver os terríveis ferimentos e não entendeu como ela conseguia sequer olhar para o corpo todo mutilado, morto, de Joseph. Ela não ouviu suas últimas palavras, nenhuma lembrança da luta a seu lado, nenhuma chance de protegê-lo.

— Sou mais diferente do que ele — ela murmurou. — Por que Curt não me matou?

— Não acredito que ele tivesse intenção de matar ninguém — respondeu Nikanj. — Estava com raiva, medo e sentindo dor. Joseph o feriu quando ele atingiu você. Então, Curt viu Joseph sarando, viu a carne se recompondo diante de seus olhos. Ele gritou. Nunca ouvi um grito humano daquele jeito. Então, ele... usou o machado.

— Por que vocês não o ajudaram? — ela questionou. — Se conseguiam ver e ouvir tudo, por que...?

— Não temos uma entrada próxima o suficiente deste lugar. — Ela soltou um ruído de raiva e desespero. — E não havia nenhum sinal de que Curt tinha a intenção de matá-lo. Ele culpa você por quase tudo. Ainda assim, não a matou. O que aconteceu aqui estava... totalmente fora do planejado.

Ela tinha parado de ouvir. As palavras de Nikanj eram incompreensíveis para ela. Joseph estava morto, fora golpeado até a morte por Curt. Foi tudo uma espécie de engano. Insanidade!

Sentou-se no chão ao lado do corpo, primeiro tentando compreender, e depois não fazendo mais nada; sem pensar e sem chorar mais. Ficou sentada. Os insetos rastejavam sobre ela e Nikanj os afastou. Ela não percebeu.

* * *

Depois de algum tempo, Nikanj a ergueu, colocando-a em pé, aguentando seu peso com facilidade. Ela quis dar-lhe um empurrão, fazer com que a deixasse em paz. Se não tinha ajudado Joseph, não precisava fazer mais nada agora. No entanto, só conseguiu torcer o pulso.

Isso permitiu que ela se soltasse e voltasse, aos tropeços, para Joseph. Curt tinha ido embora, abandonando-o como se fosse um animal morto. Ele devia ser enterrado.

Nikanj se aproximou dela de novo, parecendo ler seus pensamentos.

— Vamos enviá-lo à Terra? — perguntou. — Ele pode terminar sendo parte do mundo em que nasceu.

Enterrá-lo na Terra? Permitir que sua carne seja parte do recomeço ali?

— Sim — sussurrou.

Nikanj experimentou tocá-la com um braço sensorial. Ela o olhou com ódio, desejando desesperadamente ser deixada sozinha.

— Não! — disse com brandura. — Deixei vocês sozinhos uma vez, vocês dois, achando que poderiam cuidar um do outro. Não vou deixá-la sozinha agora.

Ela respirou fundo, aceitando a familiar espiral do braço sensorial em volta de seu pescoço.

— Não me drogue — Lilith pediu. — Deixe... deixe que eu tenha, ao menos, o que sinto por ele.

— Quero compartilhar, não calar ou distorcer.

— Compartilhar? Compartilhar meus sentimentos neste momento?

— Sim.

— Por quê?

— Lilith... — Nikanj começou a caminhar e ela caminhou a seu lado automaticamente. O grupo de ooloi se deslocava em silêncio à frente deles. — Lilith, ele também era meu. Você o trouxe para mim.

— Você o trouxe para mim.

— Eu não teria tocado nele se você o tivesse rejeitado.

— Eu devia ter rejeitado. Assim, ele estaria vivo. — Nikanj não disse nada. — Permita que eu compartilhe o que você sente.

Nikanj tocou o rosto dela em um gesto assustadoramente humano.

— Mova o 16º dedo de sua mão de força esquerda — disse em voz baixa.

Mais um caso de onisciência oankali: *Nós entendemos seus sentimentos, comemos sua comida, manipulamos seus genes. Mas somos complexos demais para que vocês nos entendam.*

— Aproxime-se — ela exigiu. — Faça a permuta! Você está sempre falando sobre permuta. Dê-me um pouco de si!

Os demais ooloi se voltaram para trás, na direção deles, e os tentáculos da cabeça e do corpo de Nikanj se enrolaram em nós devido a alguma emoção negativa. Vergonha? Raiva? Ela não se importava. Por que se sentia confortável em parasitar seus sentimentos por Joseph, seus sentimentos pelo que quer que fosse? Tinha ajudado a preparar um experimento humano. Um dos humanos foi perdido. O que Nikanj sentia? Culpa por não ter sido mais cuidadoso com os valiosos objetos de pesquisa? Se é que eles eram valiosos?

Nikanj pressionou a parte de trás de seu pescoço com uma mão sensorial, um aperto de alerta. Daria algo a ela. Pararam de caminhar por acordo mútuo e encararam um ao outro. Deu a ela... uma cor nova. Uma cor totalmente alienígena, única, sem nome, parcialmente vista, parcialmente sentida ou... saboreada. Uma chama de alguma coisa assustadora, ainda que irresistível, tentadora.

Apagada.

Um mistério pouco revelado, belo e complexo. Uma promessa intensa, impossivelmente sensorial.

Falha.

Perdida.

Morta.

A floresta voltou a circundá-la lentamente e Lilith percebeu que ainda estava em pé, com o rosto voltado para Nikanj, de costas para o grupo de ooloi que aguardava.

— Isso é tudo que posso dar a você — disse Nikanj. — É o que sinto. Nem mesmo sei se existem palavras em alguma língua humana para falar sobre isso.

— Provavelmente, não — ela murmurou. Após um instante, Lilith se permitiu dar-lhe um abraço. Havia algum conforto até mesmo em sua carne cinzenta, fria. *Luto era luto*, pensou. Era dor e perda e desespero, um fim abrupto onde deveria ter havido uma continuidade.

Caminhou com Nikanj, agora mais disposta, e os demais ooloi não os isolaram mais à sua frente ou atrás de si.

7

O acampamento de Curt ostentava um abrigo maior, mas não tão bem-feito. O telhado era um amontoado de folhas de palmeiras, não de palha, mas de ramos entrecruzados cobrindo uns aos outros. Sem dúvida não impediria um vazamento. Havia paredes, mas nenhum piso. Havia uma fogueira interna, quente e fumarenta. Aquela era a aparência das pessoas: quentes, fumarentas, sujas, raivosas.

Estavam reunidas do lado de fora do abrigo com machados, machetes e porretes, e enfrentavam o bando de ooloi. Lilith se viu em pé, com os alienígenas, enfrentando humanos hostis, perigosos.

Ela recuou.

— Não consigo lutar contra eles — disse a Nikanj. — Curt, sim. Mas os outros, não.

— Bem, teremos que lutar se eles atacarem — disse a ela.

— Mas você pode ficar fora disso. Vamos drogá-los fortemente, lutando para subjugá-los sem matar, apesar das armas deles. Perigoso.

— Não se aproximem! — Curt anunciou.

Os Oankali pararam.

— Este é um espaço humano! — Curt continuou. — Está além dos limites para vocês e seus animais.

Ele fixou o olhar em Lilith, mantendo seu machado preparado.

Ela o encarou de volta, com medo do machado, mas ela o queria. Queria matá-lo. Queria tomar o machado dele e bater nele até a morte com as próprias mãos. Deixá-lo morrer ali e apodrecer naquele lugar alienígena para onde ele havia levado Joseph.

— Não faça nada — Nikanj sussurrou para ela. — Ele perdeu toda a esperança de ir para a Terra. Perdeu Celene. Ela será mandada para a Terra sem ele. E perdeu sua liberdade mental e emocional. Deixe-o por nossa conta.

Inicialmente, ela não conseguiu entender Nikanj. Literalmente. Não compreendia as palavras que disse. Não havia nada em seu mundo, exceto Joseph, morto, e Curt, indecentemente vivo.

Nikanj a segurou até que ela tivesse que reconhecer que também fazia parte de seu mundo. Ao perceber o olhar dela em si, a luta dela contra si, em vez de contra Curt, repetiu suas palavras até que Lilith as ouvisse, até ela ficar imóvel. Nunca fez nenhuma tentativa de drogá-la, e nunca a soltou.

Em um canto, Kahguyaht conversava com Tate. Ela se colocava bem distante dele, segurando uma machete e ficando perto de Gabriel, que segurava um machado. Foi Gabriel quem a convencera a abandonar Lilith. Só podia ser. E o que tinha convencido Leah? A praticidade? O medo de ser abandonada sozinha, deixada, tão proscrita quanto Lilith?

Lilith encontrou Leah e a encarou, pensando nisso. Leah desviou o olhar. Então, sua atenção foi atraída novamente para Tate.

— Vã embora — Tate estava implorando, em uma voz que não soava como sua. — Não queremos você! Você não quer a gente! Deixe a gente em paz!

Parecia que ela iria chorar. Na verdade, as lágrimas desciam pelo seu rosto.

— Nunca menti para você — disse Kahguyaht. — Se você for capaz de usar sua machete contra alguém, vai deixar a Terra escapar. Nunca mais verá o mundo em que você nasceu de novo. Até este lugar lhe será negado. — Kahguyaht deu um passo em sua direção. — Não faça isso, Tate. Estamos lhe dando a coisa que você mais quer: liberdade e o retorno para casa.

— Temos isto aqui — disse Gabriel.

Curt se juntou a ele.

— Não precisamos de mais nada vindo de vocês! — gritou ele.

Atrás dele, os demais concordaram ruidosamente.

— Vocês morreriam de fome aqui — Kahguyaht tentou explicar. — Mesmo no curto período que estão aqui, tiveram dificuldades em encontrar comida. Não há o suficiente, e vocês não sabem como usar o que há. — Kahguyaht elevou a voz e falou a todos eles. — Vocês tiveram consentimento para nos deixar e praticar as habilidades que aprenderam. Precisávamos saber como vocês se comportariam depois de nos deixar. Sabíamos que poderiam se ferir, mas não pensamos que iriam matar uns aos outros.

— Não matamos humanos — gritou Curt. — Matamos um de seus animais.

— Nossos animais? — perguntou Kahguyaht em tom pacífico. — E quem ajudou você a matá-lo? — Curt não respondeu. — Você o espancou — Kahguyaht continuou —, e quando ele estava inconsciente, o matou com seu machado. Você fez isso sozinho e, ao fazê-lo, exilou-se permanentemente da sua Terra. — E falou aos demais. — Querem se juntar a ele? Querem ser levados deste salão de treinamento e colocados com famílias Toaht para viver o resto de suas vidas a bordo desta nave?

A expressão no rosto de alguns deles começou a mudar... dúvidas surgindo ou aumentando.

O parceiro ooloi de Allison foi até ela, tornando-se o primeiro a tocar o humano que veio resgatar. Falou muito baixo. Lilith não conseguiu ouvir o que disse, mas depois de um instante, Allison suspirou e entregou sua machete. Com a ondulação de um braço sensorial, a criatura ooloi recusou a arma enquanto pousava o outro braço em volta de seu pescoço. Recuou para trás da faixa de Oankali, onde Lilith estava, ao lado de Nikanj. Lilith a encarou, perguntando-se como Allison tinha se virado contra ela. Tinha sido só por medo? Curt conseguia amedrontar praticamente qualquer um, caso se empenhasse nisso. E aquele era Curt com um machado, um que já tinha usado contra um homem...

Allison retribuiu seu olhar, depois desviou os olhos e, então, a encarou novamente.

— Desculpe — ela sussurrou. — Pensamos que poderíamos evitar derramamento de sangue indo com eles, fazendo o que diziam... Desculpe.

Lilith se virou de costas, as lágrimas nublando sua visão outra vez. De alguma maneira, ela tinha sido capaz de colocar a morte de Joseph de lado por alguns minutos. As palavras de Allison a trouxeram de volta.

Kahguyaht estendeu um braço sensorial a Tate, mas Gabriel a puxou.

— Não queremos você aqui — disse ele, irritado. E empurrou Tate para trás de si.

Curt gritou, um grito de fúria, sem palavras, um chamado ao ataque. Ele investiu contra Kahguyaht e várias pessoas de seu grupo se juntaram a ele, investindo contra os outros ooloi com suas armas.

Nikanj empurrou Lilith na direção de Allison e se enfiou na briga. O ooloi de Allison aguardou pelo tempo suficiente para dizer:

— Fique fora disso!

Então, também entrou na luta.

As coisas aconteceram quase rápido demais para ser acompanhadas. Tate e alguns outros humanos, que pareciam não querer nada além de desaparecer, se viram no meio daquilo. Wray e Leah, mal apoiando um ao outro, tropeçaram entre uma dupla de ooloi que parecia prestes a ser retalhada por três humanos munidos de machetes. De repente, Lilith percebeu que Leah estava sangrando e correu para ajudá-la a escapar do perigo.

Humanos gritaram. Ooloi não fizeram som algum. Lilith viu Gabriel tentando golpear Nikanj, errando por pouco, e o viu erguer seu machado novamente para o que pretendia ser claramente um golpe mortal. Então, Kahguyaht injetou drogas nele pelas costas.

Gabriel fez o som de um pequeno gemido, como se não houvesse nele força suficiente para soltar um grito. Ele caiu.

Tate gritou, agarrou-o e tentou arrastá-lo para longe da briga. Ela tinha deixado sua machete cair e claramente não representava ameaça.

Curt não tinha largado seu machado, que dava a ele um alcance longo e mortal. Apesar do peso, ele o girava como uma machadinha, controlando-o com facilidade, e ninguém do grupo de ooloi arriscou receber um golpe dado por ele.

Em outro ponto, um homem conseguiu encravar seu machado no peito de um ooloi, deixando uma ferida exposta. Quando o ooloi caiu, o homem se aproximou para matar, ajudado por uma mulher com uma machete.

Uma segunda criatura ooloi ferroou os dois pelas costas. Enquanto caiam, o ooloi ferido se levantou. Apesar do corte que tinha, caminhou até onde o grupo de Lilith esperava, e se sentou no chão, devagar.

Lilith olhou para Allison, Wray e Leah. Eles encaravam aquela figura ooloi, mas não fizeram nenhum movimento em sua direção. Lilith se aproximou, percebendo que o ooloi mantinha claramente sua atenção nela, apesar de seu ferimento. Ela suspeitava que o ferimento não impediria aquela criatura ooloi de ferroá-la até a inconsciência ou a morte caso sentisse que Lilith era uma ameaça.

— Tem alguma coisa que eu possa fazer para ajudar? — perguntou ela.

Sua ferida era quase no local onde estaria o coração se fosse um ser humano. O ooloi vertia um fluido denso e claro e um sangue de um vermelho tão brilhante que parecia falso. Sangue de cinema. Sangue de guache. Um ferimento tão horrível deveria estar inundado em fluidos corporais, mas a criatura ooloi parecia derramá-los em pequena quantidade.

— Vou sarar — disse em uma voz desconcertantemente calma. — Não é grave. — Fez uma pausa. — Nunca acreditei que tentariam nos matar. Nunca soube o quanto seria difícil não os matar.

— Vocês deveriam saber — disse Lilith. — Tiveram tempo suficiente para nos analisar. O que vocês achavam que iria acontecer quando nos dissessem que iriam nos extinguir como espécie por meio da manipulação genética de nossas crianças?

O ooloi se dirigiu a ela novamente:

— Se você tivesse usado uma arma de fogo, provavelmente mataria ao menos um de nós. Esses outros não conseguiriam, mas você conseguiria.

— Não quero matar vocês. Quero me afastar de vocês. Você sabe disso.

— Eu sei que você pensa isso.

O ooloi deixou de prestar atenção nela e começou a fazer alguma coisa em seu ferimento com seus braços sensoriais.

— Lilith! — Allison chamou.

Lilith se virou para ela, então olhou para o local que ela apontava.

Nikanj tinha caído e se contorcia no chão de uma maneira que nunca um ooloi tinha feito até então. Kahguyaht imediatamente parou de lutar com Curt, atirou-se embaixo de seu machado, bateu nele e o drogou. Curt foi o último humano a cair. Tate ainda estava consciente, ainda abraçava Gabriel, que estava inconsciente devido a uma ferroada de Kahguyaht. Um pouco distante dali, Victor estava consciente, desarmado, abrindo caminho até o ooloi próximo a Lilith. Só então ela percebeu que era a companhia ooloi de Victor.

Lilith não se importava com a forma como os dois se encontrariam. Podiam ambos cuidar de si mesmos. Ela correu em direção a Nikanj, evitando outros braços sensoriais, que poderiam tê-la ferroado.

Kahguyaht já estava de joelhos ao lado de Nikanj, conversando em voz baixa. Ficou em silêncio quando ela se ajoelhou do lado oposto. No mesmo instante, Lilith viu o ferimento. Seu braço sensorial esquerdo quase tinha sido cortado fora. O braço parecia estar pendurado por pouco mais de uma faixa de pele resistente e acinzentada. Um fluido claro e sangue escorriam do ferimento.

— Meu Deus! — Lilith exclamou. — Você vai conseguir... conseguir se curar?

— Talvez — respondeu Kahguyaht com sua voz insanamente calma. Ela odiava as vozes deles. — Mas você precisa ajudar.

— Sim, lógico que vou ajudá-lo. O que devo fazer?

— Deite-se a seu lado. Abrace Nikanj e segure se braço sensorial no lugar para que possa se fixar novamente, se é que pode.

— Fixar novamente?

— Tire sua roupa. Nikanj pode não ter força suficiente para atravessar o tecido.

Lilith se despiu, recusando-se a pensar em como iria olhar para os humanos ainda conscientes. Eles teriam certeza de que ela era uma traidora. Despir-se totalmente no campo de batalha para se deitar com o inimigo. Até mesmo os poucos que a aceitaram agora poderiam se virar contra ela. Mas ela tinha acabado de perder Joseph. Não podia perder Nikanj também. Não podia simplesmente observar sua morte.

Ela se deitou a seu lado e Nikanj se esticou em sua direção silenciosamente. Ela olhou para cima, em busca de mais instruções de Kahguyaht. Entretanto, este já havia se afastado para examinar Gabriel. Para Kahguyaht, nada de importante estava acontecendo ali. Apenas seu filho, terrivelmente ferido.

Nikanj penetrou a pele dela com todos os tentáculos de sua cabeça e de seu corpo que conseguiam alcançá-la e, pela primeira vez, a sensação que Lilith teve foi como sempre tinha imaginado que deveria ser. Doía! Foi como se, de repente, estivesse sendo usada como um agulheiro. Ela ofegou, mas conseguiu não se afastar. A dor era suportável, provavelmente não era nada comparada com o que Nikanj estava sentindo, fosse lá como fosse sua experiência de dor.

Ela estendeu a mão duas vezes até o braço sensorial quase decepado antes de conseguir se forçar a tocá-lo. Estava coberto de fluidos corporais pegajosos e tinha tecidos brancos, cinza--azulados e cinza-avermelhados pendurados.

Ela o segurou o melhor que pôde e o pressionou no ponto de onde quase havia sido cortado.

Mas com certeza era necessário mais do que isso. Com certeza, o órgão pesado, complexo e musculoso não poderia se fixar sem nenhuma ajuda exceto a pressão de uma mão humana.

— Respire fundo — disse Nikanj, com a voz embargada.

— Continue respirando fundo. Use as duas mãos para segurar meu braço.

— Você se grudou ao meu braço esquerdo — disse ela, ofegando.

Nikanj soltou um som áspero e desagradável.

— Não tenho nenhum controle. Terei que soltar você completamente e, então, começar de novo. Se conseguir.

Alguns instantes depois, dezenas de dúzias de "agulhas" foram retiradas do corpo de Lilith. Ela reposicionou Nikanj da forma mais delicada que pôde para que apoiasse a cabeça sobre seu ombro e ela conseguisse alcançar o membro quase decepado com as duas mãos. Lilith conseguia apoiá-lo e segurá-lo onde deveria ficar. E conseguia repousar o próprio braço no chão e o outro na frente de seu corpo. Essa era uma posição que ela conseguia manter por algum tempo, contanto que ninguém a incomodasse.

— Certo — disse ela, preparando-se para o efeito agulheiro de novo.

Não aconteceu nada.

— Nikanj! — ela sussurrou, amedrontada.

Nikanj se moveu e, então, penetrou sua carne tão abruptamente e em tantos pontos, de modo tão doloroso, que ela berrou. Não conseguiu fazer nenhum movimento, além do espasmo involuntário inicial.

— Respire fundo. Eu... eu vou tentar não machucar mais você.

— Não é tão ruim. Só não entendo como isso pode ajudar você.

— Seu corpo pode me ajudar. Continue respirando fundo.

E não disse mais nada, não fez nenhum som de sua própria dor. Ela se deitou a seu lado, quase sempre de olhos fechados, e deixou os minutos passarem, permitiu-se perder a noção do tempo. De vez em quando, mãos a tocavam. Da primeira vez que ela as sentiu, abriu os olhos e percebeu que eram mãos de Oankali, tirando insetos de seu corpo.

Muito depois, quando perdeu mais uma vez a noção do tempo, sentiu alguém erguendo sua cabeça e colocando algo sob ela.

Alguém tinha coberto seu corpo com um tecido. Mudas de roupa? E alguém tinha calçado com tecido as partes de seu corpo que pareciam precisar de descanso.

Ela escutou conversas, tentou ouvir vozes humanas, e não conseguiu distinguir nenhuma. Partes do seu corpo estavam dormentes e passaram por seu novo e doloroso despertar sem nenhum esforço de sua parte. Seus braços doíam, então foram aliviados, embora ela nunca tivesse mudado de posição. Alguém colocou água em seus lábios e ela bebeu, entre suspiros.

Conseguia ouvir a própria respiração. Ninguém precisava lembrá-la de respirar fundo. Seu corpo exigia isso.

Lilith começou a respirar pela boca. E quem quer que estivesse cuidando dela percebeu isso e deu água para ela com mais frequência. Pequenas quantidades, para umedecer sua boca. A água a fez se perguntar o que aconteceria se ela precisasse ir ao banheiro, mas esse problema nunca ocorreu.

Pedaços de comida foram colocados em sua boca. Ela não sabia o que era, não conseguia sentir o sabor, mas aquilo parecia fortalecê-la.

Em determinado momento, reconheceu Ahajas, a parceira de Nikanj, como a dona das mãos que deram a ela comida e água. No início, estava confusa e se perguntou se tinha sido retirada da floresta de volta para os alojamentos que a família dividia. Mas, quando clareou, Lilith ainda conseguia ver a cobertura da floresta, árvores de verdade sobrecarregadas com epífitas e lianas. Um ninho redondo de cupins, do tamanho de uma bola de basquete, pendia de um galho bem acima dela. Nada daquilo existia nas áreas arrumadas e bem-cuidadas onde Oankali viviam.

Ela se desligou novamente. Mais tarde, percebeu que não esteve sempre consciente. Ainda assim, nunca sentiu como se tivesse dormido. E nunca soltou Nikanj. Não podia, porque tinha feito suas mãos, seus músculos, congelarem naquela posição como uma espécie de gesso vivo para se manter imóvel enquanto se curava.

Às vezes, seu coração batia depressa, trovejando em seus ouvidos como se ela tivesse corrido muito.

Dichaan assumiu a tarefa de lhe dar comida e água e de protegê-la dos insetos. Ele continuava alisando os tentáculos da cabeça e do corpo de Nikanj enquanto olhava o ferimento. Lilith conseguiu olhar para o ferimento e ver o que o estava deixando contente.

No início, não parecia haver nada com que se contentar. A ferida soltava fluidos que se tornavam escuros e fediam. Lilith teve medo de que algum tipo de infecção tivesse se instalado, mas não podia fazer nada. Pelo menos, nenhum dos insetos locais parecia atraído pelo ferimento e, provavelmente, nenhum dos micro-organismos locais. O mais provável era que Nikanj tivesse trazido consigo o que quer que tivesse causado a infecção para dentro do salão de treinamento.

Por fim, a infecção pareceu sarar, embora um fluido claro continuasse a escapar do ferimento. Nikanj a soltou apenas quando isso cessou completamente.

Ela começou a despertar devagar, e a perceber que não tinha estado totalmente consciente havia muito tempo. Era como se estivesse Despertando de novo da animação suspensa, desta vez sem dor. Os músculos que deveriam ter gritado quando ela se mexeu, depois de ficar imóvel por tanto tempo, sequer protestaram.

Devagar, ela alongou os braços e as pernas, arqueando as costas contra o chão. Mas algo estava faltando.

Olhou à sua volta, repentinamente assustada, e encontrou Nikanj, que se sentava à sua frente, com a atenção nela.

— Você está bem — disse em sua voz neutra normal. — Vai se sentir um pouco trêmula, mas está bem.

Ela olhou para o braço sensorial esquerdo. A cura ainda não estava completa. Ainda era visível o que parecia um corte profundo, como se alguém tivesse golpeado o braço e só tivesse conseguido um ferimento na carne.

— E você, está bem? — perguntou Lilith.

Nikanj mexeu o braço normalmente, com facilidade, e o usou para acariciar o rosto dela, em um gesto humano adquirido.

Ela sorriu e se sentou, estabilizando-se por um instante. Depois, levantou-se e olhou em volta. Não havia nenhum humano à vista, nenhum Oankali exceto Nikanj, Ahajas e Dichaan, que estendeu a ela um jaleco e um par de calças, ambos limpos. Mais limpos do que ela. Lilith pegou as roupas e se vestiu, relutante. Não estava tão suja quanto pensou que deveria estar. Mesmo assim, desejava tomar um banho.

— Onde estão os outros? — perguntou ela. — Estão todos bem?

— Os humanos voltaram ao assentamento — respondeu Dichaan. — Serão mandados para a Terra em breve. Mostramos a eles as paredes do lugar. Agora têm certeza de que ainda estão a bordo da nave.

— Vocês deveriam ter mostrado as paredes para eles em seu primeiro dia aqui.

— Faremos isso da próxima vez. Essa foi uma das coisas que tivemos que aprender com esse grupo.

— Melhor ainda, provem a eles que estão em uma nave assim que forem Despertados — disse ela. — A ilusão não os conforta por muito tempo. Só os confunde e os incentiva a cometer erros perigosos. Eu mesma tinha começado a me perguntar onde estávamos.

Silêncio. Um silêncio persistente.

Ela olhou para o braço sensorial de Nikanj, ainda em processo de cura.

— Deixe-me ajudar vocês a aprenderem sobre nós, ou haverá mais baixas, mais mortes.

— Vamos caminhar pela floresta — Nikanj sugeriu — ou devemos pegar o caminho mais curto abaixo do salão de treinamento?

Lilith suspirou. Ela era como Cassandra, alertando e fazendo previsões para pessoas que ficavam surdas assim que começava a alertar e fazer previsões.

— Vamos caminhar pela floresta.

Nikanj ficou imóvel, com uma atenção aguçada sobre ela.

— O que foi? — perguntou ela.

Nikanj enlaçou seu braço sensorial ferido em torno do pescoço dela.

— Ninguém aqui nunca havia feito o que você fez. Ninguém nunca curou um ferimento tão sério quanto o meu tão rapidamente ou tão completamente.

— Não havia motivo para você morrer ou ser mutilado. Eu não pude ajudar Joseph. Estou feliz que pude ajudar você, mesmo que não tenha ideia do que fiz.

Nikanj se dirigiu a Ahajas e Dichaan.

— E o corpo de Joseph? — disse em voz baixa.

— Congelado — respondeu Dichaan. — Aguardando para ser enviado à Terra.

Nikanj massageou a nuca dela com a extremidade fria e dura de seu braço sensorial.

— Pensei tê-lo protegido o suficiente. Deveria ter sido suficiente.

— Curt está com os outros?

— Está dormindo.

— Animação suspensa?

— Sim.

— E ele ficará aqui? Nunca vai voltar à Terra?

— Nunca.

Ela assentiu.

— Isso não é o suficiente, mas é melhor do que nada.

— Ele tem um talento como o seu — Ahajas comentou. — Ooloi vão usá-lo para estudar e explorar esse talento.

— Talento?

— Você não consegue controlá-lo — respondeu Nikanj —, mas nós conseguimos. Seu corpo sabe como fazer as próprias células retornarem ao estágio embrionário. Pode despertar genes que a maioria dos humanos nunca usa após o nascimento. Temos genes semelhantes que adormecem após uma metamorfose. Seu corpo mostrou ao meu como despertá-los, como estimular o crescimento de células que normalmente não se regeneram. A lição foi complexa e dolorosa, mas valeu muito a pena aprendê-la.

— Você se refere... — Ela franziu a testa. — Você se refere ao meu problema familiar com o câncer, não é?

— Não é mais um problema — disse Nikanj, relaxando os tentáculos de seu corpo. — É um dom, que me deu a vida de volta.

— Você teria morrido?

Silêncio.

Após um momento, Ahajas disse:

— Nikanj teria nos deixado. Teria se tornado Toaht ou Akjai e renunciado à Terra.

— Por quê? — perguntou Lilith.

— Sem seu dom, não teria recuperado o pleno uso do braço sensorial. Não poderia conceber crianças. — Ahajas hesitou. — Quando ouvimos o que aconteceu, pensamos que perderíamos Nikanj, que ficou conosco por tão pouco tempo. Sentimos... Talvez tenhamos sentido o que você sentiu quando seu parceiro morreu. Parecia não haver absolutamente nada diante de nós até que Ooan Nikanj nos contou que você estava ajudando e que sua recuperação seria completa.

— Kahguyaht se comportou como se nada de extraordinário estivesse acontecendo — disse Lilith.

— Kahguyaht temia por mim — Nikanj explicou. — Sabia que você não gosta de seu jeito. Pensou que quaisquer instruções de sua parte, além do essencial, iriam irritá-la ou atrapalhá-la. Mas teve muito medo.

Lilith deu uma gargalhada amarga.

— Grande atuação.

Nikanj agitou seus tentáculos. Tirou seu braço sensorial do pescoço de Lilith e conduziu o grupo na direção do acampamento.

Lilith seguiu automaticamente, com seus pensamentos passando de Nikanj a Joseph e a Curt. Curt, cujo corpo seria usado para ensinar mais aos Oankali sobre o câncer.

Ela não conseguiu se forçar a perguntar se ele estaria consciente ou perceptivo durante esses experimentos. Esperava que estivesse.

8

Estava quase anoitecendo quando chegaram ao assentamento. As pessoas estavam reunidas em torno de fogueiras, conversando e comendo.

Nikanj e seus parceiros foram acolhidos pelos Oankali em uma espécie de júbilo silencioso, uma confusão de braços e tentáculos sensoriais, um relato de experiências por meio da estimulação neural direta. Poderiam transmitir experiências completas uns aos outros, então discutir aquela experiência em uma conversa não verbal. Havia toda uma linguagem de imagens sensoriais e recebiam sinais que ocupavam o lugar das palavras.

Lilith os observou com inveja. Não costumavam mentir para os humanos porque sua linguagem sensorial não lhes permitia o hábito de mentir, apenas de omitir informações e recusar contatos.

Os humanos, por outro lado, mentiam com facilidade e com frequência. Não conseguiam confiar uns nos outros. Não podiam confiar em uma humana que parecesse próxima aos alienígenas, que despisse suas roupas e se deitasse no chão para ajudar seu carcereiro.

Houve silêncio em volta da fogueira quando Lilith se aproximou. Allison, Leah e Wray, Gabriel e Tate. Tate deu a ela inhame assado e, para sua surpresa, peixe assado. Ela olhou para Wray.

Wray deu de ombros.

— Peguei-o com minhas mãos. Uma coisa maluca de se fazer. Tinha quase metade do meu tamanho. Mas nadou direto para mim, praticamente implorando para ser pego. Os Oankali alegaram que eu é que poderia ter sido pego por algumas das coisas que nadam no rio: enguias elétricas, piranhas, jacarés... Trouxeram as piores coisas da Terra. Mas nada me perturbou.

— Victor encontrou um casal de tartarugas — disse Allison. — Ninguém sabia como cozinhá-las, então cortaram a carne em pedaços e a assaram.

— Como ficou? — perguntou Lilith.

— Eles comeram. — Allison sorriu. — E, enquanto estavam cozinhando e comendo a carne, os Oankali se afastaram deles.

Wray sorriu, irônico.

— E você também não está vendo nenhum deles perto desta fogueira, está?

— Não tenho certeza — respondeu Gabriel.

Silêncio. Lilith suspirou.

— Ok, Gabe, vamos lá! Perguntas, acusações ou condenações?

— Talvez todas as três.

— Então?

— Você não lutou. Escolheu ficar com os Oankali!

— Contra vocês? — Um silêncio irritado. — Onde você estava quando Curt cortou Joseph até a morte?

Tate colocou a mão no braço de Lilith.

— Curt simplesmente enlouqueceu — Tate falou muito brandamente. — Ninguém imaginou que ele faria nada como aquilo.

— Mas fez! — Lilith retrucou. — E vocês todos observaram.

Eles beliscaram a comida em silêncio por algum tempo, já sem saborear o peixe, compartilhando-o com as pessoas de outras fogueiras que vieram oferecer castanhas-do-pará, pedaços de frutas ou mandioca assada.

— Por que você tirou suas roupas? — perguntou Wray de repente. — Por que você se deitou no chão com uma criatura ooloi no meio da luta?

— A luta tinha acabado — respondeu Lilith. — Você sabe disso. A criatura ooloi com quem deitei era Nikanj. Curt quase tinha decepado um de seus braços sensoriais. Acho que você também sabe disso. E eu deixei que usasse meu corpo para se curar.

— Mas por que você quis ajudar? — Gabriel murmurou duramente. — Por que você não o deixou simplesmente morrer? Todos os Oankali do local o tinham ouvido.

— Que bem faria isso? — ela questionou. — Conheço Nikanj desde que era criança. Por que deveria deixar que morresse e depois ficar presa a algum estranho? Como isso ajudaria a mim, a vocês ou a qualquer um aqui?

Ele se afastou dela.

— Você tem sempre uma resposta. E que nunca soa completamente verdadeira.

Lilith repassou em sua mente as coisas que poderia ter dito a ele sobre sua própria tendência a não soar verdadeiro. Ignorando-as, continuou:

— O que foi, Gabe? O que você acredita que eu posso fazer ou poderia ter feito para libertá-lo na Terra um minuto mais cedo?

Ele não respondeu, mas continuou teimando, furioso. Estava impotente e em uma situação que considerava intolerável. Alguém devia levar a culpa.

Lilith viu Tate estender o braço para ele e pegar sua mão. Por alguns segundos, eles agarraram as pontas dos dedos um do outro de um jeito que fez Lilith se lembrar de uma pessoa que, de repente, recebeu uma cobra para segurar. Eles conseguiram se soltar sem parecer ter retrocedido por aversão, mas todos sabiam o que sentiam. Todos notaram. Aquilo era algo a mais a que Lilith teria que dar uma resposta, não havia dúvida.

— O que me diz disso? — Tate questionou em tom amargo. Ela balançou a mão que Gabriel tinha tocado como se a limpasse de alguma coisa. — O que faremos a respeito?

Lilith deu de ombros.

— Não sei. Aconteceu o mesmo comigo e com Joseph. Nunca cheguei a perguntar a Nikanj o que tinha feito conosco. Sugiro que vocês perguntem a Kahguyaht.

Gabriel balançou a cabeça.

— Não quero encontrar com ele... com aquilo, quanto mais lhe perguntar qualquer coisa.

— Sério? — perguntou Allison. Sua voz estava tão repleta de um sincero questionamento que Gabriel apenas a fuzilou com os olhos.

— Não — respondeu Lilith. — Não é sério. Ele desejaria odiar Kahguyaht. Ele tenta odiar Kahguyaht. Mas durante a luta, foi Nikanj que ele tentou matar. E aqui, agora, é a mim quem ele culpa e de mim que desconfia. Que inferno, os Oankali me prepararam para ser o alvo da culpa e da desconfiança, mas eu não odeio Nikanj. Talvez eu não consiga. Fomos todos um pouco cooptados, ao menos no que se refere a nossos parceiros ooloi.

Gabriel se levantou. Assomou sobre Lilith, lançando um olhar furioso para ela. O acampamento ficou em silêncio; todo mundo o observava.

— Não dou a mínima para o que você sente! Você está falando sobre os seus sentimentos, não os meus. Tire a roupa e trepe com seu Nikanj aqui e agora para todo mundo ver, por que não? Sabemos que você é a puta deles. Todo mundo aqui sabe!

Ela olhou para ele, repentinamente cansada, cheia.

— E você o que é quando passa as noites com Kahguyaht?

Por um instante, Lilith acreditou que ele iria atacá-la. Por um instante, ela quis que ele a atacasse. Em vez disso, ele se virou e foi embora na direção dos abrigos. Tate olhou furiosa para Lilith por um momento, depois foi atrás dele.

Kahguyaht deixou a fogueira dos Oankali e veio até Lilith.

— Você poderia ter evitado aquilo — disse, com brandura.

Ela não ergueu os olhos para Kahguyaht.

— Estou cansada. Renuncio.

— O quê?

— Desisto! Chega de ser bode expiatório para vocês; chega de ser vista como a cabra que guia o rebanho pelo meu próprio povo. Não mereço nada disso.

Kahguyaht ficou em pé ao lado dela por mais um instante, depois foi atrás de Gabriel e Tate. Lilith olhou enquanto partia, balançou a cabeça e deu uma risada amarga. Ela pensou em Joseph. Parecia sentir a presença dele a seu lado, ouvi-lo dizendo para ter cuidado, perguntando a ela qual o sentido em colocar os dois povos contra ela.

Não havia sentido algum. Ela só estava cansada. E Joseph não estava ali.

9

As pessoas evitavam Lilith. Ela desconfiou que a viam ou como uma traidora ou como uma bomba-relógio. Ela estava contente em ser deixada em paz. Quando partiram, Ahajas e Dichaan perguntaram se ela queria ir para casa com eles, mas Lilith recusou a oferta. Queria ficar em um ambiente semelhante à Terra até chegar o momento em que realmente voltaria ao planeta.

Cortou lenha para a fogueira, colheu frutas silvestres para as refeições e para beliscar, até pegou peixes para tentar um método sobre o qual se lembrou de ter lido. Passou horas unindo talos grossos de relva e tiras de bambu cortado, modelando um cone longo e frouxo para dentro do qual peixes pequenos podiam nadar, sem poder sair. Ela pescou em pequenos riachos que corriam para o rio e acabou oferecendo a maioria dos peixes que o grupo comia. Experimentou defumá-los e obteve resultados surpreendentemente bons. Ninguém recusou o peixe porque foi ela que o pegou. Por outro lado, ninguém perguntou como fez as armadilhas, então Lilith não contou. Não ensinava mais nada, exceto se as pessoas viessem até ela e fizessem perguntas. Essa era uma punição maior para ela do que para os Oankali, já que ela tinha descoberto que gostava de ensinar. Encontrou maior gratificação em ensinar um aluno interessado do que uma dúzia de alunos ressentidos.

Com o tempo, as pessoas começaram a vir até ela. Algumas pessoas. Allison, Wray e Leah, Victor... Ela finalmente compartilhou seu conhecimento sobre as armadilhas para peixes com Wray. Tate a evitava, talvez para agradar Gabriel, talvez por ter adotado o modo de pensar dele. Tate havia sido uma amiga. Lilith sentia sua falta, mas de algum modo não conseguia lidar com nenhuma amargura contra ela. Não tinha outra amiga próxima para ocupar o lugar de Tate. Nem mesmo as pessoas que vinham a ela com perguntas confiavam nela. Havia apenas Nikanj.

Nikanj nunca tentou fazê-la mudar seu comportamento. Ela tinha a sensação de que jamais discordaria de nada que ela fizesse, a menos que começasse a ferir pessoas. À noite, deitou-se com Ahajas, Dichaan e Nikanj, que deu a ela o prazer que sentia quando estava com Joseph. No início, Lilith não queria, mas depois passou a apreciar isso.

Então, descobriu que era capaz de tocar um homem novamente e sentir prazer nisso.

— Sua ansiedade para me unir a outra pessoa é tanta assim? — perguntou a Nikanj. Naquele dia, ela tinha dado a Victor um punhado de mudas de mandioca para serem plantadas e ficou surpreendida e brevemente satisfeita ao sentir sua mão, tão quente quanto a sua.

— Você é livre para encontrar outro parceiro — explicou a ela. — Vamos Despertar outros humanos em breve. Quis que estivesse livre para escolher se quer ou não acasalar.

— Você disse que seríamos levados à Terra em breve.

— Você parou de ensinar aqui. As pessoas estão aprendendo mais lentamente. Mas acho que logo estarão prontas. — Antes que Lilith conseguisse lhe fazer mais perguntas, ooloi chamaram Nikanj para nadar. O que significava que, provavelmente, Nikanj sairia do salão de treinamento por algum tempo. Ooloi gostavam de usar saídas subaquáticas sempre que podiam. Sempre que não estavam guiando humanos.

Lilith passou os olhos pelo acampamento, e não viu nada que quisesse fazer naquele dia. Embrulhou peixe defumado e mandioca assada em folhas de bananeira e colocou tudo em um de seus cestos junto com algumas bananas. Ia perambular. Depois, provavelmente voltaria com algo útil.

Era tarde quando tomou o caminho de volta, com o cesto cheio de vagens, que ofereciam uma polpa quase tão adocicada quanto açúcar, e frutos de palmeira que ela conseguiu cortar de uma árvore pequena com sua machete. As vagens, chamadas de ingá, seriam uma guloseima para todo mundo. Lilith não gostava tanto daquele tipo de fruto de palmeira em particular, mas outros gostavam.

Andou rápido, não querendo ficar no meio da floresta depois do anoitecer. Provavelmente conseguiria achar o caminho de casa no escuro, mas não queria precisar fazer isso. Os Oankali haviam tornado aquela selva muito real. Apenas eles eram invulneráveis às criaturas cujas mordidas, picadas ou espinhos afiados eram mortais.

Já estava muito escuro para enxergar algo sob a cobertura das copas das árvores quando ela chegou ao assentamento.

Ainda assim, no assentamento havia apenas uma fogueira. Esse era um momento de cozinhar, conversar e fazer cestos, redes e outras pequenas coisas que podiam ser realizadas sem muita atenção enquanto as pessoas desfrutavam da companhia umas das outras. Mas havia apenas uma fogueira, e apenas uma pessoa perto dela.

Quando Lilith se aproximou da fogueira, a pessoa se levantou e ela viu que era Nikanj. Não havia sinal de mais ninguém.

Lilith deixou o cesto cair e deu os últimos passos até o acampamento correndo.

— Onde eles estão? — ela questionou. — Por que ninguém veio me procurar?

— Sua amiga Tate diz que sente muito pela forma como se comportou. Ela queria falar com você, diz que teria feito isso dentro de alguns dias. Porém, não teve alguns dias a mais aqui.

— Onde ela está?

— Kahguyaht aprimorou a memória dela, como fiz com a sua. Acha que isso irá ajudá-la a sobreviver na Terra e a ajudar os outros humanos.

— Mas... — Ela se aproximou um pouco mais de Nikanj, balançando a cabeça. — Mas e quanto a mim? Fiz tudo o que vocês pediram. Não feri ninguém. Por que ainda estou aqui?!

— Para salvar sua vida. — Pegou a mão dela. — Recebi uma convocação hoje para ouvir as ameaças que foram feitas contra você. Já tinha ouvido a maioria delas. Lilith, você teria sido liquidada, como Joseph.

Ela balançou a cabeça. Ninguém a ameaçara diretamente. A maioria das pessoas tinha medo dela.

— Você teria morrido — repetiu. — Como eles não conseguem nos matar, iriam matar você.

Ela xingou Nikanj, recusando-se a acreditar, ainda que, em outro nível, soubesse a verdade. Culpou e odiou Nikanj. E chorou.

— Vocês poderiam ter esperado! — disse, por fim. — Poderiam ter me chamado de volta antes que eles partissem.

— Lamento.

— Por que vocês não me chamaram? Por quê?

Em meio à aflição, Nikanj fez nós com os tentáculos de sua cabeça e seu corpo.

— Você poderia ter reagido muito mal. Com sua força, poderia ter ferido ou matado alguém. Poderia ter merecido um lugar junto a Curt. — Relaxou os nós e deixou seus tentáculos pendurados, frouxos. — Joseph se foi. Não queríamos arriscar perder você também.

E ela não conseguiu continuar odiando Nikanj. Suas palavras lembravam muito seus próprios pensamentos quando Lilith se deitara para ajudar Nikanj apesar do que outros humanos poderiam pensar dela. Ela foi a uma das toras cortadas que serviam como bancos em volta da fogueira e se sentou.

— Por quanto tempo tenho que ficar aqui? — ela sussurrou. — Será que eles algum dia vão libertar a cabra-guia?

Nikanj se sentou ao lado dela, sem jeito, desejando se dobrar sobre o tronco, mas sem encontrar espaço suficiente para se equilibrar ali.

— Seu povo fugirá de nós assim que chegar à Terra — disse a ela. — Você sabe disso. Você os encorajou a fazer isso e, obviamente, esperávamos isso. Diremos a eles para levarem o que quiserem de suas ferramentas e irem. Caso contrário, poderiam fugir levando menos do que precisam para viver. E vamos dizer a eles que são bem-vindos de volta. Todos. Qualquer um. Como e quando quiserem.

Lilith suspirou.

— Que Deus ajude qualquer um que tentar.

— Você acha que seria um erro dizer isso a eles?

— Por que se incomodar em me perguntar o que acho?

— Quero saber.

Ela contemplou o fogo, levantou e empurrou um pequeno pedaço de lenha para o fogo. Não faria isso outra vez tão cedo. Não veria o fogo ou colheria ingá e frutos de palmeira ou pegaria um peixe...

— Lilith?

— Vocês querem que eles voltem?

— Eles vão voltar, mais cedo ou mais tarde. Precisam.

— A menos que matem uns aos outros. — Silêncio. — Por que precisam voltar? — perguntou Lilith.

Nikanj olhou para o outro lado.

— Não conseguem sequer se tocar, os homens e as mulheres. É isso? — perguntou Lilith.

— Isso vai terminar quando ficarem longe de nós por algum tempo. Mas isso não importa.

— Por que não?

— Eles precisam de nós. Sem nós, não terão bebês. Sem nós, esperma e o óvulo humanos não vão se fundir.

Ela pensou sobre aquilo por um instante, então balançou a cabeça.

— E que tipo de crianças terão com vocês?

— Você não respondeu.

— O quê?

— Devemos dizer a eles que podem voltar para nós?

— Não. E também não sejam tão óbvios a ponto de os ajudarem a fugir. Deixem que decidam por si mesmos o que vão fazer. Caso contrário, as pessoas que decidirem voltar parecerão estar obedecendo vocês, traindo sua humanidade por vocês. Isso poderá fazer com que sejam mortas. De qualquer maneira, vocês não vão conseguir que muitos voltem. Alguns pensarão que a espécie humana merece, ao menos, uma morte honrada.

— É uma coisa indigna o que queremos, Lilith?

— Sim!

— É uma coisa indigna ter engravidado você?

Ela não entendeu as palavras imediatamente. Era como se Nikanj tivesse começado a falar uma língua que ela não conhecia.

— Você... o quê?

— Engravidei você do bebê de Joseph. Não teria feito isso tão depressa, mas quis usar o sêmen dele, não uma impressão. Não conseguiria fazê-la ter um parentesco próximo o suficiente com uma criança miscigenada a partir de uma impressão. E há um limite para o tempo que consigo manter um esperma vivo.

Ela estava sem palavras, com os olhos fixos em Nikanj, que falava tão despreocupadamente como se estivesse comentando sobre o tempo. Ela se levantou, e teria se afastado, mas foi agarrada pelos dois pulsos.

Ela fez um esforço violento para se libertar, mas percebeu imediatamente que não conseguiria se livrar de seu domínio.

— Você disse... — Ela ficou sem fôlego e teve de recomeçar. — Você disse que não faria isso. Disse...

— Eu disse que não antes de você estar pronta.

— Não estou pronta! Nunca estarei pronta!

— Agora você está pronta para ter o bebê de Joseph. A filha de Joseph.

—... filha?

— Miscigenei uma menina para ser sua companheira. Você tem estado muito sozinha.

— Graças a vocês!

— Sim. Mas uma filha será uma companheira por um longo tempo.

— Não será uma filha. — Ela puxou os braços novamente, mas Nikanj não a soltou. — Será uma criatura não humana. — Ela baixou os olhos para o próprio corpo com horror. — Está dentro de mim e não é humana!

Nikanj a puxou para perto e envolveu um braço sensorial em volta de sua garganta. Ela pensou que iria injetar alguma coisa nela e fazê-la perder a consciência. Esperou, quase ansiosa, pela escuridão.

Mas Nikanj apenas a puxou para o banco novamente.

— Você vai ter uma filha. E você está pronta para ser mãe dela. Você jamais seria capaz de dizer isso. Assim como Joseph jamais seria capaz de me convidar para sua cama, independentemente do quando me desejasse lá. Nada em você exceto suas palavras rejeitam essa criança.

— Mas isso não será humano — ela murmurou. — Será uma coisa. Um monstro.

— Você não deveria começar a mentir para si mesma. É um hábito mortal. A criança será sua e de Joseph, de Ahajas e de Dichaan. E como eu a miscigenei, encarregando-me de que seja linda e sem conflitos mortais, será minha também. Será minha primeira criança, Lilith. A primeira a nascer, ao menos. Ahajas também está grávida.

— Ahajas?

Quando Nikanj encontrou tempo? Estava em todos os lugares.

— Sim. Você e Joseph também são pais da criança dela. — Nikanj usou seu braço sensorial para virar o rosto dela para si. — A criança que sair de seu corpo vai se parecer com você e Joseph.

— Não acredito em você!

— As diferenças ficarão ocultas até a metamorfose.

— Meu Deus. Também tem isso.

— A criança que nascer de você e a criança que nascer de Ahajas serão irmãs.

— Os outros não vão voltar para isso. Eu não voltaria para isso.

— Nossas crianças serão melhores do que qualquer um de nós — Nikanj continuou. — Vamos regular seus problemas hierárquicos e vocês vão reduzir nossas limitações físicas.

Nossas crianças não vão se destruir em uma guerra e se elas precisarem desenvolver novamente um membro ou alterar a si mesmas de alguma outra maneira, serão capazes de fazê-lo. E haverá outras vantagens.

— Mas elas não serão humanas! Isso é o que importa. Você não consegue entender, mas é isso que importa. Os tentáculos de Nikanj se tornaram nós.

— A criança dentro de você importa. — Soltou os braços de Lilith e suas mãos se agarraram inutilmente uma à outra.

— Isso vai nos destruir — ela sussurrou. — Meu Deus, não surpreende que vocês não me deixaram partir com os outros.

— Você irá quando eu for. Você, Ahajas, Dichaan e nossas crianças. Temos trabalho a fazer aqui antes de partirmos. — Levantou-se. — Agora, vamos para casa. Ahajas e Dichaan estão esperando por nós.

Casa?, pensou ela com amargor. Quando foi a última vez que ela teve uma casa de verdade? Quando podia esperar ter uma?

— Deixe que eu fique aqui — Lilith pediu. Nikanj recusaria. Ela sabia que recusaria. — Isso é o mais próximo da Terra que aparentemente você me deixará ir.

— Você pode voltar aqui com o próximo grupo de humanos. Agora, venha para casa.

Ela cogitou resistir, fazendo Nikanj drogá-la e carregá-la de volta. Mas parecia um gesto sem propósito. Ao menos ela teria outra chance com um grupo humano. A chance de ensiná-los... mas não de ser um deles. Isso nunca. Nunca?

Outra chance de dizer: "Aprendam e fujam".

Ela teria mais informações para eles desta vez. E eles teriam uma vida longa e saudável diante de si. Talvez conseguissem encontrar a resposta para o que os Oankali tinham feito com eles. E talvez os Oankali não fossem perfeitos. Algumas pessoas férteis poderiam escapar e se encontrar. Talvez. Aprender e fugir! Ainda que estivesse perdida, os outros não precisavam estar. A humanidade não precisava estar.

Ela deixou Nikanj conduzi-la pela floresta escura até uma das saídas ocultas.

V
QUESTÕES PARA DISCUSSÃO

1. Muitos humanos acreditaram ter sido presos pela CIA ou KGB, pois o isolamento de prisioneiros é uma estratégia militar. Quais os impactos psicológicos dessa prática? E quais as atividades Lilith usou para manter sua saúde e sanidade nessa situação?

2. Lilith compara a forma que os Oankali tratam os humanos ao tratamento que a humanidade dava aos animais, inclusive àqueles criados para alimentação. Você acredita que é aceitável interferir na vida de alguém por ter maior compreensão ou mais informações sobre sua situação?

3. Embora nunca mentissem diretamente, os Oankali negam informações a Lilith por acreditar que não estava pronta para sabê-las. Isso reforça uma hierarquia para além dos impedimentos físicos. Você acha que ela conseguiria lidar com todas as respostas pelas quais pede, quando as pede? É certo negar informações a alguém que está impedida de tomar decisões sobre o próprio destino?

4. Ao saber que precisaria Despertar e ensinar outros humanos, Lilith analisou cuidadosamente os antecedentes de cada um. Quais critérios utilizou para selecionar seus primeiros companheiros? Qual o impacto narrativo e

simbólico de ser uma mulher a responsável por liderar a humanidade para sua nova fase? Pesquise a origem do nome da personagem.

5. "Que diferença qualquer autoilusão faz? Precisamos conhecê-los como são, mesmo que não existam paralelos com os humanos. E acredite em mim: no caso de ooloi, não há nenhum." (p. 233) Já na primeira interação de Lilith com Jidahya, ela projeta características humanas no alienígena e precisa rever suas percepções. E percebe isso ao saber que os Oankali possuem indivíduos ooloi, um terceiro gênero. Nesse contexto, quais os riscos de adotar paralelos entre a civilização alienígena e a humana?

6. Octavia Butler aborda um tópico bioético ao apresentar os Oankali como seres que, além de depender de permuta genética, alteram muitas formas de vida para que sirvam aos seus propósitos, desde a própria nave até animais de transporte. Levando em consideração a proliferação de transgênicos na nossa alimentação, quão distante dessas práticas a humanidade está atualmente?

7. Uma das alterações que Lilith sofre permite que manipule as paredes e abra compartimentos com seu toque. A obra foi publicada em 1987, época na qual superfícies sensíveis e reativas ao toque não eram comuns. Hoje em dia temos diversos dispositivos que reconhecem e reagem a esse estímulo, como botões de elevador, celulares e caixas eletrônicos. Você conhece outra obra de ficção científica que previu tecnologias?

8. O medo permeia toda a história de *Despertar*: Lilith teme por não ter informações sobre seus captores, então precisa superar o medo que sente deles para tornar-se apta a uma tarefa que nunca quis. Depois, precisa manejar o medo que os outros humanos sentem dela pelas habilidades recebidas dos ooloi; além de temer pela própria humanidade. E os demais humanos, o que temem? Os Oankali têm algum temor?

9. Embora a narrativa esteja em terceira pessoa, acompanhamos o ponto de vista de Lilith o tempo inteiro. O que seria diferente caso a história fosse narrada por Nikanj? E se fosse narrada por Curt? Experimente reescrever um capítulo por outra perspectiva.

10. Assim como em *Kindred* e *A parábola do semeador*, outras obras de Octavia Butler, a protagonista se esforça para manter um registro escrito do que acontece. Você reconhece alguma importância nessa atitude para Lilith e sua história? E na repetição do tema da escrita para a autora?

11. A autora inseriu muitas informações sobre a vida de Lilith na Terra pré-guerra. Qual a relevância da menção a um parto natural tranquilo? E de a protagonista estar estudando antropologia?

12. Lilith perdeu o filho e o marido antes da guerra, em um acidente de carro. A experiência dessas perdas interfere em suas decisões? Qual pode ser o motivo de a autora ter escolhido uma morte acidental para esses personagens?

13. Nikanj conhece Lilith quando ainda é criança, e ela tem dificuldades de ser rude ou cruel com Nikanj.

"Ainda estava furiosa. Furiosa, amarga, amedrontada... Ainda assim, tinha voltado. Não podia abandonar Nikanj tremendo na cama enquanto desfrutava de sua liberdade ampliada." (p. 143)

Depois, mesmo sendo contrariada, desrespeitada e violada pelos Oankali, quando a criatura ooloi sofre um ferimento letal, Lilith se dispõe a deitar-se nua em um campo de batalha para que se recupere. Nikanj é responsável por grande prazer e angústia na vida de Lilith e, mesmo sendo extraterrestre, é a pessoa com quem ela estabelece o vínculo mais duradouro. Você acredita que Nikanj também tenha sentimentos conflitantes por ela?

14. A primeira vez na qual Nikanj faz sexo com Lilith e Joseph juntos, este estava desacordado, portanto incapaz de consentir. Mais tarde, o ooloi se justifica com a frase "Seu corpo disse uma coisa. Suas palavras disseram outra" (p. 260). É uma justificativa realmente válida ou devemos acreditar no que a pessoa expressa deliberadamente? Há outras ações não consensuais de Oankali em humanos? Quais são?

15. Lilith tem conflitos intensos com sua responsabilidade de guiar os demais humanos de seu cativeiro para a liberdade assistida, se reconhecendo como "a cabra que guia o rebanho". Nikanj lhe diz: "Torne-se a líder deles e não haverá nada a perdoar" (p. 208). Maquiavel, pensador florentino do século xv tem uma opinião convergente, afirmando em *O príncipe* que "é melhor ser temido a ser amado". Você acredita que o temor dos demais fortaleceu a liderança de Lilith? Quais ações a tornaram mais respeitada?

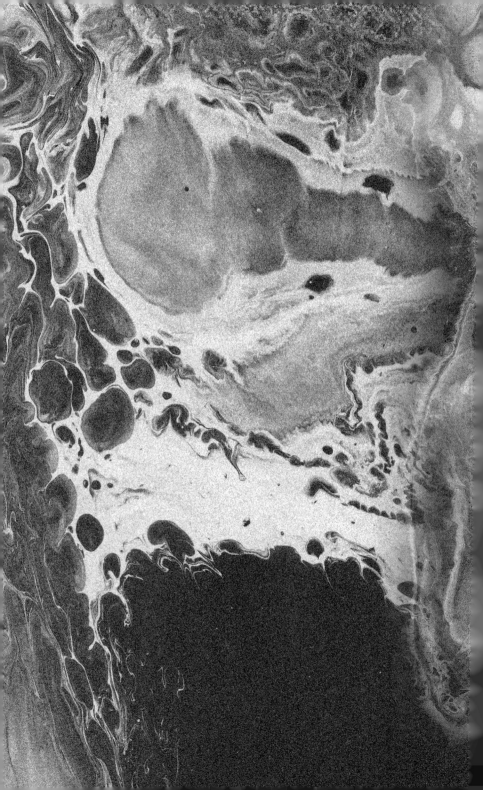

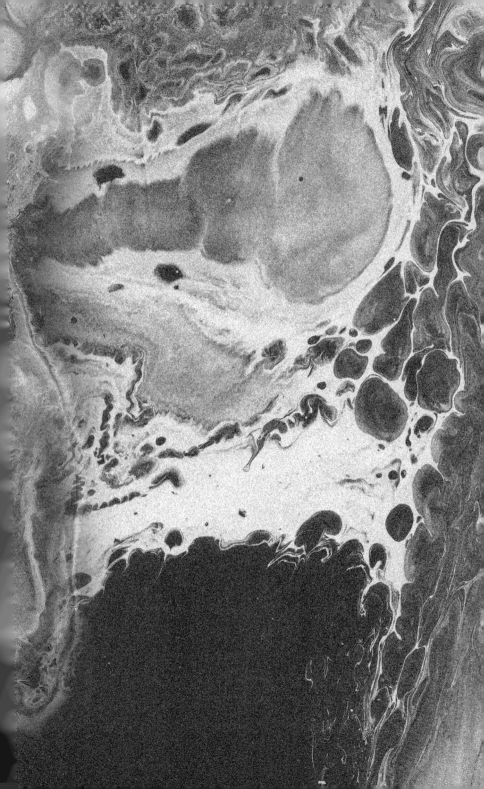

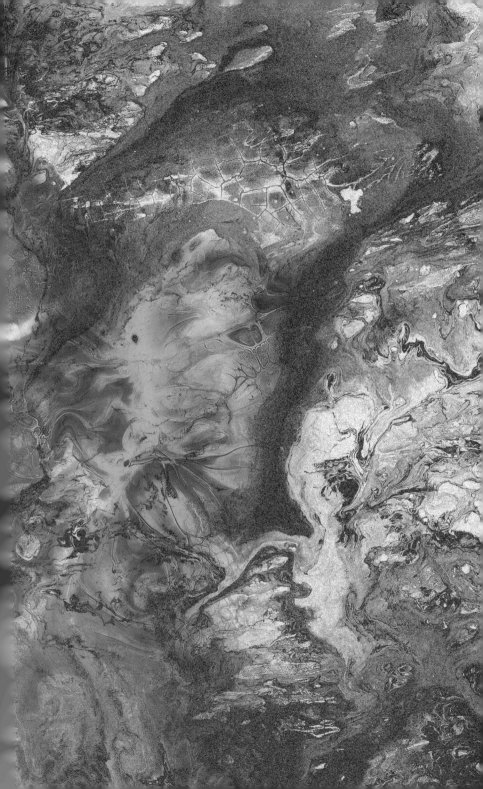

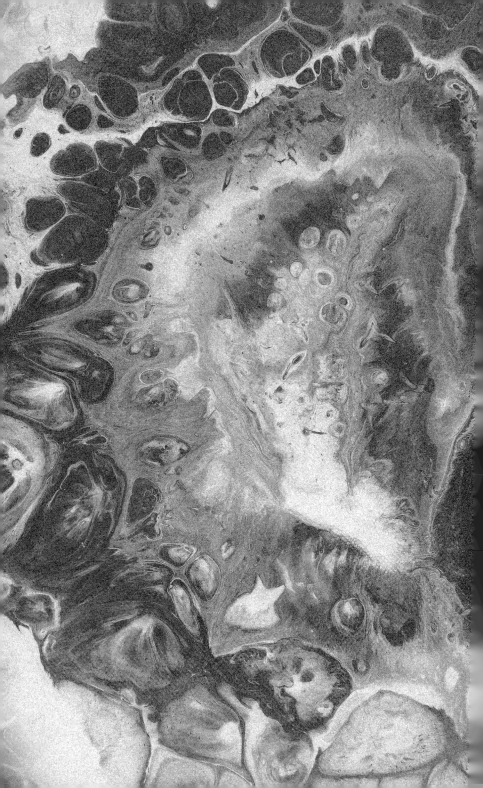

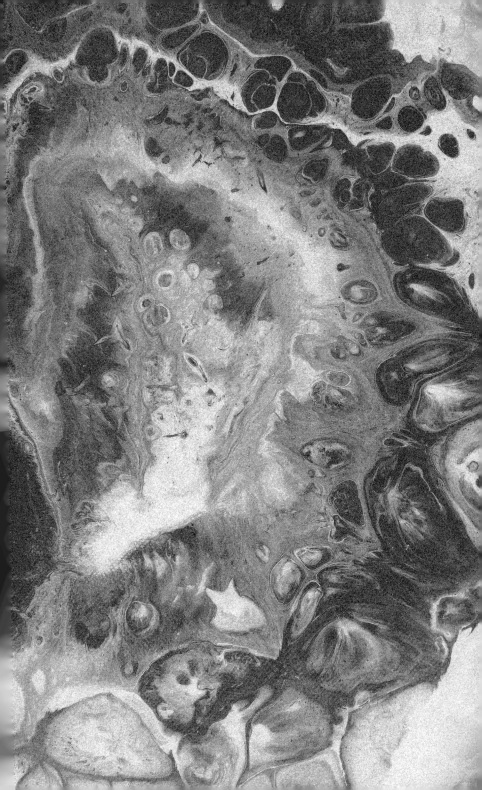

1ª REIMPRESSÃO

Esta obra foi composta pela Desenho Editorial
em Caslon Pro e impressa em papel Pólen Soft
70g com capa em Cartão Trip Suzano 250g pela
Gráfica Corprint para Editora Morro Branco
em agosto de 2021